WEEST IN GEEN DING BEZORGD

Marja van der Linden

Weest in geen ding bezorgd

Citerreeks

Voor Riet, die aan de andere kant van de aarde woont, maar door haar verhaal veel dichterbij is gekomen.

MIX
Papier van verantwoorde herkomst
FSC® C014496

ISBN 978 90 5977 745 3
ISBN e-book 978 90 5977 746 0
ISBN Grote Letter 978 94 0190 330 1
NUR 344

Omslagontwerp Liesbeth Thomas, t4design

www.citerreeks.nl
www.facebook.com/marja.vanderlindentaal

1

'Kijk eens aan, een gezonde dochter!'

De vroedvrouw tilde de pasgeborene aan één beentje omhoog. Het meisje protesteerde daar luidkeels tegen, en haar gehuil vulde de hele slaapkamer. Wat een kabaal kwam er uit zo'n klein lijfje!

Met haar andere hand haalde de vroedvrouw haar zakhorloge uit haar schortzak. 'Tien over vier. Ik zei het, hè, voor vijf uur is het er.'

Vader Westhoek veegde met een vochtig washandje het zweet van het voorhoofd van zijn vrouw. Zijn handen trilden daarbij, en hij keek haar met gefronste wenkbrauwen aan. Tjonge, wat had een vrouw het zwaar tijdens een bevalling, daar had een man geen weet van! En wat had hij zich machteloos gevoeld! Het liefst was hij er helemaal niet bij geweest. Het was ook niet gebruikelijk dat een aanstaande vader bij een bevalling aanwezig was, maar vanmorgen was zijn vrouw zo bang geweest en had ze zich zo aan hem vastgeklampt, dat hij zich had laten overhalen om er dit keer bij te blijven. Maar een dag had hem nog nooit zo lang geleken als vandaag.

'Gaat het?'

Moeder Westhoek knikte alleen maar. De bevalling had veel van haar krachten gevergd, maar het gehuil van de baby vervulde haar met dankbaarheid. Bij haar eerstgeborene was dat huilen een tijdlang uitgebleven, en het was zelfs even de vraag geweest of hij wel leefde. Zijn eerste kreetjes waren pas gekomen nadat de vroedvrouw een tijdje met hem bezig geweest was. Moeder Westhoek herinnerde zich nog steeds de angst van die eenzame momenten, en de voorzichtige blijdschap toen er dan toch eindelijk wat geluid kwam uit dat kleine keeltje. Helaas bleek al snel dat die moeizame start niet zonder gevolgen zou blijven: Wijnand, hun oudste zoon, bleek een hersenbeschadiging opgelopen te hebben, en zijn ontwikkeling kwam maar erg traag op gang. Hij was nu zesenhalf en zijn lopen ging moeizaam, en spreken bleek helemaal onmogelijk.

Bij de geboorte van de twee jongens daarna, Johan en Martin, nu vijf en bijna drie, was daar weer die angst geweest, ook al waren die bevallingen een stuk sneller gegaan. Haar angst bleek echter ongegrond, en de ontwikkeling van beide jongens gaf geen enkele reden tot bezorgdheid. Vandaag was de bevalling weer wat moeizamer gegaan, en hoe zwaarder de weeën werden, hoe meer de angst zich naar voren drong. Daarom was ze blij dat haar man er dit keer bij bleef. Voor haar gevoel had het dit keer ook langer geduurd eer ze kon gaan persen, maar toen ze dat eenmaal mocht was alles snel gegaan, en het meisje was gelukkig ook meteen gaan huilen.

Het meisje! Nu pas drong tot haar door dat de nieuwe boreling een meisje was. Een dochter! Ze was er na drie jongens vast op berekend dat dit weer een jongen zou zijn.

Ze keek haar man aan en glimlachte dankbaar naar hem. 'Een meisje,' fluisterde ze. 'We hebben een dochter!'

Met een wat onhandig gebaar streek hij over haar hoofd. Een man toonde nu eenmaal zijn gevoelens niet zo gemakkelijk in het openbaar. 'Goed gedaan, vrouw.'

De vroedvrouw had intussen met vaardige handen de navelstreng afgebonden en doorgeknipt. Ze wikkelde het kleine meisje in een handdoek en overhandigde het toen aan de baker die tot nu toe bij elke bevalling geholpen had: vrouw Hikke. Daarna was haar aandacht meteen gericht op de komst van de placenta, die gelukkig niet lang op zich liet wachten. Toen dat achter de rug was, lachte ze naar de kraamvrouw.

'Goed gedaan, joh,' herhaalde ze de woorden van vader Westhoek. 'En, hoe gaat jullie dochter heten?'

'Reina Wilhelmina,' zeiden ze als uit één mond.

'Mooie namen,' vond de vroedvrouw. 'Is ze vernoemd?'

Moeder Westhoek knikte. Ze voelde haar krachten weer terugkomen, en dat kwam vooral omdat ze nu geen last meer had van die akelige angst. 'Reina naar mijn schoonmoeder, en Wilhelmina naar de koningin.'

De vroedvrouw lachte wat schamper. 'Mooie koningin, die haar land in de steek liet toen het haar het hardst nodig had!'

Vader Westhoek protesteerde: 'Als ze hier was gebleven, had ze toch niets voor ons land kunnen doen. Dan hadden de Duitsers haar vast gevangengenomen!'

'Nou, van mij hoeft ze anders niet meer terug te komen. En ik weet dat er een heleboel zijn die daar zo over denken.'

Moeder Westhoek trok haar man aan de mouw van zijn overhemd en gebaarde met haar ogen: mond houden! Ze had geen zin in een oeverloze discussie over dat onderwerp.

Toen de Duitsers nu bijna veertien dagen geleden zo verraderlijk Nederland binnenvielen, terwijl ze beloofd hadden de neutraliteit van Nederland te respecteren, was de koningin samen met de regering naar Engeland gevlucht. Dat had een stroom van verontwaardiging opgeleverd. Men begreep het niet: in België en Denemarken was de koning toch ook niet gevlucht? Maar vader en moeder Westhoek waren er vast van overtuigd dat de koningin naar Engeland was gegaan om haar belofte aan het Nederlandse volk te houden dat zij en de regering 'hun plicht zouden doen'.

De vroedvrouw wilde alsnog reageren, maar op dat moment kwam de baker binnen, met in haar armen een bundeltje dat ze in de armen van moeder Westhoek legde. 'Alsjeblieft, je dochter. Hoe heet ze?'

'Reina,' was nu het enige antwoord van moeder Westhoek. Ze duwde de omslagdoek wat opzij en keek naar het popperige gezichtje met de samengeknepen oogjes, het schattige neusje en het rode mondje, dat nu niet meer huilde, maar wat mummelende smakgeluidjes maakte. Ze glimlachte weer. Even waren de zorgen over de oorlog en hoe het nu allemaal verder moest, naar de achtergrond verdwenen. Ze hadden een dochter! O, als het weer een jongen was gebleken, was die net zo welkom geweest, maar een dochter... daar deed je als vrouw toch andere dingen mee dan met een zoon. Ze zou haar leren naaien en breien en...

'Mooie naam,' lachte vrouw Hikke, 'volgens mij betekent dat zoiets als "koningin". Nou, die zal wel flink verwend worden, met drie broers boven haar. Afijn, 't is maar te hopen dat de echte koningin gauw weer terug is en dat die akelige oorlog spoedig voorbij is. Zoals het nu is, is het geen fijne wereld om in geboren te worden.'

Moeder Westhoek hoorde de vroedvrouw een snuivend geluid maken.

'Reina.' Moeder keek met een bijna verliefde blik naar het gezichtje van haar dochter, ze kon er geen genoeg van krijgen. 'Reina,' zei ze weer. Ze hadden samen deze naam uitgezocht voor als het een dochter zou zijn, maar omdat ze zelf verwacht had dat het weer een jongen zou worden, was het tot nu toe niet meer dan een naam geweest. Nu had ze er een gezichtje bij, een levend wezentje dat deze naam zou dragen. 'Welkom, kleine Reina.'

De baker nam het bundeltje weer uit haar armen en legde het in het wiegje dat in een hoek van de kamer stond. Nadat ze de kruik tegen het rugje van de baby gelegd had en haar toegedekt had, wees ze streng naar de deur. 'Zo, en als de vader zich nu wil verwijderen, zal ik de kraamvrouw eens lekker wassen.'

Vader Westhoek liet zich dat geen twee keer zeggen, die was blij dat hij weg mocht. 'Ik zal de jongens vertellen dat ze een zusje hebben.' De weeën waren 's nachts om halftwaalf begonnen en hij had de jongens al om halfzes die morgen bij het gezin van zijn broer Teun gebracht. Teun, die vlak achter hen woonde en die net als hij bij de boterfabriek werkte, zou op het werk doorgeven dat hij vandaag niet kwam in verband met de bevalling. Teun had hem wel wat verbaasd aangekeken toen hij vertelde dat hij dit keer niet zoals bij de andere bevallingen gewoon aan het werk ging, maar hij had er niets van gezegd.

De vroedvrouw had inmiddels wat papieren voor de aangifte ingevuld en pakte nu haar spullen in. Vader Westhoek schudde haar snel de hand, bedankte haar voor de goede zorgen en verdween toen de slaapkamer uit. Vlak daarna vertrok de vroedvrouw ook, op weg naar een volgende bevalling.

Een halfuurtje later lag moeder Westhoek frisgewassen tussen de schone lakens. De baker deed het vuile wasgoed in een sloop. 'Dat neem ik vanavond wel mee naar huis. Ik zet het vannacht in de week, morgenochtend sta ik vroeg op, dan kan ik het nog wassen en buiten hangen voor ik naar jullie toe kom. Gelukkig is het lekker weer, dus dat is zo droog.'

Ze hoorden gestommel bij de achterdeur. 'Dat zullen de jongens zijn, die willen natuurlijk graag hun nieuwe zusje zien,' lachte de baker.

En ja, even later ging de slaapkamerdeur op een kiertje open, en daar stak Johan zijn neusje nieuwsgierig om de deur. 'Mogen we binnenkomen, moeder?' Achter hem stond Martin zichtbaar te trappelen van ongeduld, en daarachter stond Wijnand.

'Waar is vader?'

'Die is naar opa om te vertellen dat de baby er is,' wist Johan te vertellen. Opa Westhoek woonde in de Dorpsstraat, achter het huis van oom Teun.

De baker hield haar vinger tegen haar mond en zei: 'Sst. Jullie mogen wel binnenkomen, maar erg zachtjes doen, hoor! Je zusje slaapt.'

De jongens kwamen op hun tenen de kamer in. 'Waarom ligt u in bed, moeder?' vroeg Johan verbaasd.

'Dat komt doordat de ooievaar die jullie zusje gebracht heeft, moeder per ongeluk in haar voet gepikt heeft,' had de baker het gebruikelijke praatje paraat dat ze had op dergelijke vragen.

Johan sloop nu op zijn tenen naar het wiegje, gevolgd door Martin. Wijnand had geen aandacht voor de nieuwe boreling, die liep meteen op moeder af en pakte haar hand.

Moeder Westhoek werd getroffen door de blik in zijn ogen. Wijnand kon dan wel niet spreken, maar in zijn ogen las ze vaak wat hij met woorden niet kon uitdrukken. Wijnand was 'achterlijk', zoals men dat noemde, maar moeder Westhoek wist zeker dat hij meer begreep dan men dacht.

Ze drukte zijn hand. 'Dag jongen. Was het leuk bij ome Teun en tante Rika?'

Hij lachte alleen maar en vlijde haar hand tegen zijn gezicht.

Johan en Martin bogen zich intussen over de wieg. 'Wat is ze klein!' zei Johan zacht.

'Klein,' echode Martin.

Moeder Westhoek lachte. 'Jullie zijn anders ook zo klein geweest, en moet je nu eens kijken hoe groot jullie al zijn.' Ze keek verbaasd naar Martin, die tot gisteren haar jongste was geweest. Wat leek hij ineens lang en flink, ook al was hij nog geen drie!

De baker klapte in haar handen. 'Zo, nu weer de kamer uit, vort! Moeder en het kindje moeten rusten.'

'Maar...' probeerde Johan nog.

'Niks maar! Ga maar een mooie tekening voor moeder maken of zo. Ik kom straks ook, dan mogen jullie me helpen met de tafel dekken. Vort!' Ze duwde de jongens een voor een de slaapkamer uit. Daarna keek ze moeder Westhoek aan. 'Heb je al trek in een kopje thee?'

'Ja, dat lijkt me heerlijk! En wil je wel geloven dat ik zelfs honger heb!'

'Logisch,' vond de baker, 'je hebt tussen de middag niks gegeten. Zal ik een paar boterhammen voor je klaarmaken?'

'Nee hoor, ik wacht wel tot jullie allemaal gaan eten. Dan mag Wijnand me vanavond mijn brood brengen.'

De baker snoof even, ze had weinig vertrouwen in de kwaliteiten van Wijnand. 'Dat zien we straks wel, ik zal nu eerst een bakkie thee voor je maken.'

Ze liep de slaapkamer uit en sloot de deur zacht achter zich.

Moeder Westhoek sloot haar ogen en slaakte een diepe zucht. Hè, gelukkig, dit had ze weer achter de rug. Vreemd dat ze dit keer zo tegen de bevalling opgezien had, maar misschien kwam dat wel doordat het oorlog was.

Zoals de baker al zei: dit was geen fijne wereld om in geboren te worden. Maar het kindje in de schoot van moeder Westhoek liet zich daardoor niet weerhouden. Dat wilde eruit, geboren worden! Maar moeder Westhoek had het dit keer wel binnen willen houden, veilig in de beslotenheid van haar buik. Misschien dat het daarom zo lang geduurd had, en dat ze zich zelfs bang gevoeld had. Toch fijn dat Arend er dit keer bij was gebleven.

En dan een meisje! Om haar mond vormde zich een glimlach. Het maakte voor haar gevoel hun gezin wat completer, en ze wist zeker dat ook Arend blij was met een dochter na drie zoons.

Uit de wieg klonken kleine geluidjes, het meisje werd zeker wakker. Moeder Westhoek bedwong de neiging om zelf uit bed te stappen en de baby uit de wieg te halen, bang dat ze dan de woede van de baker over zich heen zou halen. Die hield zich strak aan het opgelegde regiem van de vroedvrouw: drie dagen bedrust, de vierde dag 'bengelen', wat inhield dat de kraamvrouw op de rand van het bed mocht zitten en haar afhangende benen heen en weer moest bewegen, en pas de vijfde dag mocht ze – heel voorzichtig – opstaan. De baker bleef tot aan de tiende dag, daarna kwam alles weer op haar eigen schouders terecht.

De baker kwam binnen met een kopje thee. 'Zo, drink dat maar lekker op, dat heb je wel verdiend.'

Ze zette het kopje op het nachtkastje en wilde meteen weer weggaan, maar moeder Westhoek vroeg: 'Ik hoorde net de baby, wil je haar even pakken?'

De baker fronste haar wenkbrauwen. 'Je wilt haar toch niet bij het eerste het beste geluidje al oppakken? Je moet ze niet verwennen, hoor! Je weet het: rust, reinheid en regelmaat zijn het belangrijkst!'

Maar moeder Westhoek hield aan: 'Pak haar nou maar. Het is m'n eerste niet, ik weet best wel wat goed voor haar is. Ik wil haar gewoon even zien en vastpakken. Toe!' Ze keek de baker zo smekend aan dat die haar schouders ophaalde en zei: 'Dan moet je 't zelf maar weten.'

Ze liep naar het wiegje, pakte het bundeltje eruit en legde het in de uitgestoken armen van de moeder. 'Hier, alsjeblieft.'

Moeder Westhoek drukte het bundeltje tegen zich aan. Ze voelde hoe haar borsten reageerden. Wat is Gods schepping toch mooi, dacht ze. Dat een vrouwenlijf geschapen was om een kind in te laten groeien, en het daarna te voeden met kant-en-klare voeding die precies goed van samenstelling en precies op temperatuur was.

Ze drukte haar lippen op de zachte huid van het voorhoofd van haar kindje. Een meisje. Wie weet zou zij als zij een volwassen vrouw werd ook het wonder van een zwangerschap en het voeden van een kindje mee mogen maken.

Maar zover was het nog lang niet. Kleine Reina lag met samengeknepen knuistjes in de armen van haar moeder, en sliep de slaap der onschuldigen.

'Morgen is alweer m'n laatste dagje hier.' Vrouw Hikke, de baker, kwam met een volle mand met schoon wasgoed de woonkamer binnen, waar de kraamvrouw in een gemakkelijke stoel de kleine Reina zat te voeden.

'Ja, ik zal je missen.'

De kraamtijd was omgevlogen, vond moeder Westhoek. Maar misschien had ze dat gevoel ook wel door de roerige tijd waar ze zich in bevonden.

'Gaat het wel weer lukken om het alleen te doen?'

'Nou, alleen... Arend is er ook nog.'

'Mannen lopen alleen maar in de weg,' was de mening van de baker. 'Alhoewel, de handen van die Arend van jou staan niet verkeerd. En hij kan ook goed met de kinderen omgaan.'

De baker wilde beginnen met het vouwen van de was, maar moeder Westhoek zei: 'Laat mij dat maar doen, ik ben zo klaar met voeden. Bovendien moet ik het straks toch ook weer zelf doen.'

'Da's goed, dan ga ik wel aan het eten beginnen. Vind je 't goed als we vandaag stamppot raapstelen eten? Ik zag dat jullie die in de tuin hebben staan.' Achter het huis lag een flinke moestuin, waar vader Westhoek heel wat uurtjes doorbracht. 'Er is nog wat jus over van gisteren, en aardappels zijn er ook nog genoeg.'

'Ja, lekker. En de jongens lusten dat ook graag. Wil je de baby even aanpakken?'

De kleine Reina was aan de borst in slaap gevallen. De baker pakte het kindje over en nam het mee naar de slaapkamer, waar ze het in het wiegje legde. Moeder Westhoek fatsoeneerde intussen haar kleren, daarna stond ze op en ging aan de tafel zitten. Ze keek naar de stapel was en zuchtte even. Altijd maar die was... Toen rechtte ze haar schouders. Kom op, niet zeuren. Je hebt de bevalling weer achter de rug en hebt er een prachtige, gezonde dochter aan overgehouden. Wees dankbaar dat het allemaal zo goed gaat!

Ze pakte de eerste luier en begon met vouwen.

De eerste twee jaren groeide de kleine Reina voorspoedig. De grote broers waren dol op hun zusje, en ook vader Westhoek verwende zijn kleine meisje wanneer hij maar kon. Reina was hun zonnestraaltje in deze zware tijden. Zij leidde hun aandacht af van de oorlog die nu al een paar jaar woedde, en waarin de bevolking van Nederland zelfs binnen de eigen gelederen verdeeld bleek. Die verdeeldheid werd versterkt door Mussert en zijn kornuiten van de NSB, die vonden dat het Oranjehuis de troon verspeeld had en die openlijk achter Duitsland stonden, in afwachting van een 'nieuw Europa' onder leiding van Duitsland.

Reina had geen weet van wat zich in de grote, boze buitenwereld afspeelde. Haar wereldje was klein en overzichtelijk, met liefdevolle ouders en broers om haar heen, die het geweldig vonden dat ze ging kruipen, lopen, praten, die het toejuichten dat ze zindelijk werd en die bedelden om haar kusjes.

Twee maanden voor Reina's derde verjaardag werd er weer een zusje geboren: Rineke. De grote broers vonden het erg leuk, en ook Reina was niet bij de wieg weg te slaan. Ze wilde het baby'tje steeds aaien en vasthouden, en als Rineke sliep, zat zij in de hoek van de kamer te spelen met de pop die moeder Westhoek voor haar gemaakt had, en die Reina beschouwde als haar eigen baby.

Moeder Westhoek had het maar druk met haar vijftal, maar ze was dankbaar dat ze allemaal gezond waren en weinig problemen gaven.

Tot het noodlot toesloeg. Het begon ermee dat Reina klaagde over een zere keel. Moeder Westhoek maakte zich daar in eerste instantie geen zorgen over, het kwam vaker voor dat een van de kinderen keelpijn had bij een beginnende verkoudheid, en de loopneus die Reina had wees ook in die richting. Maar bij Reina bleek het geen verkoudheid te zijn. Ze kreeg koorts, was misselijk en ging overgeven, en haar ademhaling ging steeds moeizamer. Ze wilde niet eten en wilde alleen nog maar in haar bedje liggen. Moeder Westhoek maakte daarom een veldbedje in de woonkamer, zodat ze Reina goed in de gaten kon houden.

Reina's benauwdheid werd echter steeds erger, en de huisarts werd erbij geroepen. Die kwam even over halfeen langs, toen ze in de keuken zaten, ze waren net klaar met eten.

Hij onderzocht Reina snel en constateerde: 'Kroep. Met een duur woord: difterie. Ze moet meteen naar het ziekenhuis.'

'Kroep?' vroeg moeder Westhoek. 'Naar het ziekenhuis? Kroep is toch niet zo ernstig?'

De dokter schudde zijn hoofd. 'U bedoelt pseudokroep, valse kroep zeggen we ook wel. Dat is inderdaad minder ernstig. Maar de verschijnselen bij Reina wijzen in de richting van echte kroep, difterie dus.'

De schrik zat er meteen in. Reina moest naar het ziekenhuis! Maar dat lag in Delft. Hoe moesten ze daar komen met Reina? Vader Westhoek kon haar toch moeilijk achter op zijn fiets zetten en haar daarnaartoe brengen. En met het openbaar vervoer was ook geen optie, dat ondervond ernstige hinder door de oorlog. De Duitsers hadden veel materieel gevorderd, en brandstof was nauwelijks te krijgen.

De huisarts had een voorstel: 'Ik moet vanmiddag naar Delft, een van jullie kan wel meerijden om Reina naar het ziekenhuis te brengen. Zorg dan dat je om halfdrie klaarstaat. En houd de jongens bij haar vandaan, kroep is erg besmettelijk.'

Besmettelijk? Moeder Westhoek was nu blij dat Reina een eigen slaapkamertje had en niet een slaapkamer met een van de jongens deelde. Het wiegje van Rineke stond nog op de ouderlijke slaapkamer.

De huisarts vertrok weer. 'Tot straks, halfdrie.'

Vader Westhoek stond op. 'Ik moet weer aan het werk. Zal ik even langs Rika lopen en vragen of de jongens vanmiddag uit school naar haar toe mogen en of je Rineke bij haar mag brengen? Dan heb jij je handen vrij.'

Moeder Westhoek knikte. 'Ja, doe maar.' Ze was blij dat hij het heft in handen nam, ze was nog helemaal verdoofd door de ernstige boodschap van de huisarts.

Vader Westhoek wenkte de jongens: 'Gaan jullie maar vast naar school. En vanmiddag meteen door naar tante Rika.' En toen tot Johan: 'Breng jij Wijnand naar school, en haal je hem vanmiddag ook weer op?' Wijnand zat op de blo-school.

Johan knikte. 'Goed, vader.'

Toen vader Westhoek en de jongens vertrokken waren, bleef moeder Westhoek even op de keukenstoel zitten, haar handen gevouwen in haar schoot, haar ogen gesloten. Ze bad zacht: 'Heere, ik leg het nu in Uw hand. Maar wilt U alstublieft Reina weer helemaal beter maken?'

Toen hoorde ze Reina's piepende ademhaling, en ze haastte zich naar de woonkamer.

In het ziekenhuis werd Reina meteen geïntubeerd, zodat ze weer wat lucht kreeg. Het was een akelig gezicht voor moeder Westhoek, die machteloos moest toezien hoe de artsen met het kleine meisje bezig waren. Wat had ze graag van plaats geruild met haar dochtertje!

En alsof dat nog niet genoeg was, kreeg Reina, toen ze net wat begon op te knappen, roodvonk, zeer besmettelijk, en moest ze geïsoleerd verpleegd worden. De huisarts kwam het hun vertellen.

Moeder Westhoek voelde zich verscheurd: enerzijds wilde ze wel elke dag bij haar oudste dochtertje op bezoek, anderzijds had haar gezin haar ook nodig en kon ze overdag, als vader Westhoek naar z'n werk en de jongens naar school waren, niet even met de bus heen en weer – omdat die bus niet meer reed. Gelukkig dat de kleine Rineke haar aandacht wat afleidde.

De eerste de beste zaterdag bracht moeder Westhoek eerst de kleine Rineke bij haar schoonzus en daarna stapten ze op de fiets. Wijnand ging achterop bij vader, Martin bij moeder, en Johan reed op de fiets van de buurman, een fiets met houten wielen. Zo reden ze naar Delft. In het ziekenhuis mochten ze helaas alleen achter glas naar Reina kijken. Ze had vurig rode wangen en reageerde maar flauwtjes op haar ouders en broertjes, die achter het raam haar aandacht probeerden te trekken.

Wijnand keek met gefronste wenkbrauwen naar zijn zusje. Zijn hand pakte de hand van zijn moeder, alsof hij bij haar steun zocht. Johan tikte tegen het raam en riep: 'Reina, kijk eens?' Hij hield een tekening omhoog die hij voor haar gemaakt had. En Martin moest bijna huilen toen hij zijn zusje zo eenzaam in haar bedje zag liggen.

Gelukkig knapte Reina ook hiervan op, en op een goede dag mocht moeder Westhoek weer met de huisarts meerijden om Reina uit het ziekenhuis op te halen. Ze stonden haar allemaal op te wachten toen de auto van de dokter voor de deur stopte en moeder en Reina uitstapten. Vader had met de jongens de woonkamer versierd met slingers, en opa en oma Westhoek kwamen zelfs met een schaal vol eigengebakken koekjes! 'Opgespaard van de bonnen,' zei oma Westhoek glunderend.

Reina zat op moeders schoot en keek dat allemaal wat beduusd aan. Ze zag nog wel wat witjes, maar ze smikkelde het koekje dat oma haar gaf lekker op.

En toen ze 's avonds klaar waren met eten en vader na het Bijbellezen zijn handen vouwde, baden ze allemaal met hem mee: 'Dank U wel, Heere, dat U Reina gespaard hebt, en dat ze weer bij ons terug mocht keren.'

2

Moeder Westhoek werd wakker van een knagend gevoel dat begon in haar maag, maar dat van daaruit door heel haar lichaam leek te trekken. Honger... Dat woord beheerste de laatste tijd niet alleen haar leven, maar de levens van de meeste mensen. Uitkijken naar vrede deed men niet eens meer; de weinige energie die mensen nog hadden, was gericht op het overleven van vandaag.

Voordat de oorlog begonnen was, waren er al veel levensmiddelen op de bon geweest, maar nu was er bijna niets meer te krijgen. Vaak stonden er lange rijen voor de winkels, en elke keer als moeder Westhoek de rantsoenen ophaalde, bleken die weer kleiner geworden te zijn. Ze deed wanhopig haar best om het beetje eten dat er was, zo eerlijk mogelijk te verdelen. De jongens waren in de groei en hadden altijd honger, en vaak ontzegde ze zichzelf een snee brood om die onder de kinderen te verdelen. Het brood, 'regeringsbrood', was van slechte kwaliteit, er gingen zelfs geruchten dat er houtzaagsel in verwerkt was. Maar ondanks de slechte smaak werd elke kruimel opgepeuzeld.

Gisteren had ze Johan betrapt toen ze hem zacht tegen Reina hoorde zeggen: 'Mag ik jouw korstje? Dan vind ik je lief.' Ze had hem van pure wanhoop een draai om z'n oren gegeven – terwijl ze anders nooit sloeg – en hem naar boven gestuurd. 'Vort! Ben jij mal!' Maar haar hart huilde, en ze kon hem zelfs wel begrijpen: haar eigen maag knorde de hele dag.

Dat er geen kleding meer te krijgen was, vond ze minder erg dan dat er zo weinig eten was. Ze was handig met naald en draad, en maakte voor de kinderen kleding uit oude broeken van haar man of jurken van haarzelf. Maar waar moest ze eten vandaan halen? Vader Westhoek had vroeger altijd kippen en konijnen gehouden, maar die waren inmiddels allemaal opgegeten. In de moestuin groeide deze winter niets meer. En als er al een beetje eten was, was het een probleem hoe dat te bereiden. Er was geen brandstof voor het fornuis, er was geen gas of elektriciteit, niets. Bij de centrale gaarkeuken konden ze op de bon één keer per dag een soort soep halen, gemaakt van aardappelschillen of suikerbieten, en dat was vaak het enige warme eten dat ze op een dag kregen, naast een schamele snee brood. De winteravonden vielen al vroeg in, en dan zaten ze maar dicht tegen elkaar om een beetje warmte bij elkaar te zoeken. In het donker vertelde vader Westhoek verhalen uit de Bijbel, want om voor te lezen was het veel te donker. Of ze zongen een psalm of gezang. Meestal gingen ze maar vroeg naar bed. De scholen waren gesloten, er was geen brandstof voor de kachels om de lokalen te verwarmen, en veel kinderen bleven toch al thuis omdat ze ziek of verzwakt waren door de honger.

Ze hoorde de torenklok vier zware slagen slaan. Vier uur nog maar, te vroeg om eruit te gaan. Ze draaide zich op haar zij en nestelde zich tegen Arends warme rug. Hopelijk kon ze nog een paar uurtjes slapen. Als dat knagende gevoel er maar niet was...

Wat was het een feest toen begin maart het Zweedse wittebrood uitgedeeld werd, samen met echte margarine! Het Rode Kruis had voor de aanvoer van Zweeds meel gezorgd. Het meel werd zorgvuldig gedistribueerd, en per streek werd er één bakkerij aangewezen waar de elektriciteit weer mocht worden aangesloten om het brood te kunnen bakken. Men werkte met man en macht, en daarna was er voor iedereen boven de vier jaar een half Zweeds wittebrood en een klein pakje Zweedse margarine. Moeder Westhoek was haast vergeten hoe goed echt brood smaakte. De kinderen smulden! 'Lekker, hè, moeder? Nog lekkerder dan cake!'

In maart en april werden Gelderland, Overijssel en de drie noordelijke provincies bevrijd. Het westen bleef echter nog steeds bezet omdat de Duitsers hardnekkig weerstand bleven bieden. Wel stonden de Duitsers na maanden van overleg toe dat de geallieerden vanaf eind april 1945 voedseldroppings uitvoerden voor de hongerende bevolking: Operatie Manna. Er werd nauwlettend op toegezien dat er alleen voedsel afgeworpen werd, geen wapenzendingen of parachutisten, en er stond op diverse plekken luchtafweergeschut klaar dat onmiddellijk zou ingrijpen als er iets anders dan levensmiddelen afgeworpen zou worden.

Iedereen die maar kon, werd ingezet om die voedselpakketten van de velden te halen. Dat moest met mankracht of met paard-en-wagen gebeuren, omdat er onvoldoende vervoermiddelen voorhanden waren. Voor velen was dat zwaar: om met een verzwakt gestel en een knagende honger vele pakketten door de handen te laten gaan zonder ervan te mogen eten... De verleiding was groot om ter plekke zo'n pakket open te maken en zich te goed te doen aan de inhoud.

De voedselpakketten werden naar verzamelpunten gebracht en van daaruit gedistribueerd. Sommige mensen waren zo gulzig als ze het pakket ontvingen, dat ze aten tot ze niet meer konden. Maar omdat hun maag dat niet meer gewend was, konden ze het voedsel niet binnenhouden en werden ze ziek.

Toen moeder Westhoek hun eerste voedselpakket in ontvangst nam, voelde ze zich de koning te rijk: blikken vlees en groenten, een blik biscuits, melk- en eierpoeder, een pak koffie, een pak suiker, een blik boter, zelfs een stuk chocolade! De kinderen keken met grote, hongerige ogen toe hoe ze het blik biscuits openmaakte en hun er elk een gaf. Ze doken er allemaal op af en wisten niet of ze de koek nu zo snel mogelijk op wilden eten om dat akelige gat in hun maag te vullen, of dat ze er hapje voor hapje van zouden genieten om er zo lang mogelijk mee te doen...

Toen bleek het ergste leed geleden. De dagen daarna kwamen er nog meer voedseldroppings, en ook over de weg kwamen transporten met voedsel. De tegenstand van de Duitsers was gebroken, en op 5 mei werden in hotel De Wereld in Wageningen de capitulatiebesprekingen gevoerd. Nederland was vrij!

Langzaamaan krabbelde Nederland weer op uit het diepe dal. De oorlog was weliswaar voorbij, maar veel spullen bleven nog jarenlang op de bon. De economie kwam maar langzaam op gang. Ook de scholen gingen van lieverlee weer open.

Reina moest eerst wel even wennen op de kleuterschool, die aan de overkant van de weg stond. Maar na een poosje had ze het prima naar haar zin. Tekenen, kleuren, prikken, knippen en plakken, ze vond het allemaal geweldig. Maar ook genoot ze van het zingen en luisteren naar verhalen.

Eén gebeurtenis zou ze nooit vergeten. Een meisje van haar klas was na een kort ziekbed overleden. In de dagen voor de begrafenis leerde de juf de kinderen het achtste vers van Psalm 103. Het waren moeilijke woorden voor zulke jonge kinderen, maar aan de manier waarop de juffrouw de woorden uitsprak, begrepen ze wel dat ze het heel eerbiedig moesten zingen.

Op de dag van de begrafenis miezerde het een beetje. 'De Heere God is zeker ook verdrietig dat Cora overleden is,' zei een van de kinderen toen ze in een lange rij naar de begraafplaats liepen. Dat vond Reina wel een mooie gedachte.

Toen het kleine kistje in de aarde zonk, mochten de kinderen met z'n allen rondom het open grafje staan, en zacht en eerbiedig zongen ze het vers dat ze geleerd hadden:

Gelijk het gras is ons kortstondig leven,
Gelijk een bloem, die op het veld verheven,
Wel sierlijk pronkt, maar krachtloos is en teer;
Wanneer de wind zich over 't land laat horen,
Dan knakt haar steel, haar schoonheid gaat verloren;
Men kent en vindt haar standplaats zelfs niet meer.

Het troosteloze weer, de snikkende volwassenen, de plechtige stem van de dominee, het zien van dat kleine kistje waarin ze haar klasgenote wist – het maakte alles een diepe indruk op Reina. Ook bij haar stonden de tranen in de ogen. Toen ze thuiskwam, vloog ze meteen naar moeder toe en snikte in haar veilige armen haar verdriet uit.

Toen ze uitgehuild was, zei moeder Westhoek troostend: 'Je

hoeft niet verdrietig te zijn, Cora is nu toch bij de Heere Jezus?'

'Ja, maar... misschien wilde Cora dat nog helemaal niet. Ze was toch nog klein?' vroeg Reina.

'Maar de Heere Jezus vindt het toch juist fijn om kleine kinderen bij Zich te hebben,' herinnerde moeder haar aan een van haar lievelingsverhalen. 'Hij zei toch: "Laat de kinderen tot Mij komen"?'

Reina kreeg een diepe frons. 'Jawel, maar...' Ze wilde zelf ook graag naar de Heere Jezus, ooit, als ze oud was, maar ze hoopte toch stiekem dat Hij haar niet al zou roepen als ze nog zo jong was.

Moeder knuffelde haar even. 'Soms begrijpen wij waarom God iets doet, maar vaak ook niet. We moeten er maar op vertrouwen dat Hij weet wat Hij doet. Kom, ga je mee, dan gaan we Rineke uit bed halen, die zal nu wel wakker zijn.'

Het stralende gezichtje van haar zusje hielp mee om het verdrietige gevoel van Reina wat naar de achtergrond te dringen, maar de hele gebeurtenis stond voor altijd in haar geheugen gegrift.

Op een zonnige ochtend in april, een maand voor haar zevende verjaardag, werd Reina al vroeg wakker. Vandaag was het een bijzondere dag: ze mocht voor 't eerst naar de grote school! Naar deze dag had ze lang uitgekeken. Omdat het nieuwe schooljaar in april begon en ze in mei jarig was, moest ze wachten tot ze bijna zeven was voordat ook zij naar 'de School met den Bijbel' mocht, even verderop in de Dorpsstraat. Het had haar niet snel genoeg kunnen gaan. Van moeder had ze al een beetje leren lezen, en ze popelde om met die kennis aan de slag te gaan.

Ze hoorde dat Rineke in het bed naast haar zich omdraaide. Rineke was vorige maand vier geworden en zat dus sinds kort ook op de kleuterschool. Reina had het fijn gevonden om nog een paar weken samen met Rineke naar de kleuterschool te gaan. Rineke en zij waren dikke maatjes, ook al scheelden ze bijna drie jaar. Ze speelden graag samen met de poppen en vonden het allebei leuk om moeder te helpen.

'Rineke, ben je wakker?'

'Hm?' klonk er onder de dekens vandaan.

'Rineke, ik mag vandaag naar de grote school!'

Maar Rineke draaide zich nog eens lekker om.

Reina kon niet meer in slaap komen. Ze fantaseerde hoe de dag zou verlopen. Juffrouw Brunsting, de juffrouw van de eerste klas, zou alle nieuwe kinderen welkom heten. Ze kende de juf al, omdat Johan en Martin ook bij haar in de klas hadden gezeten en ze haar weleens tegengekomen waren op straat. Het leek haar een aardige juf. Maar hoe zou het klaslokaal eruitzien? Vast heel anders dan het lokaal van de kleuterschool. En zou ze zelf mogen kiezen naast wie ze mocht zitten? Ze hoopte het, en dan zou ze vragen of ze naast Lies mocht zitten. Bij Lies voelde ze zich altijd op haar gemak. Reina was vaak verlegen, en bij drukke kinderen had ze de neiging om zich terug te trekken. Maar bij Lies had ze dat niet.

Haar wens kwam uit, zelfs zonder dat ze daarom hoefde te vragen. De juf bleek aan de juffrouw van de kleuterschool gevraagd te hebben welke kinderen ze het best bij elkaar kon zetten – en welke juist niet – en ook welke kinderen al een beetje konden lezen. Dat groepje zette ze bij elkaar. Reina en Lies mochten samen op de voorste schoolbank van de eerste rij zitten, vlak bij de deur van het klaslokaal. De bank had een schuine lessenaar, met aan de bovenkant twee richels, voor elk kind één, voor de pennen en potloden. Rechts van die richel was een uitsparing voor een inktpot. Er zat een schuifje naast waarmee je die uitsparing kon afsluiten. Er zat alleen nog geen inktpotje in. Pas in de tweede klas, als ze alle letters goed konden schrijven, zouden ze met inkt leren schrijven, had de juf uitgelegd. Ze zouden dan bij handwerken een inktlap moeten maken om hun pen aan af te vegen. Want dan kregen ze een echte kroontjespen!

De juf noemde eerst alle namen van de kinderen op om te zien of iedereen aanwezig was. Nadat de juf gebeden had, vertelde ze een verhaal uit de Bijbel. Vorige week was het Pasen geweest, en de juf vertelde over de Emmaüsgangers, die zó bedroefd waren over het lijden en sterven van Jezus, dat ze niet eens in de gaten hadden dat Hij naast hen liep. Ze nodigden Hem uit voor de maaltijd, en pas toen Hij bij hen aan tafel zat en het brood brak, herkenden ze Hem. Hij was echt opgestaan, Hij leefde!

Reina zat op het puntje van de houten bank en hing aan de lippen van de juf. Wat kon zij mooi vertellen! Ze zag als het ware het hele verhaal voor zich.

Daarna deelde de juf schriftjes uit en mochten ze met potlood hun eerste letters schrijven. Op de eerste regels stonden die letters in puntjes en mochten ze die overtrekken, maar op de regels daaronder moesten ze het zelf proberen. Er waren extra lijntjes aangebracht, daar moesten ze tussen zien te blijven. De eerste letter die ze moesten schrijven was de 'l', met een mooie grote lus aan de stok.

Met het puntje van haar tong tussen haar lippen en met gefronste wenkbrauwen deed Reina haar uiterste best om de regel vol mooie 'ellen' te krijgen. De juf kwam langslopen en zei: 'Goed zo!', waarbij ze Reina even over het hoofd aaide. Reina glom van trots!

Toen Reina klaar was met de eerste bladzijde, keek ze het lokaal rond. Bijna iedereen was nog ingespannen bezig. Haar ogen dwaalden naar het raam, en van daar naar het zwarte schoolbord met de bak met krijtjes eronder. Misschien mocht zij ook wel een keer het bord schoonvegen!

Haar ogen dwaalden verder. Aan de muur van het klaslokaal hingen mooie grote platen met daarop tekeningen van allerlei dieren en planten. Een van die platen trok Reina's aandacht. Er stonden diverse dieren op die ze nog nooit had gezien. Links op de voorgrond rende een soort reusachtige kip, met een dik lijf, een lange nek en nog langere poten. Rechts op de voorgrond zat een... ja, wat was het eigenlijk? Het leek op een grote, bruine mol, maar toch ook weer niet, want het had een platte, zwarte snavel als van een eend. Maar een eend had veren en dit dier had duidelijk een vacht, net als een mol of een konijn. Zou zo'n dier echt bestaan, of zou de tekenaar het verzonnen hebben?

Ze keek verder. Op een tak zaten twee grote vogels – dat waren vast papegaaien, die had ze weleens op een plaatje gezien, alleen waren die bontgekleurd, en deze waren geel-wit met een grote kuif op hun kop. En midden op de plaat stonden drie vreemde, bruine dieren – tenminste, eentje stond stil, de twee andere renden weg. Ze leken ongeveer zo groot als een hert, hadden ook net als een hert vier poten, maar zo te zien liepen ze alleen op hun achterpoten. Die waren dan ook veel groter dan hun voorpoten. Het was net of hun achterkant en hun voorkant niet bij elkaar hoorden, of alsof hun achterkant veel harder gegroeid was dan hun voorkant. Hun kop leek een beetje op die van de konijnen die vader hield. Wat zouden dat voor dieren zijn?

De juf kwam naast haar staan en hurkte naast haar bank. 'Lukt het niet?' vroeg ze zacht om de andere kinderen niet te storen.

'Ik ben al klaar,' fluisterde Reina.

'Laat me eens kijken.'

Reina gaf haar schriftje aan de juf.

'Keurig! Goed gedaan,' zei de juf met een glimlach. Ze wilde weer opstaan, maar Reina legde snel haar hand op die van de juf en wees met haar andere hand naar de plaat. 'Wat zijn dat, juf?'

Omdat het aan de andere kant van de klas wat rumoerig werd, stond de juf op. Ze keek streng rond en kuchte alleen even, en meteen werd het weer stil. Daarna boog ze zich voorover naar Reina en zei: 'Straks is het speelkwartier, we kijken dan wel samen, goed?'

Reina knikte tevreden.

Toen het speelkwartier aanbrak, renden alle kinderen joelend naar buiten, maar Reina bleef zitten. De juf legde alvast wat spullen klaar voor de volgende les en liep toen naar Reina toe.

'De plaat,' zei ze. 'Vind je hem zo mooi?'

Reina knikte. 'Maar ik weet niet wat dat voor dieren zijn, die heb ik nog nooit gezien.'

De juf lachte. 'Die zul je ook wel nooit zien,' zei ze. 'Nou ja, heel misschien een keer in een dierentuin, maar niet in 't echt. Want dat zijn dieren die in Australië voorkomen. Heb je weleens van Australië gehoord?'

Reina dacht even na. Australië. Volgens haar had ze die naam weleens horen vallen.

Ineens wist ze het weer. 'Daar kwamen soldaten vandaan die meegevochten hebben toen het oorlog was.'

De juf knikte. 'Goed zo! En weet je ook waar het ligt?'

Reina schudde haar hoofd.

'Het ligt helemaal aan de andere kant van de wereld,' zei de juf. 'Heel ver weg dus. Het is een reusachtig groot eiland, midden in een heel grote zee. En omdat het een eiland is, komen sommige dieren alleen daar en nergens anders voor. Zoals de dieren op deze plaat.'

'Maar hoe heten die dieren dan? Die geel-witte zijn denk ik papegaaien.'

De juf knikte. 'Dat zijn kaketoes.'

'Hoe?' Het klonk als een vies woord, vond Reina.

'Kaketoes.' De juf lachte om het verbaasde gezicht van Reina. 'Maar het heeft niks met kak te maken, hoor, als je dat soms denkt. Het komt van het Maleise woord voor nijptang, omdat hun snavel wat op een nijptang lijkt.'

'O ja. En dat?' Reina wees naar de grote loopvogel. 'Is dat een soort kip?'

'Dat is een emoe, een soort struisvogel. Die hebben ze vast wel in een dierentuin.'

Een emoe, goed onthouden, dacht Reina. Eens kijken of vader en moeder en de jongens daar weleens van gehoord hadden. 'En dat?' Ze wees naar de bruine dieren.

'Dat zijn kangoeroes. Ze hebben heel sterke achterpoten waarmee ze flinke sprongen kunnen maken en heel hard kunnen rennen,' legde de juf uit. 'En de moederkangoeroe heeft een soort zakje op haar buik, daar kan de babykangoeroe in als die nog heel klein is.'

'Hé, dat is handig,' zei Reina. 'Zoiets zou moeder ook wel handig gevonden hebben toen Rineke nog klein was, dan hoefde ze haar niet te dragen.'

De juf schoot in de lach.

'En dat?' wees Reina naar het vreemde dier rechts onderin. 'Bestaat zo'n dier echt?'

'Ja, dat dier bestaat echt. Het ziet er wel vreemd uit, hè? Toen de mensen buiten Australië het dier voor het eerst zagen, dachten ze dat iemand een grapje uitgehaald had, en dat het gemaakt was van aan elkaar genaaide delen van verschillende dieren. Het heet een vogelbekdier. Lgische naam wel, hè?'

Reina knikte. 'Maar is het nu een soort eend of een soort mol?'

'Geen van beide,' zei de juf. 'Het legt eieren, net als een eend, en het heeft een soort zwemvliezen, net als een eend. Maar het voedt zijn jongen met melk, net als een mol en een konijn en een hond en zo. Dus het is een heel bijzonder dier.'

Reina herhaalde zacht voor zich uit: 'Dus een emoe, en een vogelbekdier – dat is makkelijk onthouden – en een kang... een kang...'

'Een kangoeroe,' hielp de juf. 'En een kaketoe.'

Nou, die kaketoe zou ze maar niet noemen thuis, dacht Reina, daar zouden de jongens vast hard om moeten lachen en dan zouden ze haar daarmee plagen. Maar die andere dierennamen wilde ze wel onthouden voor thuis. 'Kangoeroe, kangoeroe,' oefende ze.

De bel ging, het speelkwartier was afgelopen.

Toen om twaalf uur de school uitging, rende Reina naar huis, onderweg steeds repeterend: emoe, kangoeroe, vogelbekdier, emoe, kangoeroe, vogelbekdier.

Het eten stond al klaar, ze konden meteen aanschuiven. Direct nadat vader hardop gebeden had, zei ze: 'Hebben jullie weleens van een vogelbekdier gehoord?'

Moeder schepte een lepel bietjes op haar bord. 'Wat zeg je nou?'

Maar Johan riep: 'Natuurlijk, dat is een dier dat in Australië voorkomt.' En ook vader knikte.

Reina zuchtte. Hè, waarom wisten ze dat nu! Daar ging haar nieuwtje. 'En een kangoeroe?'

'Ook een dier in Australië,' wist Johan.

'En een emoe?' probeerde Reina. Die kaketoe durfde ze niet te noemen.

'Een wat?'

Ha, die kende Johan niet! 'Een emoe.'

'Wat is dat nu weer?'

'Vader, weet u het?'

Maar vader schudde zijn hoofd. 'Geen idee. Een soort koe?'

'Nee!' Reina keek triomfantelijk rond.

'Een soort hert,' raadde Johan.

'Nee!'

'Een soort konijn,' probeerde Martin.

'Ook niet.'

'Nou, zeg het nou maar,' zei moeder, 'dan kunnen we tenminste gaan eten. Johan, houd je bord eens bij.'

Johan hield zijn bord op, maar toen bedacht hij dat hij helemaal geen bietjes lustte. Hij trok zijn bord terug, waardoor de bietjes op het tafelkleed belandden.

'Hè, akelige jongen, kijk nou eens wat je doet!' Moeder keek hem boos aan.

'Maar ik lust geen bietjes!' protesteerde Johan. 'Dat weet u toch?'

Moeder schepte met een driftig gebaar de bietjes van het tafelkleed op Johans bord. 'Weet je nog hoeveel honger je had toen het oorlog was? Toen zou je blij geweest zijn met zo'n bord bietjes!'

Ook vader bemoeide zich ermee. 'Jij eet je bord leeg en daarmee uit.'

Johan mompelde wat, maar begon toch met lange tanden te eten. Moeder ging ook zitten en pakte haar vork. Iedereen was muisstil. Het gebeurde niet vaak dat moeder boos werd. Het enige geluid was het tikken van het bestek tegen de borden.

'Nou weten we nog niet wat een emoe is,' zei Martin ineens.

'O ja. Het is een...' Reina fronste haar wenkbrauwen. Het was een soort vogel, had de juf gezegd, maar wat voor soort ook alweer? Hè, ze had zo haar best gedaan om dat 'emoe' te onthouden, en nu wist ze dat andere woord niet meer.

'Nou?' vroeg Johan plagerig, blij dat die akelige stilte doorbroken was. 'Weet je 't zelf wel?'

'Het is een... een hele grote vogel, met een hele dikke buik, en op lange poten, en met een lange nek.'

'O, een struisvogel,' zei Johan.

O ja, zo noemde juf het, een struisvogel. 'Nee, geen struisvogel, een sóórt struisvogel,' zei Reina. 'En die woont ook in Australië. En dat is héél ver weg, helemaal aan de andere kant van de wereld.'

'Als ik groot ben, ga ik naar Australië,' zei Johan. Hij had inmiddels zijn bietjes op en nam een grote hap van zijn aardappels.

'Joh, dat is toch veel te ver,' zei moeder. 'Wat moet je daar nou doen?'

Maar Johan knikte vastberaden. 'Zeker weten dat ik later naar Australië ga.'

'Nou, dat zien we dan wel weer,' zei moeder. 'En nu dooreten, jullie moeten zo weer naar school.'

En daarmee had ze het laatste woord.

3

Reina doorliep de lagere school zonder problemen. Ze was een makkelijk kind, gehoorzaam en hulpvaardig. Moeder Westhoek had veel steun van haar. Dat was fijn, want met vijf opgroeiende kinderen had ze het altijd druk. De was werd met de hand gedaan, in grote wastobbes, met een wasbord, een wasborstel en een wringer. Achter het huis was een regenput; dat water werd gebruikt om de was te spoelen. Een stofzuiger hadden ze niet. Op de vloer lag linoleum en daaroverheen een karpet. Elke dag veegde moeder op haar knieën met een stoffer en blik het kleed schoon, en pas als het stof neergedwarreld was kon het stoffen beginnen. Om twaalf uur moest het eten klaarstaan, dan kwamen haar man en Wijnand van hun werk – Wijnand werkte bij een koekjesfabriek en bracht soms dozen gebroken koekjes mee naar huis, lekker! – en kwamen de kinderen uit school. Na het eten verdwenen die allemaal weer en ging zij eerst aan de afwas. Daarna was er altijd wel iets te naaien of te verstellen, of moesten de gaten in de sokken van Arend en de jongens gestopt worden. Het leek soms wel of er stiekem muizen aan de sokken knaagden, zo vaak zaten er gaten in. 's Zaterdags hoefden de kinderen alleen 's morgens naar school, en ook Arend en Wijnand waren 's zaterdagsmiddags na één uur vrij. Dan verdween Arend na het eten naar zijn schuurtje, waar hij bijen, kippen, konijnen, parkieten, kanaries en vinkjes hield, of hij ging aan de slag in de moestuin. De jongens moesten hem dan helpen, de meisjes hielpen moeder.

Ze genoten allemaal het meest van de zondagen: eerst 's morgens met z'n allen naar de kerk, daarna gezellig koffiedrinken met iets lekkers erbij. Na de koffie de warme maaltijd: regelmatig kip of konijn – die vader zelf slachtte – stoofpeertjes, en steevast griesmeel met bessensap toe. Dat was Arends lievelingstoetje. Na het eten kwamen de spelletjes op tafel, of werd er een legpuzzel gelegd. Vooral Wijnand vond dat erg leuk. Of er werden kruiswoordpuzzels gemaakt, die ze samen oplosten. Daarna samen naar de middagdienst van de kerk, en 's avonds iets lekkers bij de broodmaaltijd.

's Zomers kwam oma Florus, moeders moeder, altijd drie weken logeren. Zij was al in 1943 weduwe geworden en woonde in huis bij het gezin van haar jongste zoon in De Bilt. Als ze kwam logeren nam ze altijd de trein, en Reina en Rineke gingen haar dan meestal afhalen. Iedereen was dol op oma Florus. Oma kon lezen noch schrijven, zij was als kind al vroeg uit werken gegaan en was amper naar school geweest. Maar vertellen dat ze kon! Er was tijdens die logeerpartij altijd wel een kind dat naar oma toe kwam en vroeg: 'Oma, vertel nog eens van vroeger.' En hoewel oma een hekel had aan ledigheid – ze vond lezen zelfs 'zonde van de tijd' – verhalen vertellen was dat blijkbaar niet. In een mum van tijd zat groot en klein om haar heen, en oma vertelde. Over de armoe in die tijd, een tijd waarin er nog niet eens auto's of vliegtuigen waren in Nederland, maar er alleen maar stoomtreinen reden en verder alles werd vervoerd met vrachtschuiten en paard-en-wagens. Oma had zelfs nog meegemaakt dat de eerste stoomtram kwam, die ging rijden tussen Den Haag en Scheveningen. Ze vertelde over de tijd dat ze als jong meisje moest gaan werken op een boerderij, en dat dat toen heel gewoon was, vooral voor meisjes uit de armere gezinnen. Vrouwen speelden nauwelijks een rol in die tijd, ze mochten zelfs niet eens stemmen, en zodra vrouwen getrouwd waren, werden ze als 'handelingsonbekwaam' gezien. De man was de baas, wat hij zei moest gebeuren. Maar vaak wisten de vrouwen niet beter. Hun wereld was klein, meestal kwamen ze niet verder dan hun eigen dorp.

Oma had de kerkscheuring binnen de Nederlandse Hervormde Kerk meegemaakt, die leidde tot de oprichting van de Gereformeerde Kerk waar haar familie lid van werd en waartoe ook het gezin Westhoek behoorde. Abraham Kuyper, die de leider was in de 'Doleantie', zoals de afscheiding genoemd werd, was van mening dat in de scheppingsorde vastgelegd was dat de man het hoofd was en de vrouw zijn hulp: 'Uw wil zal aan de man onderworpen zijn, hem komt de heerschappij toe.' Dat moest tot uiting komen in hun rolverdeling: de man leverde zijn aandeel in maatschappij, kerk en politiek, en de vrouw in het gezin als moeder en huisvrouw. Kuyper vond zelfs dat er geen vrouw op de Nederlandse troon hoorde, maar ja, bij gebrek aan een mannelijke opvolger was er geen andere keuze.

Oma had de geboorte van prinses Wilhelmina meegemaakt. Ze was toen zes jaar geweest, maar ze wist het nog goed: 'Alle vlaggen hingen uit.' Toen prinses Wilhelmina tien jaar was, overleed haar vader en werd zij automatisch koningin, maar omdat ze nog zo jong was, werd haar moeder, koningin Emma, regentes tot Wilhelmina achttien jaar was. Daarna werd zij op 6 september 1898, een week na haar achttiende verjaardag, ingehuldigd als koningin. Overal werd dat uitgebreid gevierd, met bloemencorso's, optochten, kinderfeesten, sportwedstrijden en militaire parades met veel vertoon. Op sommige plaatsen hadden de festiviteiten wel vier dagen geduurd! 'Het was geweldig,' zei oma; haar ogen glansden nog als zij eraan terugdacht.

Iedereen kon zich er wel iets bij voorstellen, ze hadden zelf de troonsbestijging van prinses – nu koningin – Juliana in 1948 meegemaakt. Maar volgens oma was dat een soberder viering geweest dan die in 1898, al was dat wel logisch, zo kort na de oorlog.

Oma ging graag wandelen rond het dorp en door het park dat in 1950 achter de Dorpsstraat was aangelegd: het Wilhelminapark. Eerst lagen daar diverse volkstuintjes, maar de gemeenteraad vond dat er behoefte was aan een 'bevrijdingspark' met centraal daarin een oorlogsmonument ter herinnering aan de Tweede Wereldoorlog. Eind juni 1951 werd het monument onthuld. In het midden stonden de jaartallen 1940-1945. Links daarvan stond een tekst uit Jozua 4:6: 'Wanneer uw kinderen morgen vragen zullen: Wat beduiden deze stenen?' en rechts daarvan stond een tekst uit Jozua 4:24: 'Opdat alle volkeren der aarde aan de hand des HEEREN kennen zouden, dat zij sterk is.' Beide teksten herinnerden aan de veilige tocht door de Jordaan van het Joodse volk, vlak voordat ze het beloofde land binnentrokken. Aan beide zijden van het monument was een reliëf aangebracht. Op het linkerreliëf stond Exodus 5:6-8 uitgebeeld: een Egyptenaar met een zweep, en mannen die stenen sjouwden voor de farao. Het reliëf stond symbool voor de onderdrukking en de deportatie van de Joden. Op het rechterreliëf werd 1 Samuël 7:12 uitgebeeld: de oprichting van de steen Eben-Haëzer door Samuël, en twee vluchtende Filistijnen. Dit reliëf stond symbool voor Gods hulp in nood en bevrijding uit onderdrukking. Eben-Haëzer betekende: Tot hiertoe heeft de Heere ons geholpen.

Oma kon weliswaar niet lezen, maar ze begreep maar al te goed wat de tekeningen voorstelden, en telkens als ze kwam logeren, was een van haar eerste wandelingen naar het park, en stond ze een poosje stil bij het monument. Dacht ze dan ook aan haar man die in de oorlog omgekomen was? Vaak vroeg ze aan de kinderen of ze met haar meegingen, en die deden dat graag – niet alleen omdat ze veel van oma hielden, maar ook omdat ze dan soms een ijsje voor hen kocht. Oma at zelf ook graag ijsjes, ze had geen tanden en ook geen kunstgebit, en een ijsje 'hapte zo heerlijk weg'. Ook bij de jaarmarkt trakteerde ze meestal op een ijsje.

Eens gingen ze tijdens zo'n logeerpartij van oma met z'n allen een dagje naar het strand in Scheveningen. Eerst met de trein naar Den Haag en dan met de tram naar het strand. Eenmaal op het strand wist oma niet waar ze moest kijken, zo verontwaardigd was ze over al die mensen die daar maar 'in hun blootje' liepen. Ze vond het maar niks en wilde meteen weer weg! De kinderen vonden het wel jammer, ze hadden graag nog wat langer op het strand gebleven, maar oma kocht als troost op het station een lekker ijsje voor iedereen.

Een enkele keer kwam oma ook met de kerstdagen. Dat waren bijzondere dagen. In de weken voor Kerst werd er door de schoolkinderen druk geoefend met de Bijbelteksten die ze uit het hoofd moesten leren en tijdens de speciale kerstviering op moesten zeggen. Reina keek daar steevast naar uit. De kerstliederen die gezongen werden, het kerstverhaal dat verteld werd, het boekje en de sinaasappel die ze na afloop kregen, ze genoot daar altijd van. Maar ook de vredige sfeer rondom Kerst, de saamhorigheid die ze voelde en de vele lichtjes gaven haar een warm gevoel.

En dan kwam oud en nieuw, en bakte moeder de lekkerste oliebollen die er waren. Tijdens het bakken mochten ze er allemaal eentje proeven, de rest werd bewaard tot 's avonds, na de kerkdienst. Dan kwam de schaal oliebollen op tafel, met een schaaltje poedersuiker ernaast, en was het smullen geblazen. Ook maakte moeder dan altijd een slaatje van bietjes en aardappels, al liet Johan dat uiteraard aan zich voorbijgaan...

Toen Reina de lagere school afgerond had, was het min of meer vanzelfsprekend dat zij naar de huishoudschool in Voorburg zou gaan, de weg die de meeste meisjes gingen. Ze had nog geen idee wat ze later wilde worden. Ze had weleens gedacht dat ze schooljuf wilde worden, zo eentje als juffrouw Brunsting, maar daar zag ze toch maar van af. Zij was daar vast te verlegen voor, en om een hele klas onder de duim te houden... Dan maar naar de huishoudschool, daar leerde je wassen, strijken, naaien, koken en dergelijke, en dat was altijd handig voor een meisje.

Maar op school werd daar anders over gedacht. Op een avond werd er aangebeld en stond de bovenmeester voor de deur. Die had een dringend advies: 'Laat Reina naar de mulo gaan. Ze heeft blijk gegeven van een goed verstand, en ze zal het er vast goed afbrengen.'

Haar ouders vonden het goed, Reina mocht naar de mulo. Ze had het ook daar naar haar zin, al vond ze de exacte vakken – rekenen, algebra en meetkunde – leuker dan bijvoorbeeld Frans en Duits. Op dinsdag- en donderdagmiddag was ze vrij, maar tot ze van de mulo kwam moest ze ook nog op zaterdagochtend naar school.

De meisjes uit de buurt hadden een handwerkclubje opgericht, en iedere maandagmiddag na schooltijd kwamen ze bij een van de meisjes thuis om daar te handwerken. Ook Rineke en Rita, de dochter van oom Teun en tante Rika, zaten daarbij. Ze maakten de afspraak dat als een van hen een lelijk woord zei, die dan voor straf een knoopsgat moest maken. Een van de eerste dingen die Reina maakte, was een speldenkussen, geborduurd met fijne kruissteekjes. Ook breien en haken deed ze graag. Daarnaast ging ze na de meisjesclub naar de jeugdclub van de kerk, en werd ze lid van het kerkkoor Cantate Deo.

Die zomer kwam oma Florus weer logeren. Oma werd al wat ouder, en dat was goed te merken. Ze was sneller moe na haar wandelingetje, had minder eetlust dan anders, en voordat de drie weken om waren, wilde ze weer naar huis.

Moeder Westhoek maakte zich wel wat bezorgd voor de terugreis die oma moest ondernemen.

'Zal ik met oma meegaan?' bood Reina aan.

'Als je dat wilt? Dat zou wel fijn zijn.'

Ook oma was blij dat ze niet alleen hoefde te reizen. 'Als je dan wat schoon goed meeneemt, kun je misschien wel een paar dagen blijven logeren, dat zou ik gezellig vinden.'

'Mag dat wel van oom en tante?' vroeg Reina.

'Vast wel.'

En inderdaad mocht Reina blijven logeren. Daar was ze blij mee, nu kon ze toch nog wat langer van oma genieten! Trouwens, niet alleen van oma. Oom en tante hadden een poes die een nest kittens had, en Reina was er niet bij weg te slaan. Oma mopperde wat dat de poesjes meer aandacht kregen dan zij, maar ze lachte erbij. 'U vindt ze net zo leuk als ik,' wist Reina.

'Wil je straks een poesje meenemen?' stelde tante voor. 'Wij kunnen ze toch niet allemaal zelf houden.'

'Mag dat?' vroeg Reina. 'Maar... zal moeder dat wel goedvinden?'

'Toen je moeder zo jong was als jij, was ze ook gek op jonge poesjes,' zei oma. 'Dus dat vindt ze vast wel goed.'

'Dan kun je beter een katertje nemen dan een poesje,' zei oom. 'Anders hebben jullie straks zelf ook een heel nest vol kittens.'

Reina koos een mooi getekend katertje uit, oranjerood met een gestreepte staart. Ze hield hem omhoog. 'Deze wordt het. Hoe zal ik hem noemen?'

'Wat vind je van Streepje?' stelde oma voor. 'Of Rooie?'

Reina vond dat weinig origineel. 'Ik noem 'm Maukie,' zei ze, en ze knuffelde de kitten. 'Hé, Maukie, vind je dat ik een mooie naam voor je heb uitgezocht?'

'Maukie?' vroeg oma. 'Hoe kom je daar nou bij?'

Reina haalde haar schouders op. 'Gewoon, zelfbedacht. Een poes miauwt toch? Nou, mauw, Maukie, logisch toch?'

Dat Maukie kon miauwen werd op de terugweg pijnlijk duidelijk. Tante had een rieten tas meegegeven om Maukie daarin te vervoeren. Daarbovenop had Reina een stuk karton gelegd, zodat Maukie niet kon ontsnappen tijdens de reis. Maar Maukie vond dat maar niks! Hij miauwde erop los, in de bus en in de trein, de hele reis lang. Iedereen keek naar haar, Reina werd er verlegen van. Ze was blij toen de trein in Zoetermeer stopte. Ook onderweg naar huis stopte het miauwen niet, en toen Reina de keuken binnenstapte waar moeder net water opzette voor de thee, liet de kitten een hard en klaaglijk 'miauw!' horen.

Moeder keek verstoord op. 'Wat heb jij nou? Toch zeker geen kat, hè?' zei ze met gefronste wenkbrauwen.

Reina had door oma's opmerking een andere reactie verwacht, en zei bedenkelijk: 'Oom en tante hadden kittens, en ik vond ze zo leuk, en toen mocht ik... en oma zei...'

Moeder zuchtte. 'Wat zei oma?'

'Oma zei... oma zei dat u het vast wel goed zou vinden, omdat u vroeger ook gek was op poesjes.'

'Ja, vróéger,' zei moeder. 'Maar vroeger is nú niet.'

Reina was even verlegen met de situatie. Wat moest ze nu doen? Ze kon het beestje toch moeilijk terugbrengen.

'Vader heeft toch ook...' begon ze voorzichtig.

'Die beesten van vader houdt-ie allemaal in de schuur, of in de tuin,' zei moeder. 'Maar een poes komt ook binnen. Of wil je hem soms altijd buiten houden? Of is het een haar?' zei ze opeens verschrikt. 'Dan hebben we straks een heel huis vol van die beesten!'

'Nee, het is een hij, een katertje,' zei Reina snel.

'Als hij ooit in huis plast...' zei moeder dreigend.

'Ik ruim alles op en ik zorg zelf voor hem,' zei Reina, die voelde dat ze het pleit al half gewonnen had. En toen Rineke en de jongens ook enthousiast reageerden op de nieuwe huisgenoot, en vooral Wijnand helemaal verrukt was van dat kleine pluizenbolletje, streek moeder haar hand over haar hart en mocht Maukie blijven.

Reina rondde het laatste jaar op de mulo af door examen te doen in Den Haag, eerst twee dagen schriftelijk, daarna een dag mondeling. Ze slaagde met mooie cijfers, en toen was het zoeken naar een baantje. Dat vond ze bij een bedrijf dat gespecialiseerd was in babyvoeding. Martin werkte daar ook als elektricien, en hij had zijn moeder van zijn eerste verdiende geld een heuse stofzuiger cadeau gedaan. Moeder had de handen in elkaar geslagen van verbazing: 'Een echte stofzuiger, wie had dat ooit kunnen denken!'

Moeder stond erop dat Reina nu op naailes ging. 'Als je naar de huishoudschool was gegaan, had je dat daar geleerd, en je zult zien, daar heb je later veel profijt van!' Reina vond het niet erg, naaien deed ze graag.

Ze had het echter niet zo naar haar zin op haar werk, dus ging ze na een halfjaar uitkijken naar iets anders. Ze werd aangenomen bij een bedrijf dat boter, kaas en eieren verwerkte door de producten te verpakken en naar overal in het land te vervoeren. Johan werkte daar ook, maar dan op kantoor. Reina hielp bij de algemene boekhouding, deed wat typewerk, vulde de voorraad bij en maakte 's morgens vroeg de kantoren schoon. Rineke had intussen de huishoudschool afgerond en ging als hulp in de huishouding aan het werk op een boerderij.

Reina en Rineke brachten veel tijd samen door en waren dikke vriendinnen. Regelmatig gingen ze samen naar Den Haag om te winkelen, of naar de bioscoop. Ook met Rita, hun nichtje dat naast hen woonde, trokken ze veel op. Nu ze alle drie verdienden, maakten ze plannen om eens met elkaar op vakantie te gaan. Ze hoefden thuis alleen maar kostgeld af te dragen en mochten de rest zelf houden.

Hun eerste vakantie samen brachten ze door bij een van de twee zussen van vader Arend en oom Teun die allebei in Utrecht woonden: tante Marie en tante Riek. Ze mochten logeren bij tante Riek. Die vond het nogal vermakelijk, vier vrouwen in huis wier namen begonnen met een R. 'We kunnen wel een clubje beginnen,' grapte ze. 'De Vier Erretjes.' Ze moesten allemaal lachen. 'En dan vragen we jouw moeder Rika er ook bij,' zei ze tegen Rita. 'Dan zijn we al met z'n vijven.'

Beide tantes namen de meisjes mee op een tocht door de stad. Ze beklommen de honderdtwaalf meter hoge Dom, wat hun niet alleen een prachtig uitzicht over de stad opleverde, maar ook pijnlijke kuitspieren en een flinke ademnood. Maar het was alleszins de moeite waard!

Ook gingen ze met z'n drieën een paar keer op jeugdkamp, meestal in Nederland, maar zelfs ook een keer naar Oostenrijk. Dat was een belevenis! Ze waren alle drie nog nooit in het buitenland geweest en keken al tijdens de busreis ernaartoe hun ogen uit. Het was een lange zit, maar ze hadden zo veel te zien onderweg dat de tijd voorbijvloog. En toen Rita in de verte de eerste bergen ontdekte met daarop zelfs sneeuw, waren ze niet meer bij de ramen weg te slaan.

Ze maakten diverse bustochten door het Oostenrijkse landschap, leerden volksdansen tijdens een van die tochten, en wandelden veel in de bergen. Dat was wel wat anders dan een wandelingetje door het park! Reina merkte dat ze weinig conditie had door al dat zittende werk achter een bureau, en ze nam zich voor om op dansles te gaan zodra ze terug was, dan had ze tenminste nog wat beweging.

Een van die bustochten voerde naar Innsbruck. Dat vonden ze allemaal een prachtige stad. Ze wandelden langs de Inn, die in deze tijd van het jaar een snelstromende rivier was door het vele smeltwater. Ze bekeken de Triumphpforte, de triomfboog, het enige gedeelte dat nog over was van de oude stadsmuur. De ene zijde van de boog stond voor vreugde en feestelijkheid, naar aanleiding van het huwelijk tussen Leopold II met de Spaanse Maria Ludovica, de andere zijde stond voor rouw en verdriet, omdat tijdens de feestelijkheden rondom dit huwelijk de vader van de bruidegom, Franz I, onverwacht overleed.

Het hoogtepunt van de dag vonden ze alle drie de prachtige St. Jakobsdom. Ze wandelden door de hoge kruisvormige kerk en kwamen ogen tekort. Vooral het goud met zilveren hoofdaltaar vonden ze prachtig, al vond Rita het nogal 'overdadig'. 'Dan is onze kerk toch een stuk rustiger door haar eenvoud,' vond ze.

Op de terugweg naar de bus kochten ze nog wat souvenirs, en daarna was ook deze dag er weer 'een met een gouden randje', aldus Rineke.

Op de laatste dag van de vakantie maakten ze een boottocht over de Silvretta Stausee, een tweeduizend meter hoog gelegen stuwmeer dat omringd werd door bergen van wel ruim drieduizend meter hoog, en waar je alleen via een tolweg kon komen. Tijdens de boottocht waren overal kleine watervalletjes te zien, die uitmondden in het meer. Soms waren er kleine regenboogjes te zien in de opspattende waterdruppels.

En toen was het helaas alweer tijd om naar huis te gaan. Ze pakten hun spullen in, wierpen nog een laatste blik op het landschap dat hun in korte tijd zo dierbaar was geworden, en liepen naar de bus. De terugtocht was minder verrassend dan de heenweg en iedereen was wat slaperig, omdat slapen wel het laatste was geweest waar ze deze tijd aan hadden willen denken.

Ook de buschauffeur verlangde blijkbaar naar huis en naar moeder de vrouw, want hij hield steeds het gas op de plank. Hij gunde hun maar amper de tijd voor een plas- en koffiepauze, en ook tijdens de lunchpauze maande hij iedereen om op te schieten. Ze werden er een beetje melig van en riepen naar elkaar: 'Hé, beetje vlugger alsjeblieft', of: 'Kan dat niet sneller?'

Binnen een halfuur waren ze alweer onderweg. Een van de leiders van het jeugdkamp probeerde een lied in te zetten, maar hij kreeg weinig bijval. De meesten lagen wat te soezen of keken verveeld naar de auto's die voorbijsnelden. Die chauffeur had echt haast!

Tot ineens iemand vroeg: 'Waar is Jaap eigenlijk?'

'Joh, die zit vast voorin,' reageerde er een, maar direct daarna was het alsof er een schokgolf door de bus ging. Iedereen vroeg zich ineens af: waar is Jaap?

De gealarmeerde kampleider ging zijn lijstje af en ging daarna 'koppen tellen'. Jaap bleek er niet bij te zijn.

'Bij de lunch was hij er nog wel,' wist Hendrik-Jan te vertellen. 'Hij zat naast me tot hij naar het toilet moest.'

Wat nu? Ze waren al bijna bij de Nederlandse grens. Moesten ze nu dat hele stuk weer terugrijden? Maar wat als Jaap intussen al zelf actie ondernomen had en misschien wel een lift gekregen had van een van de vele Nederlandse toeristen die ook in dat wegrestaurant gezeten hadden?

De kampleider besloot het erop te wagen. 'Rijd maar door,' zei hij tegen de chauffeur. 'Ik durf die verantwoording wel te nemen. Jaap is mans genoeg.'

De sfeer in de bus was ineens veranderd. Iedereen was stil en zat in spanning. Hoe zou het met Jaap zijn? Ze waren allemaal blij dat ze niet in zijn schoenen stonden. Reina vroeg zich af wat zij gedaan zou hebben als de bus zonder haar weggereden zou zijn. Ze zou waarschijnlijk in paniek geraakt zijn, maar te verlegen zijn om iemand aan te spreken. Maar ja, als zij niet op tijd bij de bus was geweest en de chauffeur had weg willen rijden, dan waren Rineke en Rita wel zo bijdehand geweest om de chauffeur tegen te houden. Hè, fijn toch dat ze met z'n drieën waren!

Bij de reünie die een paar maanden later plaatsvond, was Jaap ook aanwezig. Iedereen stond direct om hem heen en luisterde naar zijn verhaal. Vol branie vertelde hij dat hij helemaal niet bang geweest was toen hij ontdekte dat de bus zonder hem vertrokken was. Hij had met een vrachtwagenchauffeur mee kunnen liften tot Aken. De chauffeur had hem daar afgezet bij een wegrestaurant, waar een volgende vrachtwagenchauffeur hem mee kon nemen tot Eindhoven. 'En daar heb ik de trein genomen, makkelijk zat,' pochte hij. Dat hij het in z'n broek gedaan zou hebben van angst als hij niet net zijn blaas had geleegd, vertelde hij er maar niet bij... Gelukkig had een van de mensen van het wegrestaurant hem opgevangen, en die had hem in contact gebracht met de chauffeur die naar Aken moest.

Iedereen was erg opgelucht, want men was toch wel benieuwd geweest hoe het met Jaap afgelopen was. Het werd al met al een vrolijke boel, waarbij ook weer de volksdanskunsten getoond moesten worden die ze in Oostenrijk opgedaan hadden.

Reina, Rineke en Rita – 'De Drie Erretjes', zoals ze zichzelf noemden sinds tante Rika hun die suggestie gegeven had – waren het roerend met elkaar eens: dit was een vakantie om nooit te vergeten!

4

'Reina, ga je mee?'

Rita was achterom gekomen en stond nu in de woonkamer, waar Reina met Wijnand een legpuzzel aan het maken was.

Reina keek op en vroeg verbaasd: 'Is het al zo laat?' Ze keek op haar horloge en stond meteen op. 'Ik was heel de tijd vergeten. We schoten net lekker op.' Ze lachte naar Wijnand. 'Verder lukt het jou alleen wel, hè?'

Wijnand lachte terug en zocht meteen weer verder.

'Nog even naar de wc, en dan ga ik met je mee,' zei Reina.

'Dat rijmt,' lachte moeder.

Reina lachte ook en liep daarna naar achteren.

'Hoe is het met Rineke?' vroeg Rita. 'Ze zal het wel jammer vinden dat ze niet mee kan. Er speelt vanavond een band op de soos.'

'Ja, dat las ik in het kerkkrantje,' zei moeder Westhoek. 'Nou, gelukkig knapt Rineke weer wat op. Ze heeft geen koorts meer en heeft vanmiddag zelfs al wat bouillon gegeten.'

Reina kwam weer binnen met haar jas over haar arm. 'Ga je mee, Rita?'

'Veel plezier vanavond.'

'Dat zal wel lukken. Dag moe, dag Wijnand.'

Gearmd wandelden de beide meisjes naar 't Centrum, een van de bijgebouwen achter de kerk.

'Hoe staat het met de plannen van Johan?' vroeg Rita.

'Hij heeft volgende week zaterdag weer een bijeenkomst, als het goed is hoort hij dan wanneer hij naar Australië gaat.' Reina schoot even in de lach. 'Ik herinner me nog dat hij zei dat hij naar Australië zou gaan, ik zat toen net op de grote school. Wie had ooit kunnen denken dat dat ook echt zou gebeuren!'

'Spannend hoor,' zei Rita. 'En hoelang gaat hij daarnaartoe?'

'De bedoeling is in elk geval twee jaar, want dat is een voorwaarde om in aanmerking te komen voor die subsidieregeling die ze hebben om emigratie te bevorderen. Maar ik ben wel benieuwd of Johan dat volhoudt. Ik bedoel… twee jaar zo ver van huis. Dat lijkt me verschrikkelijk! Ik heb al heimwee als we een week op vakantie zijn.'

'Maar jij bent Johan niet.'

'Nee, dat is waar. Hij heeft er in elk geval heel veel zin in.'

'En je ouders?'

Reina haalde haar schouders op. 'M'n vader zegt er niet zo veel over. Moeder ziet er wel tegen op, maar ze wil hem niet tegenhouden. Ik denk dat vooral Wijnand hem erg zal missen.'

'Neemt hij zijn tuba ook mee?' Johan was nu een jaar of vier lid van Harpe Davids, de harmonie.

Reina lachte. 'Dat denk ik niet, maar hij zal die ook wel missen, hij doet dat met zo veel plezier.'

Intussen waren ze bij 't Centrum aangekomen. Ze hingen hun jas op de kapstok en liepen naar binnen. Het was er een gezellige drukte, blijkbaar waren zij een van de laatsten.

De band was al aan het spelen, de zanger had zo te horen een goede stem.

Ze bleven even staan luisteren en keken toen rond of er aan een van de tafeltjes nog twee vrije plekken waren.

'Daar,' wees Rita. Ze trok Reina mee naar een hoek van de zaal, waar nog twee lege stoelen stonden. Aan het tafeltje zaten twee onbekende jongens.

'Zijn deze stoelen vrij?' vroeg Rita.

'Ja hoor, ga je gang,' zei een van de jongens. Hij stond op en stak zijn hand uit. 'Arend van Liere.'

De andere jongen stond ook op en gaf hun een hand. 'Fred van Liere.'

De beide meisjes stelden zich ook voor: 'Reina Westhoek', 'Rita Westhoek'. Daarna gingen ze zitten.

Leuke jongens, was Reina's eerste indruk, vooral die Arend!

'Mijn vader heet ook Arend,' zei ze.

Arend lachte. Hij bleek kuiltjes in zijn wangen te hebben als hij lachte. Reina voelde haar hart overslaan.

'Mijn vader heet ook Arend, en mijn grootvader ook,' zei Arend. 'Blijkbaar een populaire naam.'

'Wonen jullie in Zoetermeer, of zijn jullie hier te gast?' vroeg Reina nieuwsgierig.

'Wij wonen hier al bijna een jaar,' vertelde Arend. 'Onze vader is vorig jaar december bedrijfsleider geworden bij een machinefabriek hier in Zoetermeer.' Hij noemde de naam van het bedrijf. Reina kende die naam wel, dat waren ook leden van de kerk.

'Al bijna een jaar! Ik heb jullie anders nog nooit gezien. Waar zitten jullie in de kerk?'

'In de rechterzijvleugel.'

'En waar wonen jullie?'

Het bleek dat het gezin Van Liere in de Potgieterstraat woonde, in de buurt van het station. Ja, dan gingen ze via een heel andere ingang de kerk in en uit dan het gezin Westhoek, zij zaten links achterin. En dan zaten ze ook in een andere wijk. De gemeente had ruim vijftienhonderd leden, logisch dat ze die niet allemaal kenden.

'Waar hebben jullie eerst gewoond?' vroeg Reina. Ze voelde zich steeds meer aangetrokken tot Arend. Die Fred leek haar ook wel aardig, maar hij was een stuk jonger dan zijn broer.

'We woonden tot vorig jaar in Papendrecht. Maar wij zijn allebei geboren in Rotterdam, daar komen onze ouders ook allebei vandaan. Wonen jullie hier allang?'

'Geboren en getogen,' zei Rita. 'Allebei.'

'Werken jullie ook in Zoetermeer?' vroeg Reina.

Arend schudde zijn hoofd. 'Nee, ik werk in Wateringen voor een architectenbureau.'

'En ik bij een machinefabriek in Delft,' vulde Fred aan.

'Een architectenbureau? Ben je dan architect?' vroeg Rita met verbaasde ogen aan Arend.

Arend schoot in de lach. 'Nee, ik heb eerst de ambachtsschool gedaan, heb toen een poosje bij een aannemer gewerkt als timmerman, maar ik wilde meer, dus toen ben ik naar de uts gegaan. In militaire dienst heb ik bij de genie gewerkt en daarna ben ik bij dat architectenbureau begonnen als constructietekenaar.'

De band had even gepauzeerd en begon nu weer te spelen.

'Lekker nummer om op te dansen,' zei Reina genietend. 'Kunnen jullie dansen?'

Fred schudde meteen zijn hoofd. 'Nee hoor, dat is aan mij niet besteed. Maar hij wel.' Hij wees naar zijn broer.

'Ik heb het afgelopen jaar dansles gehad in Den Haag,' zei Arend.

'Hé, ik ook,' zei Reina verbaasd. 'Hoe heette die dansschool?'

Het bleek dat ze allebei op dezelfde dansschool les gehad hadden, alleen niet op dezelfde avond. Reina en Arend wisselden ervaringen uit, en Rita kletste wat met Fred.

De avond was te vlug om naar Reina's zin; ze had nog wel veel langer met Arend willen praten. Toen Rita aanstalten maakte om weg te gaan, stond ze tegen haar zin op.

'Nou eh... misschien tot ziens.'

Arend sprong overeind en stak zijn hand uit. 'Dat hoop ik ook,' zei hij lachend. En toen tegen zijn broer: 'Ga je mee naar huis?' Ze liepen met z'n vieren naar de kapstok, waar de jongens de meisjes heel attent in hun mantel hielpen.

'Leuke jongens,' zei Rita toen ze naar huis wandelden.

Reina gaf geen antwoord.

'Toch?' probeerde Rita weer. 'Volgens mij zag die Arend jou wel zitten.'

Reina zuchtte eens. 'Volgens mij ben ik verliefd,' zei ze toen.

Rita's lach schalde door de avond. 'Dat weet je dan wel heel snel! En ik hoef ook niet te vragen of het op Arend is of op Fred. Nou, laten we dan maar hopen dat het wederzijds is.'

Die avond kon Reina moeilijk in slaap komen. Ze ging in gedachten heel het gesprek met Arend steeds weer na. Telkens als ze aan hem dacht, voelde ze een aangename kriebel in haar buik. Bedoelden ze dat nu met 'vlinders in je buik'? Ze had dat nooit eerder bij een jongen gevoeld. Ze hoorde weer de opmerking van Rita: 'Laten we maar hopen dat het wederzijds is.' Had hij haar ook leuk gevonden? Ze had de indruk gekregen van wel, maar misschien was hij tegen ieder meisje wel zo.

De volgende zondag in de kerk zocht ze in de rechterzijvleugel of ze een bekend gezicht zag, maar vanaf hun plek was niet heel de vleugel zichtbaar, en ze zag Arend niet tussen de kerkgangers die binnenkwamen. Na kerktijd moesten ze meteen door naar opa Westhoek die jarig was, en ze durfde niet als enige door de andere uitgang naar buiten, bang dat daar vragen over gesteld zouden worden.

Ook de zondag daarna zag ze Arend niet, en teleurgesteld ging ze de nieuwe week in. Maar blijkbaar had hij haar intussen wel ontdekt, want de zondag daarna stond hij haar na de middagdienst bij hun uitgang op te wachten. Reina's hart maakte een sprongetje toen ze hem zag staan.

'Hoi,' zei ze. Hè, wat was het toch vervelend om zo verlegen te zijn! Waarom wist ze nu niets anders te zeggen dan 'hoi'?

'Heb je zin om een eindje met me te wandelen?' vroeg Arend.

'O... eh... ja, dat is goed.' Reina keek even om zich heen. Vader, moeder en de jongens liepen een eind voor haar, alleen Rineke en Rita liepen nog naast haar.

Ze trok Rita aan de mouw van haar jas. 'Lopen jullie maar vast naar huis, ik ga met Arend een eindje wandelen.'

Rita liet een brede glimlach zien. 'Veel plezier!' Ze stak haar arm in bij die van Rineke, die er niets van begreep. 'Kom, wij gaan vast door.'

'Maar...' zei Rineke aarzelend.

Maar Rita was onverbiddelijk, ze trok Rineke mee. 'Kom!'

Wat onwennig naast elkaar lopend staken Arend en Reina de straat over.

'Zullen we naar het park gaan?' vroeg Arend.

'Ja, dat is goed.'

Een tijdje bleef het stil. Reina pijnigde haar hersens om te zoeken naar een goede openingszin. Ze kon op zondag toch moeilijk over dansen beginnen, maar waar moesten ze het dan over hebben?

Ze wist nog zo weinig over hem.

'Ik heb naar je uitgekeken,' doorbrak Arend toen de stilte. 'Ik vond je meteen erg leuk.'

Reina's hart maakte weer een sprongetje. 'Ik jou ook.'

'Waren dat je broers?' vroeg Arend toen.

'Ja, ik heb drie oudere broers en een jonger zusje.'

'Rita,' constateerde Arend. 'Zij was er ook bij op die avond.'

'Nee, Rita is mijn nichtje. Mijn zusje heet Rineke, zij was degene die meegetrokken werd door Rita. Heb jij nog meer broers of zussen naast Fred?'

'Nog een jonger broertje, Rolf, een nakomertje, hij is negen.'

Weer was het even stil. Intussen waren ze bij het park aangekomen. Reina wilde oversteken, maar Arend pakte haar hand en hield haar tegen. 'Pas op, daar komt een auto.'

De auto was nog een eind weg, maar blijkbaar had Arend de gelegenheid aangegrepen om haar hand vast te pakken, want nadat ze overgestoken waren, liet hij die niet meer los.

Reina liep met haar hoofd in de wolken. Hier liep ze nu, in het park, hand in hand met de leukste jongen die er op aarde bestond! Zo voelde dus geluk...

Nadat ze een rondje door het park hadden gewandeld, wees ze hem waar ze woonde: 'Wij kijken vanuit onze achtertuin op het park.'

Hij bracht haar tot aan de achterdeur en vroeg toen: 'Zullen we een keer samen gaan dansen in Den Haag?'

'Ja, dat lijkt me leuk!'

'Wanneer?'

'Zaterdagavond?'

'Prima. Dan kom ik je om zeven uur ophalen. Durf je bij me achter op de brommer?'

'Ik heb geen helm.'

'Dan neem ik die van Fred wel mee, die past jou ook wel.'

Reina hield nog steeds Arends hand vast. Ze drukte die even, liet hem toen los en zei: 'Nou, tot zaterdag dan.'

'Ja, tot zaterdag...' Arend leek te willen vertrekken, maar ineens pakte hij haar hand weer, hij trok haar naar zich toe en plantte een snelle kus in de buurt van haar mondhoek. Daarna lachte hij breed. 'Dag Reina.' In een mum van tijd was hij verdwenen.

Reina was te beduusd om iets te zeggen. Ze knipperde even met haar ogen en voelde voorzichtig aan haar wang, waar Arend haar net gekust had. Daarna verscheen er ook bij haar een brede glimlach. Ze zuchtte nog maar eens van geluk, draaide zich toen om en liep de keuken binnen, waar de rest van het gezin al zat te wachten aan de avondmaaltijd.

Blijkbaar lag die lach nog steeds op haar gezicht toen ze haar jas had uitgedaan en aan de eettafel schoof, want moeder zei: 'Rineke heeft ons verteld dat je met een jongen bent gaan wandelen. Nou, ik hoef niet te vragen of jullie het gezellig hebben gehad, je straalt helemaal!'

Reina zei niets. Ze vouwde haar handen, sloot haar ogen en wachtte tot vader begon met het tafelgebed. Maar het bleef stil. Dus opende ze haar ogen weer. Iedereen keek naar haar. 'Waren jullie nog niet begonnen?'

'Nee, natuurlijk niet! We zaten allemaal te wachten op jouw verhalen over die jongen. Wie was het?' vroeg Johan nieuwsgierig.

'Gaat je niks aan,' zei Reina voor haar doen vinnig.

'Nou, ik dacht het wel,' zei vader rustig. 'Hoe heet hij? En is het iemand van de kerk?'

'Hij heet Arend van Liere, en ja, hij is van de kerk. Zijn ouders zijn vorig jaar hiernaartoe verhuisd, zijn vader is bedrijfsleider bij Van Doorn.'

'O, die ken ik wel,' zei vader. 'Keurig gezin.'

'Rita vertelde dat jullie hem en zijn broer Fred ontmoet hebben op de soos,' zei Rineke. 'Is die Fred niks voor mij?'

'Dat moet je zelf maar uitzoeken, hoor,' zei Reina. 'En kunnen we nu bidden? Ik heb honger.'

'Je hebt trek,' verbeterde moeder haar. 'Honger hadden we in de oorlog.'

Ze vouwden allemaal hun handen en vader ging voor in gebed.

Toen ze zaten te eten, vroeg Martin: 'En, hebben jullie al gezoend?'

Reina kreeg een kleur en boog zich over haar boterham. Maar dat was voor de jongens juist een teken dat Martin in de roos had geschoten met zijn vraag. Er vlogen wat plagerijtjes over en weer, tot vader haar te hulp kwam: 'Nou, zo is het wel genoeg. Laat dat kind eens rustig eten.'

Na het eten hielp Reina haar moeder met de afwas. In die beslotenheid wilde Reina het haar moeder wel vertellen: 'Arend heeft gevraagd of ik een keer met hem wil gaan dansen. Hij heeft op dezelfde dansschool gezeten als ik. Ik heb ja gezegd, zaterdagavond komt hij me ophalen.'

'Ik vind het heel leuk voor je,' zei moeder. 'Ik heb me wel vaker afgevraagd wie het eerst met een vriend of vriendin thuis zou komen. Dat heb je als je kinderen volwassen worden, dan komt toch de tijd dat ze een voor een het nest verlaten. Johan heeft dan wel geen vriendin, maar hij gaat volgend jaar naar Australië, en nu heb jij ook al een vriend...'

Reina stak haar arm door die van haar moeder. 'Dit is pas mijn eerste afspraakje, hoor. Het duurt nog wel even voor ik het nest verlaat.'

Dat eerste afspraakje werd het begin van een 'stevige verkering', zoals Johan en Martin het noemden. Al snel zagen Arend en Reina elkaar elke woensdagavond, en de ene zondag brachten ze door in het gezin Westhoek, de andere zondag in het gezin Van Liere. Fred, de broer van Arend, was inmiddels in militaire dienst gegaan, hij diende bij de onderzeedienst van de marine en was vaak lang van huis. De zondagen bij pa en ma Van Liere waren daardoor meestal een stuk stiller dan de gezellige drukte die Reina van thuis gewend was. Arend was ook niet zo'n spelletjesmens, maar Rolf vond het maar wat leuk als Reina een spelletje met hem wilde doen.

Arends vader was een vriendelijke, wat stille man. Arends moeder was een heel ander type dan moeder Westhoek. Ze kwam op Reina nogal streng over, en ze had soms een wat stugge, verbitterde trek om haar mond. Reina was elke zondag blij om Arend weer te zien, maar ze genoot meer van de zondagen bij haar thuis. Daar kwam nog bij: bij het gezin Van Liere kwam op zondag meestal gekookte witlof op tafel, iets wat moeder Van Liere graag lustte, maar wat Reina absoluut niet lekker vond. Maar dat durfde ze niet te zeggen, en dus schepte ze altijd maar een klein beetje op, en werkte dat met veel aardappels en veel jus naar binnen.

Toch werden de gezellige zondagen bij het gezin Westhoek wat bedrukter door het aanstaande vertrek van Johan naar Australië, dat nu steeds dichterbij kwam.

In maart was het dan zover, Johan vertrok naar Melbourne. Hij zou daar op een autofabriek tewerkgesteld kunnen worden. Vooral moeder Westhoek had het zwaar bij het afscheid. 'Jongen, je zult toch wel voorzichtig zijn!' bleef ze maar herhalen. Ze zocht regelmatig naar haar zakdoek en snoot haar neus. Daarna knuffelde ze hem maar weer eens.

Johan had veel zin gehad in zijn Australië-avontuur, maar nu het moment daar was, kreeg hij het toch ook wel even te kwaad. Hij was stiller dan anders en om zich een houding te geven, checkte hij steeds maar weer zijn papieren of hij alles wel had.

De eerste dagen na Johans vertrek waren erg stil, vooral aan tafel was daar steeds die lege plek. Maar van lieverlee wende ook dat weer, en het leven hernam zijn gewone gang.

De verloving van Arend en Reina werd in augustus gevierd in huize Westhoek. Reina was al druk aan het sparen voor haar uitzet. Voor mensen die vroegen om een verlanglijstje had ze in een klein blocnootje allerlei plaatjes geplakt van huishoudelijke artikelen als voorraadbussen, een kaasschaaf, een broodtrommel, een snijplank, bestek, serviesgoed, bloemenvazen en dergelijke, en degenen die zoiets wilden geven, scheurden het betreffende plaatje eruit. Ze kregen een heleboel cadeautjes bij hun verloving, en Reina borg alles in dozen, wachtend tot ze alles konden gaan gebruiken na hun trouwdag. Ze hadden nog geen datum gepland, maar dat ze het jaar daarop wilden trouwen stond al wel vast. Reina keek uit naar die dag, en droomde van een klein, gezellig huisje in de buurt van Zoetermeer, een stralende trouwdag, wie weet een paar kindertjes...

Arend liep echter met heel andere plannen rond, en op een dag maakte hij Reina daarvan deelgenoot. Ze liepen te wandelen door het park op een mooie najaarsdag, toen hij ineens met de deur in huis viel: 'Reina, ik denk er al een poosje over om te gaan emigreren naar Australië of Nieuw-Zeeland. Hoe sta jij daartegenover?'

Reina keek of ze het in Keulen hoorde donderen. Wat zei Arend nu? Emigreren? Zij? Naar Australië of Nieuw-Zeeland? Helemaal naar de andere kant van de wereld? Geen huisje in de buurt van Zoetermeer, maar ergens ver weg? Zij, die al heimwee kreeg als ze een week van huis was? En dan emigreren?

Ze liet van schrik zijn hand los. Maar meteen daarop realiseerde ze zich dat die lege hand een voorteken zou zijn als Arend zijn wens doorzette en zij 'nee' zou zeggen.

Er ging van alles door haar hoofd. Haar droom om samen met Arend een gezin te stichten. Het verdriet van haar moeder bij het afscheid van Johan. Haar eigen heimwee als ze een week met de meisjesclub of met school weg was. Het zeker weten dat Arend de man was met wie ze verder wilde. Maar dan... ver weg van vader en moeder, van Rineke, van Wijnand, van Martin, van Rita, van oma, van al die haar zo dierbare mensen... Kon ze dat wel?

Ze voelde hoe Arend haar hand zocht. 'Reina?'

Ze sloot haar ogen. Hoe vertrouwd voelde die hand! Wat hield ze toch veel van Arend. Maar zo ver weg...

'Ik... Arend, ik weet het niet. Ik moet daar eerst eens over nadenken. Begrijp je dat?' Haar stem klonk bijna smekend.

Arend kneep in haar hand. 'Natuurlijk begrijp ik dat. Ik overval je er ook mee. Maar ik loop al een tijdje met dat idee rond. Mijn vader heeft dat ook weleens overwogen begin jaren vijftig, mijn moeder durfde het toen niet aan. Maar het idee trekt mij steeds meer. Ik weet het nu zeker: ik wil die sprong wagen. Dus ik móést er met jou over spreken. Denk er maar eens rustig over na, en laat me dan weten wat je antwoord is.'

Het viel Reina op dat Arend niet zei: 'Als jij niet wilt, gaan we niet.' Dat maakte haar duidelijk dat Arend voor zichzelf eigenlijk al een beslissing genomen had: hij wilde emigreren.

En zij? Wat als zij niet wilde? Kon ze hem dan laten gaan? Zijn droom achterna, maar dan zonder haar? Waardoor háár droom om met hem een gezin te stichten als een zeepbel uit elkaar zou spatten?

Het laatste stukje naar huis legden ze zwijgend af. Er hing een geladen stilte tussen hen, die geen van beiden doorbrak. Bij het afscheid legde Arend even zijn handen om Reina's gezicht. 'Neem de tijd om hier goed over na te denken,' zei hij zacht. 'Het is niet niks, zo'n beslissing. Ik weet het; alles wat door jou heen gaat en nog zal gaan, heb ik ook al bedacht. Ik weet nu wat ik wil, en ik zou die toekomst heel graag met jou delen. Maar ik kan en wil die beslissing niet voor jou nemen.'

Hij kuste haar zacht op haar lippen en liet toen haar gezicht los. 'Neem de tijd die je nodig hebt om tot een beslissing te komen, lief meisje van me. Maar laat me niet al te lang in spanning leven...' Daarna draaide hij zich om en liep met snelle stappen weg.

De weken daarna leefde Reina als in een roes. Ze maakte vooralsnog niemand deelgenoot van haar worsteling, omdat ze zeker wist dat alle mensen die haar erg na stonden – haar ouders, haar broers, Rineke, Rita – hun eigen motieven zouden hebben om haar niet te laten gaan, waardoor haar verwarring alleen maar zou toenemen. Dit moest háár beslissing zijn. Als zij de stap durfde te wagen met Arend, moest ze die alleen maken.

Ze voelde zich erg verscheurd in die weken. Als Wijnand haar liet merken blij te zijn dat ze een spelletje met hem deed, dacht ze: nu geniet je daarvan, maar wat als... Als ze stijf gearmd met haar moeder naar de markt wandelde, ging er door haar heen: dat zal niet meer kunnen als... Als ze 's zondags tussen Rineke en Arend in de kerk zat, in de gemeente die haar zo vertrouwd was, snikte haar hart: ook dit zal ik dan los moeten laten... Als ze haar vader bezig zag in zijn schuurtje, draaide ze haar hoofd om: dit kan ik niet meer zien als... Als ze haar oma Florus opzocht in het verpleeghuis, zo broos en teer, dacht ze: ook van u moet ik dan afscheid nemen, omaatje. Maar ja, dat afscheid komt toch een keer...

Maar als ze dan Arend weer zag, die geen enkele keer bij haar aandrong om snel te beslissen – wat ze erg op prijs stelde – maar juist erg lief en zorgzaam voor haar was omdat hij wist dat ze het moeilijk had, dan besefte ze steeds meer: met hem wil ik oud worden. Hij is de liefde van mijn leven. Hoe zou ik dan nee tegen hem kunnen zeggen en hem alleen laten gaan? En dan kwam toch weer de gedachte op: maar wat als ik heimwee krijg... En zie ik mijn familie dan ooit nog weer terug?

Moeder en Rineke merkten wel dat er iets was, maar als ze ernaar vroegen, zei Reina: 'Laat me maar even.'

'Het gaat toch wel goed tussen Arend en jou?' vroeg moeder een keer bezorgd.

'Ja hoor, weest u daar maar niet bang voor. Laat me maar even, u hoort er nog wel van.'

Na een paar weken was Reina eruit. Toen Arend op woensdagavond de keuken binnenkwam, stond zij hem al op te wachten. Ze trok hem meteen mee naar buiten. 'Kom, dan gaan we naar het park.'

Zwijgzaam wandelden ze hand in hand het donkere park in. Reina was blij met de beschutting van de duisternis, die hen als een mantel omhulde.

Bij de vijver bleven ze staan. Een paar eenden zochten een snel heenkomen.

Reina maakte haar hand los uit die van Arend. Ze ging voor hem staan en haalde even diep adem. Toen zei ze met een krachtige stem: 'Ik ga met je mee.'

Meer niet. Maar Arend wist hoe zwaar haar worsteling geweest moest zijn voor ze dit met zo veel zekerheid kon zeggen.

Een brok schoot in zijn keel. Hij greep haar beide handen en zei met verstikte stem: 'Hier maak je me zo blij mee...' Hij liet haar handen los, pakte haar gezicht tussen zijn handen en kuste haar. 'Ik hou van je,' zei hij zacht, 'en ik hoop dat je nooit spijt zult krijgen van deze beslissing.'

5

De wederzijdse ouders reageerden met schrik op het bericht dat Arend en Reina naar Australië of Nieuw-Zeeland wilden emigreren. Beide ouderparen hadden al eerder te maken gehad met zo'n landverhuizing: vader en moeder Westhoek hadden begin dit jaar zoon Johan naar Australië zien vertrekken, en twee van de broers van moeder Van Liere waren begin jaren vijftig naar Nieuw-Zeeland geëmigreerd. Haar oudste broer was ongetrouwd en woonde in Palmerston, haar jongste broer woonde met zijn gezin in Auckland. Emigratie werd al jarenlang door de regeringen van beide landen gestimuleerd: het kleine Nederland dreigde overbevolkt te raken, en in het immense Australië woonden maar half zo veel mensen als in Nederland. De voorbereidende cursussen Engels, de overtocht en de eerste opvang in Australië werden sterk gesubsidieerd, en toekomstige emigranten hoefden in totaal maar zo'n honderd gulden voor de overtocht te betalen. Kort na de Tweede Wereldoorlog was dat al begonnen, toen de werkloosheid en de woningnood in Nederland hoog waren, terwijl in dunbevolkte landen als Australië en Canada juist behoefte was aan arbeidskrachten. Er was zelfs sprake van actieve werving. Allerlei emigratieorganisaties boden hulp aan potentiële emigranten door middel van boeken, films en voorlichtingsavonden, en uitnodigende pamfletten probeerden hen die nog twijfelden over de streep te trekken.

Dat wisten ze allemaal. Maar het idee dat hun zoon Arend en hun dochter Reina de beslissing genomen hadden om aan de andere kant van de wereld een nieuw leven op te bouwen...

Moeder Westhoek zat de eerste dagen daarna vaak stil voor zich uit te staren. Nu begreep ze waar Reina die weken mee geworsteld had. En ze begreep ook goed dat Reina haar daarover niet ingelicht had voor ze haar beslissing genomen had. Ze kende haar dochter en wist hoeveel Reina van Arend hield, zo veel dat ze hem zelfs wilde volgen tot in het verre Australië. Want na diverse overwegingen hadden Arend en Reina besloten dat het Australië zou worden, en wel Perth in West-Australië.

Rineke had het er ook moeilijk mee dat haar zus, aan wie ze zo verknocht was, binnen niet al te lange tijd zou emigreren. 'Waarom Australië?' had ze gehuild. 'Waarom niet België of Frankrijk, of Engeland voor mijn part. Dat ligt nog redelijk dichtbij. Maar Australië!' Direct daarna had ze hoopvol gezegd: 'Misschien worden jullie niet eens goedgekeurd...'

Tja, dat was een mogelijkheid, want toen Arend en Reina zich hadden aangemeld bij de Australische immigratiedienst, bleek dat ze een hele procedure moesten volgen, waar ook allerlei medische onderzoeken bij kwamen kijken. Ze moesten een hele papierwinkel invullen over hun opleiding en arbeidsverleden. Er moesten referenties worden opgegeven, hun financiële situatie werd helemaal uitgezocht, er werd gekeken of ze geen strafblad hadden, ze moesten medisch gekeurd worden en er moesten röntgenfoto's gemaakt worden om zeker te weten dat ze allebei gezond waren. En in Australië moest een sponsor gezocht worden die voor hen garant zou willen staan. Toen men hoorde dat Arend en Reina beiden belijdend lid waren van de gereformeerde kerk, bracht de immigratiedienst hen in contact met de Reformed Church van Perth. Daar waren meerdere gemeenteleden met een Nederlandse achtergrond, die bereid waren om sponsor te zijn.

Er gingen enkele spannende maanden overheen voor ze de uitslag kregen van al die onderzoeken. Voor een laatste afspraak met een beambte van de immigratiedienst moesten ze naar Utrecht. Arend was Reina op komen halen met de motor die hij vorig jaar aangeschaft had, maar ze reden nog maar net de snelweg op toen de regen met bakken uit de hemel kwam. Toen ze in Utrecht aankwamen en Reina een toiletruimte in vluchtte, bleek dat ze nat was tot op haar ondergoed! Ze voelde zich vies en plakkerig tijdens het gesprek en wilde het liefst meteen weer terug naar huis om droge kleren aan te trekken. Gelukkig had dat geen negatieve invloed op het verloop van het gesprek, want enkele weken later kregen ze bericht dat hun emigratieverzoek goedgekeurd was.

Daarna moesten er weer andere dingen geregeld worden, waardoor Reina amper tijd had om aan het naderende afscheid te denken. Er moest een trouwdatum geprikt worden, ze moesten allebei hun baan opzeggen, er moest een verzekering worden afgesloten, ze moesten beslissen welke spullen ze mee wilden nemen naar Australië en welke niet. Ze kregen van iemand een tip om hier in Nederland alvast een grote koelkast te kopen ('die zijn in Australië een stuk duurder dan hier'), en dus kochten ze die. 'Onze eerste gezamenlijke grote aankoop,' lachte Arend.

Reina kocht een naaimachine, en van haar aanstaande schoonmoeder leerde ze hoe ze sokken moest breien met vier breinaalden. Dat viel nog niet mee! Vooral de hiel was een waar kunststukje. Maar moeder Van Liere beweerde stellig dat haar man en haar zoons alleen maar zelfgebreide sokken wilden dragen, en dus deed Reina haar best om dat kunstje onder de knie te krijgen.

Reina ging samen met de beide moeders, Rineke en Rita een trouwjapon uitzoeken. De keuze viel uiteindelijk op een prachtige lange, witte japon. Beide moeders moesten een traantje wegpinken toen Reina uit de paskamer kwam. De japon had een wijd uitstaande rok, lange mouwen en een opstaand kraagje, de onderlaag was van wit satijn en de bovenlaag bestond uit kant.

'Oooohhh,' zeiden Rineke en Rita met open mond.

'Een echte bruid,' verzuchtte moeder Westhoek.

Reina draaide in het rond. 'Ik denk dat dit 'm wordt,' zei ze tevreden. 'Het is tenslotte voor de mooiste dag van mijn leven.'

Ze kocht er nog een sluier bij, die met een klein kroontje in haar haar vastgezet moest worden. En van haar moeder kreeg ze er een satijnen tasje bij – 'voor je zakdoek, want een bruid moet altijd huilen' – en een paar witte handschoenen.

Samen met de dominee bereidden Arend en Reina hun trouwdienst voor, die nu steeds dichterbij kwam. Een bevriende organist, van wie Reina en Rineke nog een blauwe maandag orgelles gehad hadden, wilde wel spelen tijdens de kerkdienst. Arend en Reina hadden de dominee een lijstje met liederen gegeven die ze graag wilden laten zingen tijdens de dienst, en die hun afhankelijkheid van God uitdrukten in de ongewisse tijd die ze tegemoet gingen. Ze wilden niet voor niets hun huwelijk ook in de kerk laten bezegelen.

En toen was het 9 juni 1965. De dag van hun huwelijk brak aan.

Reina had weinig geslapen die nacht, haar laatste nacht in het ouderlijk huis. De komende drie weken zouden ze bij Arends ouders in huis wonen, tot ze naar Australië zouden vertrekken. Gisteravond had ze nog tot laat liggen praten met Rineke, en meer dan ooit hadden ze de pijn van hun komende scheiding gevoeld. Ze hadden al zo lang samen hun slaapkamer gedeeld, hadden zo veel met elkaar opgetrokken. Rineke was meer dan een zusje, ze was ook Reina's beste vriendin.

'Als jij weg bent, zal niets meer hetzelfde zijn,' had Rineke ten slotte gezegd.

'Jij hebt Rita toch nog.'

'Da's niet hetzelfde. Ik zal je missen.'

'Ik jou ook.'

'Die Arend boft maar met jou.'

'Dat zegt hij ook steeds tegen me.'

Uiteindelijk waren ze in slaap gevallen. Rineke was nu nog diep onder zeil, zo te zien. Reina stond zachtjes op en gluurde tussen de gordijnen door. Hè gelukkig, het regende niet. Het zou de hele dag zwaarbewolkt zijn, met kans op een bui. De zon zou zich vandaag in elk geval niet laten zien. Het zou ook niet echt warm worden, maar zo'n dertien graden, dus Reina was blij dat ze een jurk met lange mouwen had.

Rineke werd nu ook wakker. Ze gaapte hartgrondig en rekte zich uit. Ze zag Reina voor het raam staan en vroeg: 'En?'

'Het is nog droog.'

'Nou, laten we hopen dat het zo blijft.' Rineke stapte ook haar bed uit. 'Vandaag is de grote dag, zus.'

'Ja. Zou Arend ook al wakker zijn?'

'Vast wel. Nou, ga je mee voor je laatste ontbijt?'

'Dat klinkt ook luguber, alsof dat m'n galgenmaal wordt.'

Rineke schoot in de lach. 'Dat is het toch ook min of meer? Het is vandaag je laatste ontbijt als Reina Westhoek, vanaf vanmiddag ben je mevrouw Van Liere.'

'Dat zal wel wennen zijn, hoor, om dat te zeggen. Ik voel me nog niet echt een "mevrouw".'

Ze liepen achter elkaar de trap af. Moeder was al druk in de weer in de keuken.

'Goedemorgen, moe. Lekker geslapen?'

Moeder bromde wat, het leek op 'het gaat wel'. Ze wees naar de gedekte ontbijttafel. 'We eten vandaag maar in etappes, er moet nog zo veel gebeuren. Als wij nu eerst ontbijten, kunnen we daarna naar de kapper, en dan kunnen de mannen in de tussentijd eten.'

De ochtend vloog om. Er werd vroeg geluncht, want rond halftwee zou de bruidegom met zijn ouders en broers voor de deur staan. Rita lunchte ook mee, en daarna gingen zij en Rineke mee naar boven om Reina in haar trouwjapon te helpen. Het kroontje met de sluier op, de handschoenen aan, het tasje om de pols. Rineke keek tevreden. 'Zo, dame, laat de bruidegom maar komen.'

Reina liep voorzichtig de trap af, de wijde rok in haar hand. Haar vader, Wijnand en Martin stonden met open mond te kijken. Was dat hun Reina? Zelfs vader moest even zijn zakdoek gebruiken, en Wijnand kon zijn ogen niet van Reina afhouden. Hij kon niets zeggen, maar zijn ogen spraken boekdelen.

Op dit moment miste Reina haar broer Johan heel erg. Hij had geschreven dat zijn gedachten bij hen zouden zijn die dag, en dat hij ernaar uitkeek om hen te ontmoeten in Australië, maar Reina had nu graag even zijn armen om haar heen willen voelen.

'Nou, mannen, ga eens aan de kant.' Moeder Westhoek reageerde haar spanning af door wat kortaf te doen. 'Straks komt Arend en dan kan hij er niet eens door.'

Nu was het wachten op de trouwauto's, die eerst de bruidegom en zijn familie op zouden halen. Aan een paar buiten spelende kinderen – het was woensdagmiddag – zag Reina dat de auto's eraan kwamen, want de kinderen stopten opeens met spelen en dromden samen voor het huis van de Westhoeks, om een glimp op te vangen van de bruid.

Reina gluurde door de vitrage heen. Ze zag Arend uitstappen. Hij droeg een zwart rokkostuum met een wit overhemd en een lichte stropdas. In zijn ene hand had hij een grijze hoge hoed en grijze handschoenen, en in de andere hand een prachtig bruidsboeket met grote, witte bloemen. Nu ging het echt gebeuren, ze ging trouwen! Haar hart klopte plotseling in haar keel en ze kreeg zenuwachtige kriebels in haar maag.

Ze zag Arend zijn hoed opzetten en naar de voordeur lopen. Toen hoorde ze hem aanbellen. Reina schikte nodeloos nog wat aan haar japon. Hij zou haar toch wel een mooie bruid vinden?

Martin was al naar de deur gelopen en deed die met aan zwaai open. 'Kom erin, zet je hoed af en doe alsof je thuis bent,' zei hij met een brede grijns. 'Reina zit al zowat een uur op je te wachten.'

'Niet waar!' wilde Reina roepen, maar er kwam geen enkel geluid uit haar keel.

Arend stapte de gang in en liep meteen door naar de woonkamer. Reina zag de kamerdeur langzaam opengaan. Ze keek gespannen naar Arends vertrouwde gezicht boven die chique kleding. Hoe zou hij reageren?

Hij staarde haar aan, en toen ontsnapte een zucht aan zijn lippen. 'Wat ben je mooi...'

Reina slaakte ook een zucht, maar dan van verlichting. Ze lachte verlegen. 'Ja, vind je 'm mooi?'

'Ik vind jóú mooi,' lachte Arend. In twee grote stappen was hij bij haar. Hij overhandigde haar het bruidsboeket, nam haar in zijn armen en kuste haar voorzichtig op haar lippen. 'Dag bruid van me!'

Reina kuste hem terug, wat enigszins lastig ging met dat boeket in haar handen, en lachte. 'Jij mag er anders ook zijn. Tjonge, zelfs een echt rokkostuum.'

'Ja, ik was bang dat ik anders te schraal af zou steken bij jou,' zei Arend, en hij keek haar heel lief aan.

Moeder Westhoek, Rineke en Rita bewonderden nu het bruidsboeket, dat werkelijk schitterend was. Rita wist te vertellen dat die witte bloemen 'Eucharis grandiflora' heetten. Verder zaten er heerlijk geurende lelietjes-van-dalen in en was er klimop gebruikt om het boeket op te vullen.

Achter Arend waren vader en moeder Van Liere en de beide broers binnengekomen. Fred droeg een lange, smalle doos en legde die op tafel. 'De corsages,' zei hij.

Arend opende de doos en pakte er een corsage voor de bruid uit, net zo een als hij zelf ophad. Hij speldde die voorzichtig bij Reina op, terwijl de fotograaf foto's maakte. Moeder Van Liere deelde de resterende corsages uit en hielp met opspelden. 'Bij de mannen moet het steeltje naar beneden, bij de vrouwen omhoog,' zei ze.

Daarna was het tijd om naar het stadhuis te gaan. Op aanwijzingen van de fotograaf, die aangaf wie bij wie op de foto moest, liepen ze naar de gereedstaande auto's. De kinderen uit de buurt keken hun ogen uit, zij stonden eerste rang. Arend hielp Reina galant met instappen voor hij zelf aan de andere kant naast haar ging zitten. Daarna reed de stoet naar het stadhuis.

De burgerlijke bevestiging van het huwelijk beleefde Reina als in een roes. Ze hoorde nauwelijks wat de ambtenaar zei; ze was zich alleen maar bewust dat ze hier naast Arend zat en dat ze vandaag ging trouwen!

Voor ze het besefte had ze 'ja' gezegd en haar handtekening gezet, en was de plechtigheid voorbij. Ach, dat was niet zo erg, het ging haar en Arend voornamelijk om de bevestiging in de kerk.

Terwijl de familie alvast naar de kerk reed, reed de auto van het bruidspaar samen met de fotograaf naar het park. Daar wilde de fotograaf wat mooie plaatjes schieten. 'Bij de vijver in elk geval ook eentje,' besliste Reina. Ze wilde een mooie herinnering aan de plaats waar ze in feite al haar jawoord gegeven had aan Arend toen ze hem zei dat ze meeging naar Australië. Gelukkig bleef het nog steeds droog, en al scheen de zon niet, de vele madeliefjes in het gras hadden toch hun bloempjes open. De fotograaf gaf aanwijzingen: 'Even lachen... ja... mooi!'

Arend en Reina lachten naar elkaar, maar niet alleen omdat de fotograaf dat vroeg. Dit was hun dag! Ook in het park trokken ze veel bekijks. Reina voelde zich een echte bruid.

Daarna reden ook zij naar de kerk. De dominee en de dienstdoende ouderling wachtten hen al op in de consistorie. Na een kort gebed door de ouderling liep het bruidspaar arm in arm achter de dominee de kerk in, terwijl het orgel speelde en de mensen gingen staan.

Na het stil gebed, de zegenbede en de groet werd Psalm 121 gezongen. Dat was een van de psalmen die Arend en Reina zelf hadden uitgezocht, en ze zongen van harte de woorden mee:

De HEER' zal u steeds gadeslaan
Opdat Hij in gevaar,
Uw ziel voor ramp bewaar'.
De HEER', 't zij g' in of uit moogt gaan,
En waar g' u heen moogt spoeden,
Zal eeuwig u behoeden.

Daarna las de dominee het gebod van de liefde voor.

Reina beleefde de kerkdienst veel bewuster dan het gebeuren op het stadhuis. Toen de dominee aan de Schriftlezingen toekwam, spitste ze haar oren. Arend en zij hadden de meeste liederen uitgezocht, maar de dominee zou de trouwtekst uitkiezen. Welke zou het zijn?

De eerste Schriftlezing kwam uit Mattheüs 6:25-34 en eindigde met: 'Zijt dan niet bezorgd tegen de morgen; want de morgen zal voor het zijne zorgen; elke dag heeft genoeg aan zijn eigen kwaad.'

Daarna werd gezang 92 gezongen:

Wie maar de goede God laat zorgen
en op Hem hoopt in 't bangst gevaar,
is bij Hem veilig en geborgen,
die redt Hij godd'lijk, wonderbaar:
wie op de hoge God vertrouwt,
heeft zeker op geen zand gebouwd.

De tweede Schriftlezing was uit Filippenzen 4:4-9, en daar kwam ook de trouwtekst uit, vers 6 en 7: 'Weest in geen ding bezorgd, maar laat uw begeerten in alles, door bidden en smeken, met dankzegging bekend worden bij God; en de vrede Gods, die alle verstand te boven gaat, zal uw harten en uw zinnen bewaren in Christus Jezus.'

'Weest in geen ding bezorgd.' Die tekst viel als een zachte beschutting over Reina heen. De woorden drongen door tot in de kleinste hoeken van haar hart en openbaarden daar hun waarheid. Ze hoefde zich nergens zorgen over te maken, want ze mocht haar bezorgdheid over de onbekende toekomst die voor haar en Arend lag, bij de Heere brengen. Hij ging met hen mee, ook helemaal naar de andere kant van de aardbol. Hij was niet alleen hier hun God en Vader, maar ook daar, in dat verre Australië.

'Weest in geen ding bezorgd.' De tekst doortrok haar wezen en verankerde zich in haar hart. Natuurlijk had ze wel geweten dat God overal met haar en Arend meeging, maar nog nooit was ze zich dat zo bewust geweest als nu.

De dominee eindigde zijn preek met: 'Bruid en bruidegom, jullie zijn een gelukkig stel, want jullie willen samen wandelen met God. Hij zal altijd en overal met jullie zijn. Hij zal waken over jullie levens, van nu aan tot in eeuwigheid.'

Na de preek zong Reina uit volle borst mee:

De HEER' is mij tot hulp en sterkte:
Hij is mijn lied, mijn psalmgezang.
Hij was het, die mijn heil bewerkte,
Dies loof ik Hem mijn leven lang.

Daarna volgde de bevestiging van het huwelijk. Toen Reina naast Arend geknield lag op het knielbankje en ze de zegenende hand van de dominee op haar hoofd voelde, werd ze vervuld met diepe dankbaarheid. De zegenwens die hun toegezongen werd terwijl ze nog geknield lagen, weerklonk in haar hart:

U zeegne God, Hij stell' u tot een zegen!
Gezegend zij uw hoofd, uw hart, uw wegen,
uw aards, uw eeuwig lot!

Daarna volgde de overhandiging van de trouwbijbel en de slotzang: 'De Heer is mijn Herder', ook een lied dat Arend en Reina zelf uitgekozen hadden.

Toen ze de kerk uit liepen, kneep Reina Arend in zijn hand. Nú was ze écht zijn vrouw!

's Avonds was er een feest in 't Centrum, het bijgebouw achter de Pelgrimskerk. Omdat Arend en Reina over drie weken zouden vertrekken, waren veel familieleden naar het feest gekomen om hen te feliciteren én gelijk gedag te zeggen. Dat gaf toch een wat triest tintje aan de feestelijke avond.

Een paar creatieve familieleden hadden een heuse feestgids in elkaar gedraaid, met voorin een Proclamatie waarin de regels stonden waar de feestgangers zich aan moesten houden, zoals: 'Wie het eerst over "naar huis gaan" spreekt, verplicht zich daarmee ons binnen veertien dagen een op z'n minst even daverend feest aan te bieden.' Verder kwamen er de hele avond allerlei zelfgemaakte liederen en diverse spelletjes aan bod, zoals 'hoedje stapelen', waarbij zowel Arend als Reina steeds meer hoeden op het hoofd kreeg en daarbij erg stil moest blijven zitten, want degene bij wie de stapel het eerst omviel, had verloren. Reina won, maar dat kwam voornamelijk omdat Arend zo moest lachen.

En toen was de dag voorbij. Toen de laatste feestgangers vertrokken waren, gaapte Reina hartgrondig. De matige nachtrust van de vorige nacht en de intensief beleefde dag begonnen nu hun tol te eisen.

Arend zag haar witte gezicht. 'Je bent moe, hè?' constateerde hij.

Reina knikte.

'Dan vraag ik aan vader of hij ons eerst naar huis brengt, en of hij daarna met moeder, Fred en Rolf de bloemen en de cadeaus thuis wil brengen. Goed?'

Reina vond op dit moment alles best, als ze maar naar bed kon.

Ze kuste haar ouders, broers en zus gedag. 'We komen van de week nog wel even langs, hoor,' zei ze tegen haar moeder, die tranen in haar ogen kreeg bij het afscheid. Daarna stapte ze achter in de Volkswagen van Arends vader, die haar en Arend naar huize Van Liere reed.

De komende drie weken sliepen ze op de kamer van Fred, die op dit moment zijn militaire dienst vervulde bij de marine en voor de bruiloft verlof had gekregen, maar die morgen weer zou vertrekken. Op zijn kamer stonden nu twee eenpersoonsbedden tegen elkaar geschoven.

Eenmaal boven stonden ze wat onwennig tegenover elkaar. Hun eerste nacht samen.

'Volgens mij barst jij van de slaap,' lachte Arend. Hij rekte zich uit. 'Ik eigenlijk ook. Zullen we doen wie er het eerst in ligt?'

'Dan zul je me toch eerst moeten helpen om die japon uit te krijgen, dat lukt me niet alleen,' protesteerde Reina.

Het was een heel gedoe, maar ten slotte lagen ze dan toch naast elkaar in bed. Arend sloeg een arm om Reina heen. 'En, mevrouw Van Liere, hoe is de dag u bevallen?'

Reina nestelde zich tegen hem aan, voor zover dat ging met die twee losse matrassen. 'Ik vond het een prachtige dag, de mooiste dag van mijn leven.'

'Fijn zo. Dat er maar vele mooie dagen mogen volgen,' zei Arend tevreden.

'Weet je waar ik het blijst mee was vandaag?' zei Reina. 'Met onze trouwtekst: "Weest in geen ding bezorgd." Een mooie tekst om mee te nemen naar Australië.'

Arend was dat met haar eens. Ze praatten nog even wat na over de dag, maar toen gaf Reina's diepe, regelmatige ademhaling te kennen dat ze in slaap gevallen was.

Arend lag er een poosje naar te luisteren. Hier lag hij nu met Reina. Voor het eerst, en toch meteen al zo vertrouwd. Zijn hart liep over van liefde voor zijn kersverse vrouw. Toen gaf ook hij zich over aan de slaap.

De week na de bruiloft werd er een grote kist bezorgd bij huize Van Liere, waar de spullen in moesten die vooraf verscheept zouden worden. Daar ging de koelkast in, gevolgd door twee eenpersoonsbedden, de dozen met cadeaus die ze bij de verloving en bij de bruiloft gekregen hadden, en de spullen van de uitzet die Reina al bij elkaar gespaard had.

Ze legden samen de laatste bezoekjes af bij diverse familieleden en vrienden, ook bij oma Florus in het verpleeghuis. Oma leed aan alzheimer en was blind, echt contact was eigenlijk al niet meer mogelijk. Maar Reina dacht aan de fijne tijd die ze altijd met oma gehad had als die bij hen logeerde, en ze knuffelde haar oma nog eens extra. Dat leek oma wel fijn te vinden, ze knuffelde Reina zelfs terug.

De dag voor het vertrek aten ze bij vader en moeder Westhoek. Moeder had Reina's lievelingseten gemaakt: pannenkoeken met stroop. Reina kon echter nauwelijks een hap door haar keel krijgen. Ze keek de tafel rond, naar haar vader, haar moeder, Wijnand, die zat te smullen van de pannenkoeken, Martin, die voor zijn doen ongewoon stil was, en Rineke, die zo te zien ook met lange tanden at. Wat zou zij hen allemaal missen! Even leek het of er een steen op haar maag lag en had ze de neiging om een potje te gaan huilen. Er overviel haar een licht gevoel van paniek. Deed ze er wel goed aan om dit alles achter te laten? Maar toen vermande ze zich. Ze keek naar Arend naast haar, de man die zij liefhad. Met hem durfde ze de sprong wel te wagen.

De volgende morgen reden vader en moeder Van Liere hen naar de haven van Rotterdam. Achter hen reden vader en moeder Westhoek, Wijnand en Rineke met Martin mee.

In de haven lag de TS *Flavia* klaar om hen en vele anderen naar Australië te brengen. Daar wachtte hun een aangename verrassing. Een heleboel familieleden waren ook naar Rotterdam gekomen om hen uit te zwaaien. Er werd gelachen, gehuild, nog eens geknuffeld en weer gehuild. Er werden foto's gemaakt terwijl Arend en Reina incheckten, en toen hoorden ze dat de beide moeders even aan boord van de *Flavia* mochten om te kijken waar hun kinderen de komende zes weken zouden doorbrengen. Moeder Westhoek en moeder Van Liere zagen er allebei bedrukt uit, en Reina werd zelf ook steeds stiller.

En toen kwam dan het echte moment van afscheid nemen. Bij de vrouwen vloeiden de tranen rijkelijk, en ook de mannen hielden het maar nauwelijks droog. Nog een laatste kus, een laatste hand, een laatste zwaai, een laatste kushand... en toen liepen Arend en Reina de loopplank op. Hun grote avontuur ging beginnen!

6

Reina hield tijdens de overtocht een dagboek bij.

Dinsdag 29 juni 1965
De *Flavia* heeft vanmorgen om 7.45 u Nederland verlaten, eerste reisdoel: Bremerhaven. Om 9.15 u voeren we langs Hoek van Holland. Dat was toch zoiets als een grens passeren en Nederland echt achter ons laten, alleen hoefden we hier niet opnieuw langs de douane. De hele dag was het lekker en rustig weer, we hebben de meeste tijd aan dek doorgebracht. 's Avonds hebben we heerlijk gedineerd.

Helaas hebben Arend en ik geen gezamenlijke hut, maar dat wisten we van tevoren. Ik deel een hut met drie andere vrouwen; een van hen heeft een zoontje van zo'n twee jaar oud. Arend deelt zijn hut met drie mannen. Ik vind het wel jammer om, net getrouwd en na drie weken dag en nacht samen, gescheiden te worden van mijn echtgenoot. Het voelt alsof ik weer thuis woon.

Woensdag 30 juni
Na het ontbijt voelde ik me zeeziek, niet fijn, en ik ben maar naar de dokter gegaan om te vragen of hij daar iets tegen had. Hij heeft me een pilletje gegeven, waarna ik me een stuk beter ging voelen. Elke dag hebben we één uur Engelse les. Gelukkig heb ik op de mulo ook al Engels gehad, en ik kan goed meedoen. Wat dat betreft zijn er mensen die het er een stuk minder afbrengen. Om 12.00 u kwamen we aan in Bremerhaven, Duitsland, en mochten we aan wal, maar er was weinig te zien. Dus gingen we weer aan boord en zaten een poosje op het dek in de zon. We vertrokken uit Bremerhaven om 18.30 u. Nu zijn we onderweg naar Engeland. Ik ben benieuwd of ik weer zeeziek word van het oversteken van de Noordzee.

Donderdag 1 juli

Gelukkig geen last van zeeziekte vandaag! Er is een bankbediende aan boord, dus we hebben een rekening bij de Bank of New South Wales geopend. Die bank heeft ook vestigingen in Australië.

's Avonds om 18.45 u arriveerden we in Tilbury, Engeland. Het ligt op de noordelijke oever van de Theems en blijkt een grote zeehaven te zijn, al had ik er nog nooit van gehoord voor we de reis naar Australië voorbereidden. We gingen tot 20.00 u aan wal, daarna gingen we dineren.

De service in de eetzaal is prima. We zitten steeds aan hetzelfde tafeltje met een paar andere jonge mensen, zes per tafeltje. De hutten worden ook goed schoongehouden en ons bed wordt zelfs elke dag opgemaakt, alsof we in een hotel zitten. Er is ook een kapper en er zijn enkele winkeltjes aan boord.

Vrijdag 2 juli

Vannacht om 1 uur vertrokken we uit Tilbury en gingen we op weg naar onze volgende 'halte': Curaçao. Maar daar merkte ik niets van, toen sliep ik al.

Vanmorgen ben ik naar de kapper geweest, of eigenlijk kapster, want het was een zij. Ik sprak Engels met haar en dat ging best goed, al zeg ik het zelf. We konden elkaar goed begrijpen. Ze kwam uit Engeland en had op een Grieks schip gewerkt. Ze zou rond Kerst gaan trouwen.

Daarna heb ik een wasje gedaan van Arend en mijzelf. Er is een echte waszaal aan boord, verdeeld in drie ruimten: een wasruimte, een droogruimte en een strijkruimte. Het was erg warm in de waszaal, ik zweette helemaal. Ik heb de was in de hut gedroogd, zodat ik er een oogje op kon houden.

Vanmiddag hadden we een noodoefening. We moesten naar de Riviera Lounge gaan met een zwemvest om. Daar werd ons verteld wat we in geval van nood moesten doen.

Vannacht kunnen we een uurtje langer slapen, omdat de klok een uur teruggezet wordt.

Zaterdag 3 juli
Na het opstaan werd ik weer zeeziek, en ik heb vandaag de meeste tijd in bed doorgebracht. Arend is deze keer voor 't eerst alleen naar Engelse les gegaan, ik was daar niet toe in staat. Vanmiddag om 15.00 u kwam Arend vragen of ik al wat opgeknapt was en of ik aan dek kwam omdat er dolfijnen te zien waren! Ik heb me snel aangekleed en ging naar het dek, waar iedereen naar de dolfijnen stond te kijken, een prachtig gezicht!

Vanavond hadden we Captain's Dinner en daarna was er een welkomstbal. Het was er erg druk en we bleven niet lang. Ik was blij dat ik weer naar bed kon, ik voel me nog steeds niet zo lekker en heb ook weinig gegeten.

Zondag 4 juli
Vandaag de hele dag nog steeds zeeziek, ik ben dan ook niet naar de eetzaal geweest. Ik heb alleen wat brood gegeten dat Arend voor me meebracht van het ontbijt, en heb een paar slokjes water gedronken. Het liefst lig ik in bed, maar ook daar voel ik het schip deinen.

Maandag 5 juli
Vanmorgen ging het iets beter, al voelde ik wel dat ik nog niet te veel moest eten. Vandaag passeerden we de Azoren en weer zagen we dolfijnen! Vanmiddag ben ik een poosje naar bed geweest. Vanavond kon ik gelukkig weer gewoon eten.

Dinsdag 6 juli
Vanmorgen weer het gebruikelijke ritueel: eerst onszelf wassen, daarna ontbijten. Arend en ik besloten na het ontbijt een poosje te gaan zwemmen in het zwembad. Het water van het zwembad was erg zout en prikte in onze ogen, het leek wel of we in de zee zwommen in plaats van in een zwembad. Daarna gingen we weer naar Engelse les.

Vanmiddag weer een klein wasje gedaan. Vanavond was er live popmuziek op het dek.

Woensdag 7 juli

Vanmorgen zijn we weer wezen zwemmen en we hebben diverse foto's gemaakt. Ons filmrolletje was daarna vol, dus brachten we het naar de winkel om ontwikkeld te worden.

Vanmiddag hebben we na de Engelse les op het dek in de zon gezeten. Om 16.00 u gingen we naar de eetzaal voor een kopje thee. We dronken thee samen met Anne en John van Liere (geen familie) en hun twee tienerdochters. Vanavond zijn we wezen dansen en het was heerlijk, maar dit keer voelde Arend zich niet zo lekker, hij wilde al vroeg naar bed. In m'n eentje vond ik er niet veel aan, dus ga ik nu ook maar naar bed.

Donderdag 8 juli

Na het ontbijt ging Arend terug naar bed. Hij had waarschijnlijk kougevat, want hij kreeg koorts. Ik heb de ontwikkelde foto's opgehaald en ze waren goed gelukt. De rest van de ochtend schreef ik twee brieven aan onze familie over wat we tot nu toe allemaal al beleefd hadden. We zijn alweer ruim een week onderweg!

Vanmiddag kwam de doktersassistente Arends koorts opmeten, die was 39 graden. Vanavond kwam de dokter zelf kijken. Het was een grote man met een luide stem. Omdat we niet begrepen wat hij zei maar deden alsof we het wel verstonden, moesten we daar later samen erg om lachen.

Vrijdag 9 juli

Arend is gelukkig wat opgeknapt. Hij moest om 9.00 u naar de dokter om zich na te laten kijken. De dokter heeft hem wat medicatie gegeven en hij moest de rest van de dag in zijn hut blijven. Dat vonden we niet erg, want het was vandaag erg heet aan dek, met een hoge luchtvochtigheid. Hij mocht wel in de eetzaal gaan eten. Ik deed de was en een strijk.

Zaterdag 10 juli
Arend voelt zich weer beter. Vanmorgen zijn we wezen zwemmen, vanmiddag hebben we in de zon gezeten. We hebben na een week weer land gezien. Nou ja, land... het was een klein eilandje met een vuurtoren erop.

Vanavond was er een talentenjacht, en daarna zijn we wezen dansen in de Riviera Lounge.

Zondag 11 juli
Na het ontbijt ben ik naar de kerkdienst geweest. Vorige week was Arend daar alleen naartoe geweest omdat ik ziek was. Arend was nu niet lekker, dus ging ik deze keer in m'n eentje. De dominee blijkt afkomstig uit de gereformeerde kerk in Hendrik-Ido-Ambacht. Hij en zijn vrouw zijn de hele winter ziek geweest, dus ze maken deze reis om gezondheidsredenen. Het was een fijne kerkdienst.

De rest van de dag hebben we wat zitten lezen in Arends hut. De drie andere mannen waren allemaal aan dek, dus hadden we het rijk voor ons alleen, dat was wel fijn. Arend heeft wat last van uitslag op zijn gezicht. Misschien komt het door het zoute zwembadwater, we weten het niet.

Vanavond zijn we naar een film geweest over Australië. Die maakte weinig indruk, het meeste wisten we al.

Maandag 12 juli
Vanmorgen om 5.00 u zijn we op Curaçao aangekomen. Aan de Handelskade staan huizen in allerlei frisse kleuren, zelfs een roze huis! Zoiets heb ik in Nederland nog nooit gezien, misschien mag dat daar zelfs niet eens.

Na een vroeg ontbijt zijn we wezen shoppen in Willemstad en dat was leuk. Af en toe waanden we ons in Amsterdam, ze hebben er zelfs een Heerenstraat! We hoorden dat Willemstad 'het Amsterdam van het westelijk halfrond' genoemd wordt, en dat kan ik me nu wel voorstellen. In de meeste winkels verstaan ze Nederlands. We hebben daar een heleboel dia's gemaakt. We moesten weer om 11.30 u aan boord zijn, we vonden het gewoon jammer dat we niet meer tijd hadden. Wel was het erg duur in Willemstad, we moesten goed opletten dat we niet afgezet werden.

Dinsdag 13 juli
We zijn op weg naar Christobal, een havenstad aan het begin van het Panamakanaal. Vandaag hadden we een lui dagje, we deden de hele dag niets. Nou ja, behalve de Engelse les dan, daar gaan we altijd trouw naartoe.

Woensdag 14 juli
Om 6.00 u vanmorgen zijn we bij het Panamakanaal aangekomen. Het was daar prachtig en we hebben een hoop dia's gemaakt. Het heeft de hele dag geduurd om door het kanaal te komen. Het is ongeveer tachtig kilometer lang. Eerst moesten we door drie sluizen heen. Daarmee moest een hoogteverschil van zesentwintig meter overbrugd worden. Vervolgens kwamen we in een groot meer, het Gatun Lake, waar we de volgende tweeënveertig kilometer aflegden. Het laatste stuk is een smalle kloof. Daarna weer een sluis, weer een meer en uiteindelijk de laatste drie sluizen om het schip die zesentwintig meter te laten zakken. Ik mocht een verrekijker lenen van iemand die naast me stond, en zag toen ineens een echte krokodil!

We arriveerden om 17.00 u in Balboa. Raar idee, hoor, zo vaar je op de Atlantische Oceaan, en dan ben je ineens binnen een dag op de Grote Oceaan.

We mochten tot 23.30 u aan wal. We hebben twee uur lang langs de haven gewandeld en zijn toen aan boord gegaan om te eten. We hebben gewacht tot we weer vertrokken. Nu lekker naar bed.

Donderdag 15 juli
We zijn op weg naar Tahiti. Het weer is niet zo prettig vanwege de hoge luchtvochtigheid. Al de hele dag hebben we een plakkerig gevoel, ik heb vandaag al twee keer een schoon shirt aangetrokken.

Vrijdag 16 juli
Geen bijzonderheden. Op dek valt niet veel te zien, overal waar je kijkt is water, water en nog eens water. Ik heb maar weer eens een wasje gedaan.

Zaterdag 17 juli
Vanmiddag was er een schildpaddenrace aan dek, maar ik vond dat zielig voor die beestjes. Vanavond was er weer een talentenjacht. Dat was erg leuk. De 'Flavia Jazzband' heeft gewonnen.

Zondag 18 juli
Vandaag zijn we de evenaar gepasseerd! Vanmorgen om 9.00 u kwamen koning Neptunus en zijn hofhouding aan boord met muziek. Wij gingen eerst om 9.00 u naar de kerkdienst en waren om 9.30 u alweer aan dek om de 'doop' door koning Neptunus te zien. Dat is een ritueel voor bemanningsleden of passagiers die voor het eerst de evenaar passeren. Ze worden dan eerst helemaal ingesmeerd met een soort smurrie, vervolgens moeten ze zo door een paar reddingsboeien kruipen, en daarna worden ze schoongespoten. Het was een zootje! Gelukkig was meedoen geheel vrijwillig, voor ons hoefde het niet zo, maar het was wel leuk om naar te kijken.

Vanmiddag was er sport en spel aan dek en vanavond was er een bijzonder diner, en daarna het Koning Neptunusbal, met de Miss Flavia-verkiezing. Na het bal was er een koud buffet. Volle dag zo.

Maandag 19 juli
We hebben bijna de hele dag aan dek gezeten. Mijn maag voelde niet helemaal prettig, maar ik ben vanavond toch maar naar de eetzaal gegaan en heb geprobeerd iets te eten. Gelukkig bleef het er allemaal in en hoefde ik niet te spugen.

Dinsdag 20 juli
Vanmorgen de was gedaan. De rest van de dag hebben we aan dek gezeten. Vanmiddag waren er spelletjes voor de kinderen. Het was

nog steeds erg plakkerig weer, maar de kinderen leken er geen last van te hebben.

Woensdag 21 juli
Arend is vanmorgen wezen zwemmen en de rest van de dag hebben we op het dek doorgebracht. Vanavond zijn we naar de 'Tahiti-avond' geweest. Daar dansten meisjes met bloemenslingers om hun nek en rieten rokjes aan. Na afloop was er een bal, de bemanning danste mee en het was erg leuk.

Donderdag 22 juli
We zijn vanmorgen allebei wezen zwemmen en hebben verder het grootste deel van de dag aan dek doorgebracht. Vanavond zijn we naar de film geweest: *Operatie Petticoat.* Het was een grappige film, met Cary Grant en Tony Curtis in de hoofdrol, en verder een roze onderzeeër. Zou Fred, die ook op een onderzeeër vaart, die film weleens gezien hebben?

Vrijdag 23 juli
Vandaag alleen maar gezwommen en aan dek gelegen, we waren te lui om iets anders te doen. Vanavond was er een gekostumeerd bal. Aan boord kon je kleding huren, wij gingen verkleed als piraat.

Zaterdag 24 juli
Arend is wezen zwemmen en de rest van de dag zijn we aan dek geweest. Vanavond was er weer een talentenwedstrijd. Altijd leuk om te zien hoe mensen zich soms uitsloven om in de belangstelling te staan, maar sommigen waren echt goed.

Zondag 25 juli
Om 9.00 u zijn we naar de kerkdienst geweest. Daarna gingen we tafeltennissen en sjoelen. Om 14.30 u arriveerden we in Tahiti (Papeete), en we werden met muziek verwelkomd door de inlanders. We zijn aan wal geweest tot het tijd was voor het avondeten.

Tahiti is een prachtig eiland met parelwitte stranden, koele watervallen, bergen en veel groen, en de bewoners lijken een vrolijk leven te hebben.

Vanavond weer een paar brieven geschreven naar onze ouders, en eentje naar Rineke. Hoe zou het met haar zijn?

Maandag 26 juli
Vanmorgen om 6.30 u opgestaan en na het ontbijt gingen we om 8.00 u aan land. Eerst gingen we naar het postkantoor om postzegels te halen en deden we de brieven aan onze familie op de post. Daarna probeerden we een scooter te huren om het eiland te verkennen, maar die waren allemaal al weg. Dus zijn we wezen wandelen, tot 14.00 u. Onderweg gingen we bij een hotel iets drinken, we kregen ijskoud ananassap. We hadden erge dorst na al dat wandelen, dus smaakte het extra lekker. We waren erg moe maar hebben veel gezien. Ik had alleen de verkeerde schoenen aan, dus ik heb blaren op mijn voeten. Niet fijn.

Dinsdag 27 juli
Vandaag is Arend jarig. Ik had in Nederland al een cadeautje voor hem gekocht: een mooi lichtblauw poloshirt. Hij was er blij mee en kon het goed gebruiken, want met dat warme, plakkerige weer verschonen we ons soms meermalen per dag.

Vanmorgen zijn we op weg gegaan naar Nieuw-Zeeland. Vanavond was het Hollandse avond en dat was erg leuk. De Flavia Jazzers speelden tot 23.00 u, en daarna het Stardust Kwartet. Vanavond dus laat naar bed.

Woensdag 28 juli
Langzaamaan wordt het wat kouder, omdat het op het zuidelijk halfrond nu winter is.

Vandaag was er een Italiaanse tentoonstelling aan boord, waar we twee flessen wijn hebben gekocht. Vanavond hebben we een ervan opgedronken met wat andere mensen, en hij smaakte goed. Daarna zijn we naar weer een bal geweest, 'Parijse nachten', dat om 21.30 u begon. We zijn maar vijf minuten gebleven, omdat het gisteravond een latertje was en we nu erg moe zijn, en ik nog steeds wat last van m'n blaren heb.

Donderdag 29 juli
We zijn een poosje aan dek geweest, maar het was te koud om daar te zitten, dus gingen we een kopje koffie drinken in de Riviera Lounge, en daarna zijn we naar Engelse les geweest. Vanmiddag hebben we een kijkje mogen nemen op de brug van het schip. Dat was erg interessant!

Vrijdag 30 juli
Vannacht werd ik midden in de nacht wakker door het deinen van het schip. Er woedt een zware storm. Ik ben erg zeeziek en voel me flink beroerd. Het grootste deel van de dag zijn we aan dek gebleven in de frisse wind met een deken om ons heen om ons warm te houden.

Zaterdag 31 juli
Deze dag missen we, omdat we de datumgrens gepasseerd zijn. Vreemd idee om zomaar een dag kwijt te zijn...

Zondag 1 augustus
Het stormt nog steeds flink, windkracht 12, en ik ben nog steeds erg zeeziek. De meeste tijd heb ik aan dek gezeten en ik heb alleen wat droog brood gegeten. Arend is in z'n eentje naar de kerkdienst geweest om 9.00 u en kwam daarna naast me zitten lezen. Ik had helemaal geen zin in lezen, als ik al die letters zag werd ik alleen nog maar draaieriger.

Maandag 2 augustus
De storm is gaan liggen en vanmiddag heb ik weer kunnen lunchen en mijn dagboek kunnen bijwerken. Vanavond had ik zelfs weer

trek in het eten, het smaakte me prima.

Om 20.00 u zijn we gearriveerd in Auckland, Nieuw-Zeeland. Toen we aan wal gingen, zagen we oom Hans en tante Corrie. Oom Hans is een broer van Arends moeder. Zij hadden ons met moeite kunnen vinden en hadden ons zelfs om laten roepen. We wandelden het schip af en Arend zag hen meteen.

Ze verwelkomden ons hartelijk. Ik had oom Hans en tante Corrie nog nooit ontmoet en kende hen alleen uit de verhalen, maar ik vond hen meteen erg aardig. Daarna reden we met hen naar hun huis. In Nieuw-Zeeland rijden ze links, dus daar moesten we wel aan wennen. Bij hun huis werden we opgewacht door de oudste dochter van oom Hans en tante Corrie: Nelleke van twaalf, bijna dertien. Haar zusje Joanne van vier lag al in bed, maar ze sliep nog niet, want toen ze ons binnen hoorde komen, wilde ze meteen weer uit bed. Allebei de meisjes hebben lang blond haar. Joanne is een beetje verlegen, die kent ons geen van beiden, maar Nelleke is in Nederland geboren en heeft daar gewoond tot haar vierde, en zij herkende Arend meteen. Ze hebben ook een zwarte hond, Blackie, die ons nieuwsgierig besnuffelde.

We hadden het fotoalbum van ons trouwen bij ons, dat we hun lieten zien. Wat hadden we elkaar een hoop te vertellen!

Omdat het schip vannacht in de haven blijft omdat het door de storm wat averij heeft opgelopen, hebben oom Hans en tante Corrie gevraagd of we vannacht willen blijven logeren. Dat willen we wel. We hebben natuurlijk alleen geen pyjama meegenomen, en ik durf er bij tante Corrie niet om te vragen. Ik had haar pyjama of nachtpon trouwens toch niet gepast, want zij is veel kleiner dan ik. Ze komt nog niet eens tot Arends schouders! Vannacht dus fijn naast Arend slapen!

Dinsdag 3 augustus

Het was vannacht een erg koude nacht, dus hebben we liggen bibberen in bed en kropen we dicht tegen elkaar aan. Maar dat vonden we geen van beiden vervelend...

We zijn vanmorgen om 7.30 u opgestaan en hebben om 8.00 u ontbeten met de familie. Om 9.00 u moesten we terug naar het schip. Oom Hans reed een klein stukje om en heeft ons hun kerk laten zien, waar hij koster is. We hebben afscheid genomen en waren om 9.45 u weer aan boord, waar we om 12.00 u naar Sydney vertrokken. Vanavond hadden we een afscheidsfeestje in Arends hut met wat mensen die het schip in Sydney zouden verlaten.

Woensdag 4 augustus
Het weer is rustig. We zijn wat boodschappen wezen doen en hebben een transistorradio en een elektrisch scheerapparaat gekocht. Vanavond was er een afscheidsbal in de Riviera Lounge. Wij zijn er niet naartoe geweest. Het bezoek aan oom Hans en tante Corrie, die zelf destijds ook familie, huis en haard in Nederland hebben achtergelaten om te emigreren naar Nieuw-Zeeland, heeft veel bij ons losgemaakt. Jammer dat we er niet een paar dagen langer konden blijven.

Donderdag 5 augustus
Rustige dag. Onze eindbestemming komt steeds dichterbij...

Vrijdag 6 augustus
Om 12.00 u zijn we in Sydney aangekomen. Na de paspoortcontrole zijn we aan wal gegaan om 15.00 u. Sydney is een leuke stad. We zijn naar een van de pijlers van de Harbour Bridge geweest en hadden vandaar een prachtig zicht op de stad. Op een soort pier verrijst een vreemd bouwwerk. Het lijkt wel op een rechtopstaande kiel van een schip. Iemand vertelde ons dat dat het Sydney Opera House in aanbouw is, een soort concertgebouw, en dat het al twee jaar klaar had moeten zijn. Nou, zo te zien duurt het nog wel even voordat het af is...

Daarna zijn we teruggegaan naar het schip om te eten. Vanavond was het erg druk met passagiers die wilden ontschepen. Die waren al op hun eindbestemming aangekomen, wij hebben nog ruim een week te gaan.

Zaterdag 7 augustus
Vanmorgen zijn we naar de hoofdpurser geweest om hem om een hut voor ons tweeën te vragen nu er al een aantal mensen vertrokken is. Hij vond het goed, aanstaande zondag krijgen we er een, na de ontscheping in Melbourne. Vanavond vroeg naar bed.

Zondag 8 augustus
Vannacht was het stormachtig en ik ben weer zeeziek.

Om 16.00 u vanmiddag kwamen we in Melbourne aan. We hebben onze koffers gepakt en brachten die toen naar hut M89, waar we ze weer uitgepakt hebben. We hebben eindelijk een plekje voor onszelf, na al die weken! Daarna zijn we aan wal gegaan, en daar wachtte mijn broer Johan op ons. Ik was zo blij om hem te zien, eindelijk weer eens een vertrouwd gezicht! Ik had hem erg gemist op onze bruiloft.

We namen een taxi naar het station en gingen met de trein naar Murrumbeena. Johan woont daar in een caravan in iemands achtertuin. Johan maakte wat soep voor ons, en we aten een paar crackers. Het smaakte heerlijk! We hadden een hoop om over te praten en hebben naar wat foto's en dia's gekeken. Om 21.00 u zijn we met z'n drieën naar het station gewandeld en om 21.45 u waren we weer terug aan boord. Johan heeft hier onze trouwfoto's bekeken, en hij vond ze erg mooi. Hij ging om 23.00 u weer terug naar huis, en wij zijn naar onze hut gegaan.

Maandag 9 augustus
Vandaag zijn we twee maanden getrouwd! We hadden nog een fles wijn over van die Italiaanse tentoonstelling en hebben die vanavond in onze hut voor de helft leeggedronken. Morgen de andere helft.

Dinsdag 10 augustus
Niks bijzonders beleefd vandaag. O ja, die fles wijn leeggedronken. En lekker geslapen.

Woensdag 11 augustus
We zijn vandaag in Adelaide aangekomen en zijn daar aan wal gegaan. Er stond een flinke wind, we liepen te bibberen in onze zomerkleren. Dus waren we zo weer terug.

Donderdag 12 augustus
Nog twee nachtjes slapen...

Vrijdag 13 augustus
Onze laatste dag op de *Flavia*. Morgen gaat ons Australische avontuur dan echt beginnen. Hoe zal het zijn? Zullen we kunnen wennen? Wat als we nu ineens heel erge heimwee naar Nederland krijgen, of naar onze familie, naar vader en moeder, naar Rineke? 'Weest in geen ding bezorgd...' Daar moeten we nu op vertrouwen.

Zaterdag 14 augustus
Dit is de laatste keer dat ik dit dagboek van de *Flavia* schrijf. We zijn zojuist om 7.00 u in Fremantle aangekomen. We hadden ons verslapen, het schip had al aangemeerd tegen de tijd dat we aan dek kwamen. Dat is jammer, nu hebben we het laatste stukje van onze reis gemist!

7

'Hebben we alles?' Wat gejaagd keek Reina de kleine hut rond. Ze was ineens zenuwachtig. De vele indrukken tijdens de bootreis hadden haar de eerste weken regelmatig het gevoel gegeven dat ze op een vakantiecruise waren, waarvan ze alleen maar hoefden te genieten. De laatste week was dat vakantiegevoel minder geworden, en nu ze voorgoed van boord zouden gaan, klopte haar hart in haar keel.

'Ja hoor, we hebben alles,' lachte Arend. Hij stak zijn hand uit. 'Ga je mee?'

Hand in hand liepen ze naar het dek, en vandaar naar de loopplank. Ze hadden begrepen dat ze opgewacht zouden worden door diverse leden van de Reformed Church van Perth, maar er stonden zo veel mensen op de kade, hoe konden ze weten wie er voor hen kwamen?

Opeens stootte Arend Reina aan. 'Kijk eens,' wees hij.

Reina keek, en begon toen te lachen. Diverse mensen aan de kade hadden een spandoek gemaakt, en op een daarvan stond duidelijk te lezen: *Mr. & Mrs. Van Liere.*

'Die komen voor ons.' Reina zuchtte van verlichting. Dat was aardig! Die mensen daar hadden de moeite genomen om speciaal voor hen naar de boot te komen. Zij waren al eerder van Nederland naar Australië geëmigreerd en wisten wat Arend en zij nu meemaakten.

Na de paspoortcontrole en de ontscheping liepen ze naar het wachtende groepje. Daar werden vele handen geschud en werd er wederzijds kennisgemaakt. Het groepje bleek te bestaan uit het echtpaar Zuidersma, het echtpaar Klaas, de heer Bijlsma sr. en de heer Swarts. Ze heetten Reina en Arend van harte welkom in hun nieuwe vaderland. Daarna moesten Reina en Arend in de rij voor de diverse formaliteiten die afgehandeld moesten worden. Automatisch liepen ze naar de rij voor mensen wier achternaam begon met een L, maar de heer Swarts trok Arend aan z'n mouw: 'Jullie staan in de verkeerde rij, in Australië begint jullie achternaam met een V, Van Liere.'

'Bedankt,' zei Arend. Hij stak zijn arm in die van Reina en samen liepen ze naar de juiste rij.

Na alle formaliteiten liepen ze gezamenlijk naar het parkeerterrein. Reina en Arend konden meerijden met meneer Swarts. Hij zou hen van Fremantle naar het huis van de familie Bijlsma sr. in Perth brengen, ruim een halfuur rijden. Daar zouden ze het weekend doorbrengen.

Reina en Arend kwamen ogen tekort. Dit was dus hun nieuwe omgeving. Het was zo heel anders dan Zoetermeer! Ze hadden uiteraard wel foto's gezien, maar nu zagen ze het in het echt. Zelfs de geur was er anders. Ze zagen palmbomen en planten die ze niet kenden. De huizen waren allemaal verschillende soorten bungalows, allemaal vrijstaand met een lap grond eromheen; rijtjeshuizen kenden ze hier blijkbaar niet. Zelfs de straten waren anders. Onderweg stonden overal palen met draden, omdat de elektriciteitsleidingen allemaal bovengronds liepen.

Meneer Swarts reed langs Kings Park, vanwaar ze een adembenemend uitzicht hadden over de stad en de rivier de Swan.

'Wat is het hier mooi!' verzuchtte Reina.

'Ja hè? Hier komen altijd heel veel mensen naartoe,' zei meneer Swarts. 'Het park is erg groot, wel vierhonderd hectare. En er is ook een botanische tuin die een bezoek waard is.'

Even later stopte hij voor een huis in oude stijl, in de wijk Maylands. 'Hier wonen de Bijlsma's,' zei hij.

De begroeting was allerhartelijkst, Reina en Arend voelden zich er meteen thuis. De Bijlsma's hadden drie kinderen, van wie er nog één thuis woonde: dochter Annie. Arend en Reina mochten in haar slaapkamer slapen. Ze zetten hun bagage op de kamer en liepen toen naar de woonkamer, die tal van Hollandse accenten had, zoals een pluchen tafelkleed en een houten pendule op de schoorsteen.

'Jullie hebben vast wel trek in een bakje koffie,' zei mevrouw Bijlsma.

'Nou, graag!'

Even later kwam er bezoek: zoon Dick Bijlsma en zijn vrouw Rie, met hun kinderen Marion en John. Na de lunch nam Rie Arend en Reina mee op een sightseeingtour, waarbij ze onder andere het raadhuis en de universiteit liet zien.

De dag vloog om voor Reina's gevoel, voor ze het wist zaten ze al aan het avondeten: soep met brood.

'Mmm, lekker, tomatensoep,' zei Reina. Maar toen ze het proefde, trok ze een wat bedenkelijk gezicht. 'Veel zoeter dan thuis.'

'Eh, "thuis" is hier,' lachte meneer Bijlsma. 'Nederland ligt aan de andere kant van de wereld, dat is niet langer ons thuis. Wij vergisten ons in het begin ook, hoor. Je bent zo gewend om alles wat je meemaakt en eet en proeft te vergelijken met hoe het in Nederland is. Ik zei ook vaak op mijn werk: "Maar bij ons in Nederland..." Tot mijn collega's me daarop wezen en zeiden: "Als je zo blijft kijken naar Australië, wen je hier nooit." Ze hadden gelijk, en als ik nu "bij ons" zeg, bedoel ik "bij ons in Australië". Dit is ons thuis geworden.'

Reina zei niets, ze knikte alleen. Ze snapte wel wat hij bedoelde, maar voor haar was Zoetermeer voorlopig nog steeds 'thuis'. De soep van haar moeder was in elk geval lekkerder dan deze. En de thee ook. Tjonge, wat was die sterk! En ook de Vegemite, een soort pasta die de kleur had van appelstroop maar erg zout en bitter smaakte, kon haar niet bekoren.

Moe van alle indrukken gingen ze die avond vroeg naar bed. Ze sliepen heerlijk en werden de volgende morgen gewekt door een zangdienst op de radio.

Na het ontbijt gingen ze gezamenlijk naar de Reformed Church in Colombo Street, Victoria Park. Dominee Geertsema was daar voorganger. De kerkdienst leek veel op die van Zoetermeer. Hij was wel in het Engels, maar het meeste konden ze wel verstaan, en het voelde vertrouwd aan. Misschien kwam dat ook wel doordat de meeste mensen hier een Nederlandse achtergrond hadden.

Meneer Bijlsma had verteld dat de eerste Nederlanders die na de Tweede Wereldoorlog naar Australië emigreerden, en die in Nederland lid waren geweest van de Gereformeerde Kerk, zich aanvankelijk aangesloten hadden bij de Free Presbyterian Church of Schotland, een bevindelijk gereformeerd kerkgenootschap dat ook een vestiging had in Perth. In 1950 werd er vanuit de Gereformeerde Kerk in Nederland een predikant uitgezonden om onderzoek te doen naar het geestelijke en kerkelijke leven van de verschillende gereformeerden die zich in Australië gevestigd hadden. Naar aanleiding daarvan werd er in St. Kilda, Melbourne een Nederlandse predikant beroepen, om de Nederlandse migranten geestelijk bij te staan. Voor hen werden speciale diensten gehouden, niet alleen in het Nederlands, maar ook met orgelmuziek en het zingen van gezangen, zaken die in de liturgie van de Free Church niet voorkwamen. Dat ervaarden de migranten als dingen die ze gemist hadden, en daarna werd het steeds moeilijker om zich echt thuis te voelen in de Free Church. Omdat ze de andere kerkgenootschappen te vrijzinnig vonden, werd in december 1951 besloten om een eigen denominatie op te richten, wat resulteerde in de Reformed Churches in Sydney, Penguin en Melbourne. Er kwamen meer vestigingen, die zich sinds juni 1951, na hun eerste synode waarin zij de Drie Formulieren van Enigheid aannamen, de 'Reformed Churches of Australia' noemden. Al die kerken hadden dus een Nederlandse achtergrond.

Waar het in Nederland nog gebruikelijk was om twee diensten per zondag te houden, werd er in Australië alleen 's ochtends een dienst gehouden. 'De mensen moeten vaak van ver komen, de afstanden tussen kerk en thuis zijn hier voor veel mensen groter dan in Nederland,' had meneer Bijlsma uitgelegd. 'Daarom houden we maar één dienst, maar na afloop drinken we altijd gezamenlijk koffie en spreken we elkaar uitgebreid, zodat de onderlinge band erg stevig is.' Na de dienst werden Reina en Arend dan ook tijdens de koffie hartelijk welkom geheten door iedereen.

Maandagochtend nam Dick Reina en Arend mee naar de Carpenters Union, een soort arbeidsbureau voor de bouw, waar Arend zich wilde laten inschrijven. Ze hoefden Arends diploma's niet eens te zien, ze hadden genoeg werk voor hem. Hij kon twee dagen daarna al aan de slag bij een firma die plafonds maakte. Voor Reina was er op dit moment geen werk.

Daarna bracht Dick hen naar het ziekenfondsgebouw, waar ze zich ook in lieten schrijven.

De volgende dag zou hun bagage uit Nederland worden afgeleverd in 33 John Street in Cottesloe, een buitenwijk van Perth, vlak bij de kust, waar ze voor de eerste tijd een huis hadden gehuurd. Ze zouden daar een eigen zit-slaapkamer hebben, maar de keuken en de badkamer moesten ze delen met de andere bewoners: Roel en Diny Klaas.

Dinsdagochtend namen Reina en Arend afscheid van de familie Bijlsma en reisden naar Cottesloe. Hun eerste huis, spannend! Maar toen Reina het huis zag, moest ze wel even slikken. Het wemelde er van de enge insecten, waaronder sprinkhanen, kakkerlakken en grote nachtvlinders. Ze griezelde. Zouden die ook binnen zitten?

Binnen leek het iets minder erg qua beestjes, maar de muren waren erg vuil. 'Ik vind het hier maar niks,' zei Reina tegen Arend. En toen ze op zoek ging naar het toilet en dat buiten bleek te zijn, ook vol met beestjes, voelde ze even de neiging om hard weg te rennen.

Maar die kans kreeg ze niet, want daar kwam de vrachtwagen al aan met hun spullen. Terwijl Arend de chauffeur hielp met uitladen, vond Reina een bezem die tegen de muur stond, daar blijkbaar achtergelaten door de vorige bewoners. Daarmee veegde ze eerst de vloer in de kamer goed schoon. Daarna droegen ze samen alle dozen en kisten naar binnen om die uit te pakken. Reina vond het fijn om al die vertrouwde dingen uit Nederland weer terug te zien. Dat maakte dat dit naargeestige huis toch ineens als een soort van thuis voelde. Ze zetten de bedden in elkaar, maakten die op met hun eigen lakens en dekens, de koelkast werd in de keuken gezet en de trouwcadeaus werden uitgepakt. Voor alles werd een plekje gezocht, en aan het eind van de middag keken ze tevreden om zich heen.

'Afgezien van die vieze muren is het toch wel gezellig,' vond Reina.

Daarna gingen ze op zoek naar een supermarkt voor de eerste levensmiddelen. Het was wel even wennen in de winkel, omdat ze niet met guldens maar met ponden, shillings en penny's rekenden. Het vergde heel wat hoofdbrekens om uit te rekenen hoeveel alles omgerekend in guldens kostte. Terug in het huis waren ze een poosje bezig om alle boodschappen op de handigste plaats weg te bergen.

Ze wilden net beginnen aan het avondeten toen er op de deur werd geklopt. Het was Diny, hun buurvrouw.

'Hebben jullie zin om vanavond bij ons te komen eten?' vroeg ze. 'Dan kunnen we meteen kennismaken met elkaar.'

'Nou, maar wat graag!' zei Reina, die ertegen op had gezien om na die drukke dag ook nog te moeten koken. 'Dat is aardig!'

Diny had een heerlijke stoofschotel klaargemaakt, en zij en haar man Roel leken aardige mensen. Na het eten zetten ze hun gasten nog een kopje koffie voor en daarna vertrokken Arend en Reina naar hun eigen woongedeelte.

Die nacht sliepen ze voor het eerst in hun eigen bed, en de volgende dag ging Arend vol goede moed naar zijn eerste baan in Australië.

Zodra Arend vertrokken was, zocht Reina een paar emmers op en ging aan de slag met de muren. Ze boende en schrobde dat het een lieve lust was, en onder haar handen werd de kamer een stuk schoner en frisser. Ze was zo lekker bezig dat ze erachteraan ook maar meteen de keuken en de badkamer een goede beurt gaf. Toen ze klaar was, stonden de blaren in haar handen.

Ze trakteerde zichzelf op een lekkere lunch en ging daarna op zoek naar haar kookboek, want vanavond zou ze zelf moeten koken, en daar had ze nog niet zo veel ervaring mee. Ze hadden gisteren onder andere kip meegebracht, zou ze dat voor vanavond klaarmaken?

Ze zocht de ingrediënten bij elkaar die ze volgens het kookboek nodig had. Het recept was voor vier personen, met z'n tweeën zouden ze genoeg hebben aan de helft. Dus ging de kip in tweeën, de andere helft aten ze dan een andere keer wel op.

Het recept leek duidelijk genoeg, maar blijkbaar ging er toch iets mis, want in plaats van de 'heerlijk malse kip' die het recept beloofde, werd het een verbrande, niet te eten kip... Gelukkig was ze op tijd begonnen, en gelukkig had ze nog een halve kip. Al doende leert men, en de tweede keer ging het een stuk beter. Zo, nu nog aardappels schillen en een blik boontjes openmaken, en dan had ze een lekker maaltje als Arend thuiskwam.

Reina kreeg steeds meer de smaak te pakken van het koken, en ook werd Arend regelmatig verrast met een heerlijke cake. Ze hielden geen van beiden van liflafjes, dus werd er iedere dag gewone Hollandse pot gekookt, dat vond Arend ook het lekkerst. Verder vulde Reina haar dagen met schoonmaken, wassen, strijken, breien en naaien. Ze had een paar keer geprobeerd een baantje te zoeken, maar dat was steeds op niets uitgelopen.

Ze volgden trouw de schriftelijke Engelse lessen. Arend moest op zijn werk Engels praten, hij maakte flinke vorderingen. Maar ook Reina's Engels werd steeds beter, zij had het voordeel dat ze dat al op de mulo had gehad. Ook raakten ze bevriend met een echtpaar in Claremont. Die mensen hadden twee kinderen, een zoontje van vijf en een dochtertje van achttien maanden. Reina ging er af en toe babysitten en kon zo haar Engels oefenen met het jongetje, hoewel hij ook een beetje Hollands sprak, met een grappig accent.

Soms, als ze alleen was, werd ze overvallen door een verlangen naar haar ouders, broers en zus. Dan vroeg ze zich af wat zij nu aan het doen waren, en of ze haar misten. Dan pakte ze haar schrijfblok en schreef een lange brief om hen op de hoogte te houden van hun wel en wee in Australië. Ze genoot van de post uit Holland, liep soms wel een paar keer per dag naar de brievenbus bij het tuinhek om te zien of er post was.

Arend kocht een scooter, waarmee hij gemakkelijker naar zijn werk kon. In de weekends maakten ze daarmee tochten om de omgeving te verkennen. Uiteraard gingen ze ook enkele keren naar Kings Park.

In oktober kregen ze een logé: Johan. Na anderhalf jaar hield hij Australië voor gezien en ging hij terug naar huis. Hij kwam met het vliegtuig naar Perth, logeerde twee weken bij Arend en Reina, vertrok daarna per boot naar Italië en reisde vandaar met de trein naar Nederland. Alleen Martin was op de hoogte van zijn komst, en Johan drukte Reina op het hart om het in haar brieven naar Nederland niet te vermelden. 'Ik wil vader en moeder ermee verrassen. Op de dag dat ik aankom zal Martin hen meenemen naar het station, ik ben zo benieuwd naar hun gezichten.' Hij glunderde bij het idee alleen al.

Reina genoot van de weken dat Johan er was. Ze praatten over hun beider ervaringen met het land. Johan had het best naar zijn zin gehad, maar nu wilde hij naar huis terug. 'Voor jou is het toch anders,' zei hij, 'jij en Arend hebben elkaar, en ik voelde me vaak toch erg alleen.'

Het afscheid viel Reina zwaar. Even was ze jaloers op Johan, omdat hij binnenkort haar familie weer zou zien, en zij dan als enige aan de andere kant van de wereld zat. Als enige? Nee, Johan had gelijk, zij had Arend, en samen hadden ze voor deze stap gekozen, samen zouden ze er iets van maken!

Vlak voor hun eerste Kerst in Australië ontdekte Reina dat, als alles goed zou gaan, 'samen' vanaf volgend jaar juni 'met z'n drieën' zou zijn. Ze waren boodschappen aan het doen, toen ze ineens flauwviel vlak voor de toonbank waar Arend net aan het afrekenen was. Ze vermoedde toen al wat de oorzaak daarvan was, en toen ze een paar dagen later een arts bezocht, bevestigde hij haar vermoeden: ze was in verwachting!

Die eerste Kerst ging als in een roes voorbij. Het was trouwens toch een vreemde ervaring om midden in de zomer Kerst te vieren, net alsof het niet 'echt' was. Maar Reina's hoofd stond helemaal niet naar Kerst. In gedachten was ze al bezig met het inrichten van een kinderkamer, op een andere plaats dan hier, met al die kakkerlakken. Ze gruwde bij het idee dat een van die kakkerlakken in het bedje van hun kindje zou kruipen. Nee, er moest zo snel mogelijk andere woonruimte gezocht worden! Ze namen contact op met een makelaar, die hun een paar huizen liet zien. Een van die huizen beviel hun wel, het stond in Oats Street, in de wijk Kewdale, ten oosten van Perth. Het was tien jaar oud, had een tweesteens muur, een hoog plafond, drie slaapkamers, een woonkamer, keuken, badkamer en wasruimte. Het was niet echt groot, maar groot genoeg voor een beginnend gezin en een stuk groter dan waar ze nu woonden.

Ze vroegen Dick Bijlsma om advies en hij hielp hen met de berg papierwerk die ze door moesten worstelen.

Op 11 januari verhuisden ze naar hun eerste eigen huis. Ze hadden niet eens meubels om het in te richten, alleen de twee eenpersoonsbedden en de koelkast die ze vanuit Nederland meegenomen hadden. Arend maakte wat stoelen en een tafel van de houten kratten waar hun bagage in gezeten had. Ze moesten wachten met echte meubels kopen tot het geld van hun rekeningen in Nederland was overgezet naar hun rekening in Australië. Nadat dat gebeurd was, hadden ze net genoeg geld voor een waarborgsom voor het huis, en voor vier fauteuils, een eethoek en een karpet. Toen dat allemaal op z'n plek stond, zag het er prachtig uit en waren ze erg blij met wat ze hadden.

De muren van de woonkamer en de keuken waren in felle kleuren geverfd, wat Reina niet mooi vond. Dus verfde Arend de muren crèmewit, waarmee het in huis meteen een stuk lichter leek. Hij verfde ook de keukenkastjes wit.

In de keuken stond een houtkachel om op te koken, maar Reina zag het niet zitten om daarop elke dag het eten klaar te moeten maken. Daarom kochten ze zodra dat mogelijk was een elektrisch fornuis met een oven, en daarna een wasmachine.

Naast hen woonde een gezin met vijf kinderen, twee jongens en drie meisjes. De vader was Australisch, de moeder Pools, allebei erg aardige mensen. De vrouw sprak Engels met een sterk accent. Ze hadden een zwembad met blauw geschilderde gepleisterde stenen en Reina en Arend mochten bij hen komen zwemmen wanneer ze maar wilden. Toen Reina dát naar haar moeder schreef, kreeg ze een verbaasde reactie terug: of ze nu soms in een rijkeluisbuurt woonden? Een huis met een zwembad associeerde zij met veel geld op de bank hebben. Reina schreef haar meteen terug: in Australië zag je steeds vaker een zwembad in de tuinen, met die hoge temperaturen was dat geen overbodige luxe.

Ze kregen steeds meer vrienden en kennissen, vooral van de kerk. Ze werden vaak op de koffie gevraagd door mensen van de kerk en hadden daardoor niet zo veel last van heimwee.

Ook werden ze vaak uitgenodigd om mee te gaan op een sightseeingtrip of om te gaan barbecueën in het bos.

De zwangerschap verliep voorspoedig. Reina was de eerste maanden amper misselijk en ze voelde zich prima, alleen had ze af en toe wat last van haar rug. Natuurlijk miste ze haar familie, juist in deze tijd. Maar zij hadden het blijkbaar druk met andere dingen, want de brieven die haar vader voorheen zo trouw schreef om hen op de hoogte te houden van de gebeurtenissen in Nederland, bleven nu al een poosje uit. Reina miste vooral haar moeder en haar zus. Ze had zo graag samen met hen voor de babyuitzet gezorgd en gefantaseerd over hoe het zou zijn om moeder te worden. Nu deed ze dat maar met haar nieuw verworven Australische vriendinnen. En ze ging weer aan het breien. Nee, geen sokken voor Arend dit keer, daar was ze mee gestopt, want Arend versleet die sokken erg snel, en sokken die ze in het winkelcentrum kocht, gingen veel langer mee. Nu breide ze sokjes en truitjes en dergelijk klein spul, voor de baby. Soms breide ze iets in het roze, want ze was ervan overtuigd dat het een meisje zou worden. En als zij en Arend het over de baby hadden, noemden ze haar altijd 'Marietje'.

Arend ging ook aan de slag voor hun eerste kindje. Hij maakte eerst een wiegje en daarna een commode. Het kinderkamertje werd steeds mooier.

Van haar trouwjapon maakte Reina een prachtige doopjurk. Enerzijds vond ze het jammer om die jurk te verknippen, anderzijds zou ze die jurk toch nooit meer dragen, en ze vond het ook wel een mooi idee dat hun kind ten doop gedragen zou worden in dezelfde stof als waarin zijzelf haar jawoord had gegeven aan Arend. Ook naaide ze lakentjes voor het wiegje.

Een paar weken voor de uitgerekende datum was alles klaar, de baby kon komen!

De laatste weken leken voorbij te kruipen. Elke morgen als Reina opstond, dacht ze: misschien komt de baby vandaag wel. En als ze 's avonds in bed kroop, dacht ze: oké, vandaag niet, misschien begint het vannacht wel.

Maar de uitgerekende datum ging voorbij zonder dat de baby ook maar aanstalten leek te maken om te komen.

Op 12 juli werd Reina opgenomen in het ziekenhuis, en op 13 juli werd de bevalling ingeleid. Arend bleef de hele dag bij haar, en in de loop van de middag ging de bevalling doorzetten. Die avond, even voor middernacht om 23.35 uur, werd hun dochter Margaretha Elizabeth geboren, naar Reina's moeder. Haar roepnaam werd Margy en ze was een prachtige baby, die bijna zes pond woog.

Zodra Reina haar dochter in haar armen kreeg, was de pijn van de bevalling vergeten. Ze keek verrukt naar het fijne gezichtje en was op slag verliefd. Ook Arend kon zijn ogen niet van het meisje afhouden.

'Ze lijkt op jou,' zeiden ze allebei tegelijk tegen elkaar, en daarna schoten ze allebei in de lach.

Arend kuste haar. 'Ik ben trots op je, meisje,' zei hij ontroerd.

Toen de verpleegster de baby kwam halen om haar naar haar bedje te brengen, wilde Reina haar amper loslaten, ze wilde haar het liefst bij zich houden. Opeens drong tot haar door wat het voor haar moeder betekend moest hebben om haar dochter los te moeten laten toen die naar de andere kant van de wereld vertrok. Even voelde ze de pijn van het gemis. Wat had ze nu graag haar moeder in de buurt gehad!

De volgende dag stuurde Arend een telegram naar Nederland om het goede nieuws te melden.

Reina en Margy bleven nog een week in het ziekenhuis. Daar leerde Reina hoe ze de baby borstvoeding moest geven, en hoe ze haar moest verschonen en in bad moest doen.

Op 21 juli reden ze met een taxi naar huis. Toen Reina de kleine Margy na het voeden voor het eerst in haar wiegje gelegd had, bleef ze een tijd staan kijken hoe de kleine oogjes dichtvielen, de kleine knuistjes gebald naast het gezichtje. Weer voelde ze scherp het gemis van haar moeder: nu was ze zelf moeder, maar was haar eigen moeder niet in de buurt als ze raad nodig had.

Een week later bracht de post een pakje uit Nederland. Rineke stuurde een paar schattige babytruitjes en moeder Westhoek had een prachtige lap stof gestuurd. Reina was er blij mee, maar toen ze de brief las die erbij zat, vertrok haar gezicht.

Schrik niet, schreef moeder, *maar vader heeft een beroerte gehad. We durfden het niet eerder te schrijven zolang je in verwachting was. Hij heeft een tijdje in het ziekenhuis gelegen, maar is nu gelukkig weer thuis. Het gaat alweer wat beter met hem, en hij zendt jullie zijn hartelijke groeten.*

Ze liet de brief zakken. 'Vader heeft een beroerte gehad, daarom schreef hij de laatste maanden niet meer,' zei ze. De tranen liepen over haar wangen.

In één stap was Arend bij haar. Hij trok haar naar zich toe en nam haar in zijn armen.

Reina snikte het uit. De spanning van de laatste weken, van de bevalling, van de onzekerheid die ze voelde als de baby huilde en ze niet wist waarom, de vermoeidheid van de gebroken nachten, het gemis van haar familie, alles kwam er nu uit, in één lange huilbui.

Arend liet haar maar begaan. Hij streelde zachtjes over haar rug en legde zijn hoofd op het hare. Even ging het door hem heen: zou ze nu niet boos op me zijn dat ik wilde dat ze meeging naar Australië, zo ver bij haar ouders vandaan?

Hij durfde de gedachte niet eens hardop uit te spreken. Maar dat hoefde ook niet. Reina slaakte een diepe zucht en zei toen flink: 'Dat is het nadeel van zo ver weg wonen. Ik zou nu gewoon even bij hen binnen willen wippen en met eigen ogen zien dat het weer wat beter met hem gaat. Maar ja, dat kan nu eenmaal niet. Zij zijn daar en wij zijn hier. Laten we blij zijn dat hij nog leeft.'

Ze leunde tegen hem aan. 'Weet je, dit soort dingen heb ik óók overdacht voordat ik ja tegen je zei. Ik wist dat vader en moeder, en jouw vader en moeder, ouder worden. Ook voor hen komt de tijd dat zij, net als oma Florus, mensen van de dag worden. En dat wij dan niet in de buurt zullen zijn om voor hen te zorgen. Ik had alleen niet verwacht dat dat al zo snel zou zijn...'

Even klonk er een snik in haar stem. Toen ging ze verder: 'Dat is allemaal al door me heen gegaan in de weken na jouw vraag of ik met je mee wilde naar Australië. Ik heb ja tegen je gezegd, en ik zou het zo weer doen. Natuurlijk doet het pijn om zo ver bij hen vandaan te zijn, zeker nu. Natuurlijk mis ik hen, en zou ik graag met onze Margy even bij hen op bezoek willen gaan om haar te laten zien. En dat gemis zal ik regelmatig blijven voelen, dat weet ik nu al. Maar ik ben liever hier met jou, dan daar zonder jou. En ik wil dat je dat weet. Want ik ken je, en ik weet wat er nu door je heen gegaan is.'

Arend was er stil van. Wat was zijn Reina toch een sterke vrouw!

'Ik hou van je,' zei hij en hij kuste haar.

'En ik van jou,' zei Reina. Ze maakte zich los uit zijn armen en stond op. 'Hèhè, die huilbui luchtte lekker op. Dat had ik net even nodig. Ga je mee kijken of onze dochter al wakker is?'

Ze stak haar hand naar hem uit, die hij stevig vastgreep.

Samen liepen ze naar de babykamer.

8

'Mammie!'

Reina was meteen wakker. Bijzonder was dat toch. Ze kon diep liggen slapen, werd niet wakker van het gesnurk van Arend of van langsrijdende auto's, maar sinds ze moeder was van nu inmiddels al twee kinderen, werd ze gewekt door het minste geluidje dat ze maakten. Alsof ze daar een antennetje voor had.

'Mammie!' Margy's klaaglijke stemmetje klonk nu wat dringender.

Reina keek op haar horloge. Kwart over zes nog maar.

'Ja, mammie komt,' riep ze zo zacht mogelijk, in de hoop dat Arend niet wakker zou worden. Hij sliep nog zo lekker. Arend werkte nu alweer ruim twee jaar bij RDC Construction, waar hij het erg naar zijn zin had en waar zijn vooruitzichten gunstig waren. Hij maakte lange dagen, was doordeweeks altijd vroeg op en was 's avonds vaak bezig met allerlei klusjes in en rond het huis. Hij had een kast gemaakt in de keuken, verfde de buitenmuren wit zodat het koeler werd in huis, en schilderde de kozijnen van ramen en deuren donkerbruin. Ook had hij een klein schuurtje in de achtertuin gemaakt om gereedschap en dergelijke in op te bergen. Het zag er nu allemaal een stuk mooier uit dan toen ze het huis kochten.

Ze stapte uit bed en liep op haar tenen naar de kinderkamer. Gelukkig hoefde ze niet bang te zijn dat ze Ross wakker zou maken. Ross was de hoofdmeester van de christelijke school die het jaar daarvoor door hun kerkelijke gemeente opgericht was, en woonde sinds begin 1967 als kostganger bij hen in huis. Daardoor hadden ze niet alleen wat extra inkomsten, maar moesten ze nu ook thuis Engels praten. Dat kwam vooral Reina's taalbeheersing ten goede, want Arend sprak op zijn werk al hele dagen Engels. Ross had hun onlangs een leestest afgenomen, waaruit bleek dat ze nu qua Engels het taalgebruik en de woordenschat hadden van een twaalfjarige.

'En dat is lang niet slecht,' aldus Ross. Hij was dit weekend naar zijn ouders omdat het vandaag Vaderdag was. Moederdag werd in Australië op dezelfde dag als in Nederland gevierd, de tweede zondag in mei, maar Vaderdag viel hier niet op de derde zondag in juni maar op de eerste zondag in september. Zoals vandaag, 1 september.

'Mammie!'

Reina opende de deur van de kinderkamer. Margy zat slaperig rechtop in haar bedje en keek haar moeder met betraande oogjes aan.

'Beer is weg.'

Toen Reina de kamer binnenstapte om Margy's beer op te rapen die op de grond gevallen was, was dat voor de kleine Freddie het startsein om ook overeind te komen. Hij trok zich aan de spijltjes van zijn ledikantje omhoog en keek zijn moeder met een stralende glimlach aan. 'Dada!' Hij strekte zijn armpjes naar haar uit in de verwachting dat hij uit bed mocht.

Reina zuchtte even. Dat werd dus niet meer terug naar bed...

Ze gaf Margy de beer en tilde toen Freddie uit zijn bedje. Ze snoof even en zei toen: 'Zo te ruiken ben jij toe aan een schone luier!' Freddie beantwoordde haar opmerking met een brede lach.

'Ikke ook sone luier, mammie,' kondigde Margy aan. Ze liet zich van haar bedje zakken en kwam met Beer onder haar arm bij de commode staan.

'Eerst Freddie, dan ben jij aan de beurt.'

Terwijl ze de beide kinderen verschoonde, bedacht Reina dat ze nu veel handiger was in kinderverzorging dan toen Margy net geboren was. De eerste maanden na Margy's komst had ze haar handen vol gehad. Voeden, verschonen, wassen, voeden, verschonen, boodschappen doen, voeden, verschonen, het huishouden doen, voeden, verschonen, eten koken – al haar handelingen draaiden om de verzorging van de baby, en ze moest een heel nieuw ritme vinden. Na een paar maanden ging dat gelukkig steeds beter. Na de geboorte van Freddie, nu acht maanden geleden, toen Margy anderhalf was, had Reina gemerkt dat ze inmiddels al veel meer zelfvertrouwen had gekregen.

'Zo, klaar! Gaan jullie mee naar de keuken? Dan gaan we een lekker ontbijt klaarmaken voor papa. Want vandaag is het Vaderdag.'

'Vadedag?' vroeg Margy verbaasd.

'Vaderdag. Vandaag zijn alle kindjes en alle mama's extra lief voor de papa's. Omdat die zo hard werken.'

Reina zette Freddie in de keuken in de kinderstoel en gaf de beide kindjes iets te drinken. Ze dekte de tafel, zette thee, kookte eieren, perste sinaasappels uit en ging daarna met de kinderen kijken of Arend al wakker was.

Margy duwde tegen hem aan. 'Pappie, wakke wodde!'

Arend draaide zich om en sloeg zijn arm om Margy heen. Hij trok haar op het bed. 'Goeiemorgen, zijn jullie al wakker?'

Reina zette Freddie ook op het bed en gaf Arend een kus. 'Fijne Vaderdag, schat.'

Margy was helemaal uitgelaten en sprong op het bed op en neer. De kleine Freddie schaterde het uit en vond het allemaal prachtig. Arend stoeide met de kinderen en Reina keek met een dankbaar hart naar haar gezin. Wat een rijkdom toch! Zo'n moment als dit moest je vast kunnen houden.

Na het feestelijke ontbijt kleedden ze zichzelf en de kinderen aan en maakten ze zich klaar om met de auto naar de kerk te gaan. Ze hadden een paar maanden na Margy's geboorte hun eerste auto gekocht om wat mobieler te zijn, maar die werd al snel gestolen en een dag daarna total loss teruggevonden. Daar hadden ze dus weinig plezier van gehad, en Arend was weer op de scooter aangewezen. Vorig jaar augustus hadden ze opnieuw een auto gekocht. Met vrienden van de kerk waren ze een babycrèche begonnen: de ene zondagochtend kwamen Barbara en Henk met hun kinderen naar hen toe en paste Reina op de kinderen terwijl de rest naar de kerk was, de andere zondagochtend reden Arend en Reina naar Barbara en Henk toe en paste Barbara op de kinderen. Vandaag was het Barbara's beurt.

Onderweg doezelde Reina wat weg. De zon stond nog vrij laag en scheen in haar gezicht. Freddie was in de kinderwagen achterin in slaap gevallen, en Margy zat met haar duim in haar mondje naar buiten te kijken.

Hoe het ongeluk precies gebeurde, kon Reina niet vertellen. Later zou ze steeds maar weer proberen dat moment en de ogenblikken daarvóór terug te halen, alsof ze wat gebeurd was ongedaan zou kunnen maken door dat moment een halt toe te roepen. Dat verschrikkelijke moment, waarop haar leven stil leek te staan...

Opeens werd ze door elkaar geschud. Ze voelde hoe haar hoofd terugsloeg tegen de hoofdsteun, en meteen daarna begon Margy te krijsen. Versuft keek Reina om zich heen, wat gebeurde er toch? Arend was onmiddellijk uitgestapt en rukte nu het portier aan haar kant open. Nog steeds wat versuft stapte Reina wankelend uit de auto. Voor ze het wist kreeg ze een hevig huilende Margy in haar armen gedrukt door Arend, en hij duwde hen beiden in de richting van de vangrail. 'Ga maar hier zitten,' hoorde Reina hem zeggen. Meteen daarna was hij weer weg.

Reina wiegde heen en weer met Margy op haar schoot. 'Sst, stil maar, mammie is bij je. Het is alweer goed.' Maar haar stem bibberde, omdat ze zelf trilde als een riet.

De wiegende beweging gaf hun beiden wat rust. Margy kalmeerde en snikte steeds zachter, en Reina keek op om te zien waar Arend bleef. Die zou intussen natuurlijk Freddie uit zijn kinderwagen gehaald hebben.

Maar ze zag Arend niet. Ze zag alleen twee verwrongen autowrakken, iets wat ze helemaal niet wilde zien. Snel sloot ze haar ogen voor dat afschuwelijke beeld. Waar bleef Arend toch? En waar was Freddie? Hij zou toch ook wel geschrokken zijn van de botsing. Waarom huilde hij niet en riep hij niet om haar, zijn moeder?

Een angstig voorgevoel ontstond in haar buik en worstelde zich omhoog, totdat het bezit genomen had van heel haar lichaam. Het bibberen werd daardoor alleen maar erger.

Ze probeerde het angstgevoel weg te duwen. Wat als Freddie... Nee, nee, niet aan denken! Ze hield haar ogen nog steeds gesloten, wilde niet geconfronteerd worden met dat akelige beeld, dat haar angst alleen maar groter zou maken. Meer dan ooit verlangde ze naar de armen van Arend om haar heen, zijn rustige stem die zou zeggen dat het allemaal goed zou komen...

Het leek een eeuwigheid te duren voor er een politieauto verscheen met daarin twee agenten. Terwijl een van de agenten op de plaats des onheils bleef, bracht de andere agent Reina en Margy naar een eerstehulppost. Daar bleek dat ze alleen wat schaafwonden en kneuzingen hadden. Toen was het wachten op Arend en Freddie.

De tijd leek om te kruipen. Reina hield Margy op haar schoot, dicht tegen zich aan, in de hoop dat daarmee dat akelige, lege gevoel in haar schoot wegging. Ze weigerde de koffie die een verpleegster haar aanbood, dronk alleen met klapperende tanden wat water. Ze probeerde de angst die zich leek te concentreren rond haar borstbeen te negeren door zich te focussen op een felgekleurd schilderij dat in de wachtkamer hing.

Toen ze uiteindelijk Arend met lege handen en een verwrongen wit gezicht binnen zag komen, keek ze hem angstig en met een vragende blik in haar ogen aan. Hij schudde heel langzaam zijn hoofd, en toen kon ze er niet meer omheen. Een rauwe kreet ontsnapte aan haar keel. 'Freddie!'

Binnen twee stappen was Arend bij haar. Hij ging op zijn hurken voor haar zitten en sloeg zijn armen om haar en Margy heen. Hij schraapte zijn keel, wilde iets zeggen, maar het lukte hem niet, de woorden wilden niet komen. Maar ze begreep hem zo ook wel.

Ze leunde tegen hem aan en sloot haar ogen. Beelden van die ochtend schoten door haar hoofd. Freddie die in zijn ledikantje zijn armpjes naar haar uitstrekte. Freddie die zo'n plezier had gehad op het bed van papa en mama. Freddie die zo stralend kon lachen, en dat nu nooit meer zou doen...

Het drong tot haar door dat ze niet eens huilde. Toch verbaasde haar dat niet. Voor verdriet zo groot waren tranen vast niet genoeg. Ze wilde nu alleen maar heel stil in een klein, donker hoekje blijven zitten, wachtend tot dat grote verdriet voorbijging.

Maar het verdriet ging niet voorbij. En stil in een hoekje zitten was er ook niet bij. Na de begrafenis van Freddie moest Arend weer naar zijn werk, en Margy was nog te klein om voor zichzelf te zorgen. Reina sleepte zichzelf elke ochtend uit bed en deed het huishouden zo goed en zo kwaad als het ging, veelal op de automatische piloot. Regelmatig kregen ze bezoek van mensen van de kerk en werden ze 's zondags uitgenodigd voor de lunch. Van lieverlee werd de babycrèche weer opgepakt, alleen kwamen Barbara en Henk nu voortaan steeds naar hen toe om hun kinderen af te geven en Arend op te halen, of Barbara paste in hun huis op. De eerste keer dat Reina na het ongeluk weer in een auto stapte, deed ze dat met grote aarzeling en pijn in haar buik. Maar zelfs dat wende weer.

Margy vroeg in het begin een paar keer naar Freddie, maar toen Arend het ledikantje van Freddie uit elkaar gehaald had en het opgeborgen had in het schuurtje, leek het alsof ze accepteerde dat ze haar kamertje voortaan weer voor zichzelf alleen had. Freddie werd steeds meer 'voltooid verleden tijd', en was 'dat jongetje van de foto op het dressoir' geworden.

Arend en Reina gingen elk op hun eigen manier om met het verlies van Freddie. Bij Arend knaagde het zelfverwijt: híj had achter het stuur gezeten tijdens het ongeluk, had hij iets kunnen doen waardoor die aanrijding voorkomen had kunnen worden? Maar hij durfde dat niet hardop uit te spreken. Reina sloot zich op in zichzelf, bang om haar dierbaren te dichtbij te laten komen, bang om de muur die ze ter bescherming om haar hart had gebouwd, te laten zakken.

Meer dan ooit miste Reina in deze tijd haar ouders en haar zus, en uit hun brieven sprak eenzelfde smart dat ze niet dichterbij konden zijn om dit verdriet met haar te delen. *Gelukkig hebben we ons geloof dat ons kracht geeft*, schreef haar moeder, en haar vader schreef: *We bidden veel voor jullie.*

Maar Reina worstelde met God. 'Waarom, Heere?' bad ze vaak. 'Waarom moest Freddies leven zo snel eindigen? "Weest in geen ding bezorgd" was onze trouwtekst. Ik was daar toen zo blij mee, maar hoe kan ik nu geloven dat U voor ons zorgt als U dit soort dingen laat gebeuren? Moet ik me nu ook zorgen maken dat U Margy of onszelf iets laat overkomen?'

Ze legde de vraag voor aan hun predikant die haar op een middag bezocht. Die zei: 'Ik begrijp je vraag, en ik zal proberen hem zo goed mogelijk te beantwoorden.' Hij pakte zijn Bijbeltje erbij en zocht de volledige tekst op. 'De tekst die je noemt staat aan het einde van de Filippenzenbrief. Paulus eindigt zijn brieven vaak met wat praktische raadgevingen. Misschien waren de Filippenzen bang dat ze hun baan kwijt zouden raken omdat ze christen geworden waren, of hadden ze gehoord over vervolgingen. Paulus zegt dan: "Houd op met je bezorgd te maken over dingen die kunnen gebeuren." Je denkt misschien wel: Paulus heeft makkelijk praten, maar vergeet niet dat hij deze brief schreef vanuit de gevangenis. Hij wist dus zelf heel goed wat bezorgd zijn was.

Er staat echter niet alleen dat we in geen ding bezorgd moeten zijn, maar Paulus zegt in deze tekst nog meer: "Laat uw begeerten in alles, door bidden en smeken, met dankzegging bekend worden bij God." Hij zegt dus niet alleen wat we niet moeten doen, maar ook wat we wel moeten doen, namelijk onze verlangens bij God bekendmaken. Niet alleen door bidden en smeken, maar ook "met dankzegging".'

'Maar hoe kan ik God nu dankzeggen voor het verlies van Freddie?' vroeg Reina bijna wanhopig.

'Er staat niet dat we God voor alles moeten danken,' ging de predikant rustig verder. 'Er staat dat we dankbaar mogen zijn dat we alles bij God kunnen brengen, al onze zorgen, al ons verdriet, al onze verlangens. We moeten niet zelf alles willen regelen of in eigen hand willen houden. Alleen Hij weet wat goed voor ons is, en

Hij geeft kracht naar kruis, daar mogen we op vertrouwen. Want het volgende vers hoort er ook nog bij: "En de vrede Gods, die alle verstand te boven gaat, zal uw harten en uw zinnen bewaren in Christus Jezus." Er staat dus niet dat God ons alles zal geven wat we Hem vragen, dat Hij al onze verlangens zal vervullen. Nee, Hij belooft ons dat we Zijn vrede zullen ontvangen als we onze zorgen bij Hem brengen. Er is een mooi Nederlands lied dat daarover gaat: "Wie maar de goede God laat zorgen, en op Hem hoopt in 't bangst gevaar, is bij Hem veilig en geborgen."'

Reina knikte. 'Dat lied is ook gezongen op onze bruiloft. Arend en ik hebben dat zelf uitgezocht.'

'En geloof je dat ook?' vroeg de predikant.

Reina haalde haar schouders op. 'Toen wel. Maar ik weet nu niet meer wat ik geloof.'

'Zelfs dat mag je bij God brengen,' zei de predikant.

'Wilt u dat doen?' vroeg Reina. 'Ik kan niet meer zo goed bidden de laatste tijd.'

De predikant bad indringend met haar, en tijdens dat gebed voelde Reina een verstilde rust over zich komen. Na het vertrek van de predikant bleef ze nog een poosje zitten, tot Margy's geroep duidelijk maakte dat haar middagslaapje voorbij was.

Toen Arend 's avonds thuiskwam, vertelde Reina over het bezoek van de predikant. 'Jammer dat je er niet bij was,' zei ze. 'Het was zo fijn. God voelde de laatste tijd zo ver weg...'

Arend nam haar in zijn armen. 'En ik heb je ook een beetje in de steek gelaten,' zei hij met verstikte stem.

'We waren allebei te vervuld van ons eigen verdriet, denk ik,' wist Reina nu. 'Ik hield mijn verdriet voor mezelf, niet alleen om het op die manier weg te kunnen stoppen en net te doen alsof het er niet was, maar ik was denk ik ook bang om jou op te zadelen met mijn eigen verdriet en het daardoor voor jou alleen maar zwaarder te maken.'

'En ik deed hetzelfde,' zuchtte Arend. Hij drukte Reina tegen zich aan. 'Ik heb dit zo gemist,' zei hij zacht.

Reina kuste hem. Ze waren er nog lang niet, maar de eerste stap naar herstel was gezet.

Op 14 oktober werd West-Australië kort voor elf uur 's morgens opgeschrikt door een aardbeving. Het epicentrum lag in Meckering, zo'n honderddertig kilometer van Perth. Arend en Reina lagen allebei in bed met een keelontsteking, en Margy deed een vervroegd middagslaapje. Plotseling hoorden ze een onderaards gerommel en begon het huis te schudden. Reina greep zich angstig aan Arend vast. Wat was dit? Het einde van de wereld? Margy! was haar volgende gedachte. Ze wilde overeind gaan zitten, maar durfde dat niet.

De beving duurde ongeveer een halve minuut. De stilte die daarna volgde werd doorbroken door allerlei stemmen door elkaar die riepen dat het een aardbeving was geweest.

Reina schoot haar bed uit en ging allereerst bij Margy kijken, maar die had gelukkig overal doorheen geslapen.

Later bleek dat de beving in heel Zuidwest-Australië gevoeld was, en een kracht had van 6,9 op de schaal van Richter. Meckering was volledig verwoest, maar wonder boven wonder waren er geen slachtoffers onder de bijna tweehonderdveertig inwoners, en waren er maar twintig gewonden. Wel was er overal een enorme schade aan gebouwen en wegen, en er liep een scheur van bijna veertig kilometer door de bodem rondom Meckering. Op sommige plaatsen was de weg anderhalve meter omhooggekomen!

Er waren nog enkele naschokken, maar daarna ging ieder weer over tot de orde van de dag. 'Dat hebben we ook weer gehad,' aldus Ross, die wel vaker zoiets meegemaakt had.

In het begin van het nieuwe jaar bleek Reina weer zwanger te zijn. Nu drong zich het gemis van Freddie in alle hevigheid aan haar op en werd ze overspoeld door de tranen die kort na Freddies overlijden niet hadden willen komen. Soms kon ze niet ophouden met huilen, en telkens weer moest ze aan Freddie denken. Arend wist niet wat hij ermee aan moest, maar Reina stelde hem gerust en zei: 'Laat me maar, het moet er toch een keer uit komen. Ik merk dat het me zelfs oplucht. Wel zou ik graag willen dat Ross ergens anders gaat wonen, dat wordt me nu allemaal wat te veel.'

Gelukkig bleek Ross begrip te hebben voor de situatie, en hij zocht en vond andere woonruimte. Zijn kamer werd nu ingericht voor de nieuwe baby. Arend haalde het wiegje tevoorschijn en Reina waste de babyuitzet, waarbij ze bij elk hemdje en elk truitje weer precies voor zich zag hoe Freddie er daarin uitgezien had. Dat veroorzaakte dan weer een nieuwe huilbui, maar zoals Reina al gezegd had: het luchtte haar ook op, en ze keek met verlangen uit naar het moment waarop ze weer een nieuwe baby in haar armen mocht sluiten. De angst dat er ook met die nieuwe baby iets akeligs kon gebeuren, bracht ze bij God, indachtig hun trouwtekst: 'Weest in geen ding bezorgd.'

Ook in Nederland werd met blijdschap gereageerd op de aanstaande komst van de nieuwe baby. Wel berichtte moeder Westhoek dat oma Florus erg achteruitging en dat ze het waarschijnlijk niet lang meer zou maken. *Maar we hebben ook goed nieuws*, schreef moeder. *Martin en Ankie gaan trouwen.*

Martin ging trouwen! Reina had al diverse foto's gezien van Martins aanstaande. Ankie leek haar een leuke vrouw, en ze was blij voor hem. Maar ook was er even de pijn van het weten dat zij en Arend niet bij de bruiloft aanwezig zouden zijn.

En ook toen er kort daarna bericht kwam dat oma Florus overleden was, had Reina veel verdriet. 'Ik had haar zo graag nog eens geknuffeld, ze was altijd zo'n lieve oma,' snikte ze tegen Arend toen hij thuiskwam uit zijn werk. 'En nu kan ik niet eens bij haar begrafenis zijn.'

Arend leefde met haar mee, maar hij popelde om haar zijn eigen nieuws te vertellen. Toen Reina zich van hem losmaakte om eten te gaan koken, flapte hij eruit: 'Ik kan voorman worden.'

Reina keek hem verbaasd aan. 'Voorman?'

Arend knikte. 'Er komt een vacature, en m'n baas heeft gezegd dat ik een goede kans maak als ik solliciteer naar die baan.'

'Joh, wat fijn!' Reina vloog hem om de hals. Voor even was ze haar verdriet vergeten. En toen een paar weken later Arend thuiskwam met de mededeling dat hij met ingang van de volgende maand voorman was, was het feest in huize Van Liere.

De maand september naderde, de maand waarin de nieuwe baby geboren zou worden. Reina zag erg tegen de bevalling op. Zou alles wel goed gaan? Het ging tenslotte ook weleens mis, kijk maar naar Wijnand. Gek dat ze daar bij de vorige bevallingen helemaal niet bij stilgestaan had. En wat zou het deze keer zijn, een zoon of een dochter? Zou het kindje op Freddie lijken? Zou ze zich in dat geval wel durven hechten aan de baby? En wat voor soort kindje zou het zijn?

Toen ze haar vragen tegen Arend uitsprak, was zijn nuchtere reactie: 'Dat zien we vanzelf wel.'

Zondag 7 september. Vaderdag. Reina dacht aan de Vaderdag van het jaar daarvoor. De dag die zo mooi begonnen was, en zo triest geëindigd. Elke Vaderdag zou voortaan verbonden zijn met het feit dat Freddies leven toen stopte, dat kon niet anders. Elke Vaderdag zou iets triests in zich hebben, en kon nooit meer een fijne, gezellige dag worden.

Dacht ze. Maar haar nieuwe baby bleek uitgerekend deze dag uitgekozen te hebben om geboren te worden. 's Middags braken de vliezen, en daarna zetten de weeën zo snel door dat Reina ternauwernood op tijd in het ziekenhuis was. Kort daarna mocht ze al gaan persen.

'Het is een flink kind,' zei de gynaecoloog. 'Dat wordt hard werken, Reina.'

Maar Reina voelde een ongekende oerkracht in zich opkomen, zo verlangde ze ernaar om dit kindje in haar armen te houden. Ze kneep Arend in zijn hand, nam een diepe hap lucht en perste alsof haar leven ervan afhing.

Even later werd de nieuwe boreling op haar buik gelegd. 'Een flinke dochter!' zei de gynaecoloog. 'Dat lijkt me wel een achtponder.'

Om precies te zijn woog de nieuwe baby zelfs iets meer: 4100 gram.

'Hoe gaat ze heten?' vroeg de zuster toen ze de baby overnam om aangekleed te worden.

'Irina Jacqueline,' zei Reina. Haar ogen volgden de zuster bij al haar bewegingen toen die met de baby bezig was, net zo lang tot de baby in haar armen gelegd werd.

Ze lijkt niet op Freddie, ging het door Reina heen. Freddie was blond geweest, dit kindje was donker. Vreemd genoeg was ze daar wel blij om. Nu hoefde ze ook niet bang te zijn dat het beeld van deze baby het beeld van Freddie zou verdringen. Freddies gezicht, zijn lijfje, zijn lachje, alles van Freddie was in haar hart gegrift.

'Een mooi cadeautje voor Vaderdag, hè?' lachte de zuster.

Pas even later drong tot Reina door wat de zuster gezegd had. Ja, het was Vaderdag vandaag. En in tegenstelling tot wat ze vanmorgen gedacht had, was het een dag van vreugde geworden, een dag waarop een nieuw leven begonnen was, het leven van weer een kind van haar en Arend. Wat was het bijzonder, dat ze dat geschenk van een nieuw leven juist op deze dag ontvangen hadden.

Irina. Ze hadden de naam niet alleen gekozen omdat die leek op Rineke, Reina's zus, maar ook om de betekenis: vrede. Dat herinnerde aan de betekenis van Freddies naam, én aan het laatste gedeelte van hun trouwtekst: 'En de vrede Gods, die alle verstand te boven gaat, zal uw harten en uw zinnen bewaren in Christus Jezus.'

'Dag lieve Irina,' zei ze tegen het kindje in haar armen. 'Van harte welkom in ons gezin.'

9

Reina genoot met volle teugen van haar nieuwe baby, en ook Margy was niet weg te slaan bij het wiegje. Irina groeide als kool, en de dag kwam dat zij niet meer in het wiegje paste. Arend haalde daarom het ledikantje uit het schuurtje. Toen hij het in elkaar aan het zetten was, kwam Margy bij hem staan.

'Waarom doe je dat?' vroeg ze.

'Ik zet het bedje in elkaar voor Irina,' zei Arend.

'Waarom?'

'Nou, Irina is nu al zo groot, zij past niet meer in het wiegje.'

'Maar... maar dat is het bedje van...' Margy fronste haar kleine wenkbrauwtjes. 'Freddie. Van de foto.' Ze rende weg en kwam even later terug met de foto van Freddie in haar hand. 'Dat is Freddies bedje. Niet van Irina.'

Arend wist niet hoe hierop te reageren. Zwijgend ging hij verder met het in elkaar zetten van het ledikantje, terwijl Margy hem nauwlettend op zijn vingers bleef kijken.

Toen hij later tegen Reina vertelde over Margy's reactie, zei Reina: 'Margy wees vorige week ineens naar die foto en vroeg: "Hoe heet dat kindje?" Toen heb ik haar verteld dat dat Freddie was, haar broertje. Ze keek alsof ze zeggen wilde: o ja, dat weet ik nog. Nu ze dat ledikantje gezien heeft, komt de herinnering aan hem misschien weer naar boven.'

'Maar wat moeten we daar nu mee?' vroeg Arend. 'Ze zei dat dat het bedje van Freddie was, niet van Irina.'

'Waar is ze nu?' vroeg Reina.

'Op de babykamer. Bij het ledikantje.'

Reina liep naar de babykamer. Margy had de foto van Freddie in het ledikantje gezet en er een paar knuffels bij gegooid. Toen ze Reina zag, riep ze: 'Kijk mama, Freddies bedje.'

Er schoot een brok in Reina's keel, maar ze vermande zich. Ze ging naast Margy op de grond zitten en zei: 'Nee, dat is niet meer het bedje van Freddie. Dit bedje is nu voor Irina.'

'Nietes! Dat is Freddies bedje,' hield Margy vol.

Reina trok Margy bij zich op schoot. Toen legde ze uit: 'Toen jij nog een baby'tje was, sliep jij in hetzelfde wiegje als Irina. Maar je groeide zo hard, toen paste je niet meer in het wiegje. Toen heeft papa dit bedje gemaakt. Voor jou. Maar ook voor dit bedje werd jij te groot, en toen kreeg jij een echt grotemensenbed. Toen Freddie een baby'tje was, mocht hij eerst in de wieg slapen, en toen hij daarvoor te groot werd, mocht hij in dit bedje. Maar Freddie is er nu niet meer. Irina wordt nu te groot voor de wieg, en daarom is dit bedje nu voor Irina. Snap je?'

Een dikke denkrimpel verscheen boven Margy's neusje. 'Waar moet Freddie dan slapen?'

Reina slikte even, toen zei ze: 'Freddie is nu in de hemel, bij de Heere Jezus. Hij heeft dit bedje niet meer nodig.'

'Waarom?' vroeg Margy de vraag die ze tegenwoordig veel stelde.

'Omdat hij het bij de Heere Jezus veel fijner vindt.'

'Waarom?'

'Omdat de Heere Jezus heel lief is.'

Ineens moest Reina terugdenken aan het overlijden van haar klasgenootje Cora, toen ze zelf maar iets ouder was geweest dan Margy nu. Moeder had toen ook verteld dat Cora bij de Heere Jezus was. Reina herinnerde zich nog steeds welk vers ze bij de begrafenis van Cora hadden moeten zingen en hoeveel indruk dat op haar gemaakt had: 'Gelijk het gras is ons kortstondig leven.' Hoe kortstondig was Freddies leven geweest...

Margy's stem onderbrak haar herinneringen: 'Ik wil ook naar de Heere Jezus.'

'Nee, dat kan niet.' Reina zuchtte. Ze wist al wat Margy's volgende vraag zou zijn.

'Waarom?'

Reina sloot even haar ogen. Heere, geef me wijsheid, bad ze in stilte.

'Omdat we niet zelf naar de hemel kunnen gaan, wij weten de weg niet. Alleen de Heere Jezus weet die.' Ze zette zich schrap voor de volgende 'waarom'. Maar die bleef uit. Margy keek haar wat argwanend aan, stak toen haar handje tussen de spijlen van het ledikantje en trok de knuffels eruit.

'Heeft de Heere Jezus ook knuffels voor Freddie?'

'Ik denk het wel. Maar Irina heeft nog niet zo veel knuffels. Mag Irina dan een knuffel van jou voor in het bedje?'

Margy keek naar de beide knuffels in haar handjes. Toen rolde ze even met haar ogen en zei dramatisch: 'Oké...' Ze gooide de kleinste knuffel weer terug in het ledikantje.

Reina schoot in de lach om die kleine dramaqueen. 'Dat is lief van jou. Ik denk dat Irina er erg blij mee zal zijn.'

Irina verhuisde naar het ledikantje, en dat ledikantje verhuisde na een paar maanden naar Margy's kamer, want Reina bleek weer zwanger te zijn. Deze zwangerschap verliep in het begin niet helemaal probleemloos, want Reina verloor wat bloed en moest een week het bed houden. De beide meisjes werden in die week ondergebracht bij gezinnen van de kerk, en een van Reina's vriendinnen kwam voor Reina en het huishouden zorgen.

De rest van de zwangerschap verliep gelukkig voorspoedig, en op 13 maart 1971 werd er weer een gezonde dochter geboren: Jane Joanne, naar oma Van Liere. Acht dagen later werd ze gedoopt, in dezelfde jurk waar de andere kinderen ook in gedoopt waren.

Ook uit Nederland kwam nieuws: precies een dag voor de geboorte van Jane hadden Martin en Ankie een dochter gekregen: Marlies. Rineke ging trouwen met haar Harmen, een jongen die ze een keer in de bus tegengekomen was toen ze naar haar werk ging. En Fred, Arends broer, had sinds kort ook een vriendin: Marije, een meisje dat hij ontmoet had op het jongerenkoor waar hij op zat.

Reina en Arend woonden nu al bijna zes jaar in Australië, lang genoeg om een aanvraag tot naturalisatie in te dienen. Hun verzoek werd gehonoreerd, maar er ging nog wel een halfjaar overheen voor de daadwerkelijke ceremonie gehouden werd. Op donderdag 27 januari 1972 was het dan zover: in het bijzijn van enkele goede vrienden werden Reina en Arend officieel Australisch staatsburger. Een bijzondere gebeurtenis, vond Reina, ze waren nu ‘echte’ Australiërs, en geen Nederlanders meer. Alsof ze, doordat het nu officieel was, afstand hadden gedaan van hun Nederlandse wortels. Maar dat was natuurlijk niet zo. Want hoe ze het ook naar hun zin hadden in hun nieuwe vaderland, Nederland bleef toch een speciaal plekje houden in hun hart. Telkens als daar iets bijzonders te doen was binnen de familie, zoals een trouwerij of een begrafenis, werd het verlangen om een keer op bezoek te gaan groter.

In de maand waarin Fred trouwde met zijn Marije, kwam er een kort briefje van vader Westhoek. Hij schreef:

Lieve kinderen en kleinkinderen,
Zoals jullie weten, hopen moeder en ik volgend voorjaar bij leven en welzijn ons veertigjarig huwelijksfeest te vieren. Wij zouden het erg fijn vinden als jullie allen daar ook bij aanwezig zouden zijn. Wij worden beiden al wat ouder, en we zouden jullie graag nog een keer in onze armen sluiten en kennismaken met onze kleinkinderen. We weten ook zeker dat de broers en (schoon)zussen jullie eveneens graag weer eens zouden willen zien. Wij bieden jullie daarom aan om jullie tickets te betalen. Willen jullie zo spoedig mogelijk laten weten of dat mogelijk is met Arends werk en Margy's school, en hoelang en wanneer jullie dan zouden kunnen komen? Dan kunnen wij een en ander van hieruit in werking zetten.
Moeder en ik kijken uit naar jullie antwoord.
Veel liefs,
je vader

Reina las de brief aan Arend voor. Daarna zei ze: ‘Dat is wel lief bedacht van vader, maar ik denk dat hij geen idee heeft hoe duur die tickets zijn. Voor Jane zullen we niets hoeven betalen zolang ze nog geen twee jaar is, maar Margy en Irina hebben ook al een ticket nodig.’

'Helaas hebben wijzelf te weinig spaargeld om die tickets te betalen,' zei Arend. 'Maar ik weet hoe graag je zou willen gaan. Zullen we anders aan mijn ouders vragen of ze ook mee willen betalen? En misschien zijn er nog wel meer familieleden die mee willen doen.'

Zo gezegd, zo gedaan. Reina schreef naar beide ouderparen, en al snel kwam het verheugende bericht dat ze alvast maar een datum moesten prikken waarop ze naar Nederland konden komen, dan zou alles geregeld worden!

Reina was door het dolle heen. Ze zou haar familie weerzien! Ze gingen naar Nederland! Hun kinderen konden kennismaken met hun opa's en oma's! O ja, het duurde nog wel een tijdje, maar ze had nu iets om naar uit te kijken.

Het had nog heel wat voeten in de aarde voor alles geregeld was. Ze wilden zo lang mogelijk gaan, als het kon zes of zeven weken. Arend moest zo lang vrij zien te krijgen van zijn werk, en voor Margy, die sinds februari naar school ging, moest toestemming verleend worden om zo'n lange tijd te mogen verzuimen. Er moesten paspoorten aangevraagd worden, daarvoor moesten pasfoto's gemaakt worden, en de kinderen moesten in het paspoort van Reina bijgeschreven worden. Ze moesten langs de huisarts voor vaccinaties tegen cholera en waterpokken. Een bevriende schilderes werd gevraagd om als cadeau voor vader en moeder Westhoek een schilderij te maken van de drie kleindochters, en zij deed dat met alle liefde.

Toen Arend eind februari de tickets ging ophalen die door de Nederlandse familie geboekt waren, en hij ze thuis liet zien aan Reina en de meisjes, ging er een hoeraatje op: het ging nu écht gebeuren, ze gingen naar Nederland! Met het vliegtuig!

Op vrijdag 2 maart 1973 vertrokken ze vanaf het internationale vliegveld in Perth. Ze werden uitgezwaaid door vele vrienden en kennissen van de kerk. Toen Reina die groep mensen zag staan, realiseerde ze zich dat deze mensen nu als haar familie voelden. Zoals hun eigen familie in Nederland bijna acht jaar geleden afscheid van haar en Arend kwamen nemen in Rotterdam en hun een goede reis kwamen wensen, zo deden deze mensen nu hetzelfde voor hen. En Reina realiseerde zich ook dat ze deze mensen zou missen als ze in Nederland waren. Wat voelde dat dubbel! Bijzonder.

Met tussenstops in Jakarta, Kuala Lumpur, Colombo, Bombay, Athene en Frankfurt vlogen ze naar Amsterdam. Het was een lange en vermoeiende reis, maar omdat ze allemaal nog nooit gevlogen hadden, was het ook interessant en boeiend en opwindend. Het was zo spannend allemaal, en ze hadden zo veel te zien onderweg, dat ze bij een van de overstapplaatsen Jane bijna vergaten mee te nemen, zodat die alleen in het vliegtuig achterbleef. Oeps...

Met de landing op Schiphol was de lange reis ten einde. Maar voor ze hun familie in de armen konden sluiten, moesten ze eerst door de douane en wachten op de koffers, in de kwellende wetenschap dat er zich tussen hen en de wachtende familieleden maar enkele tientallen meters bevonden. Eindelijk was het dan zover dat de deuren openzwaaiden en ze de aankomsthal konden betreden, en het was een warm en hartelijk, maar ook emotioneel en ontroerend weerzien. Reina vond het heerlijk om hun beider ouders weer eens uitgebreid te kunnen knuffelen, en ook Rineke liet zich niet onbetuigd. Ze maakten kennis met Ankie, de vrouw van Martin, met hun dochtertje Marlies, en met Harmen, de man van Rineke. Marije van Fred was niet meegekomen, zij liep op alledag van het eerste kindje van haar en Fred.

De meisjes waren moe van die lange reis en stonden er wat onwennig bij. Zo veel mensen, en ze spraken allemaal zo'n rare taal, zelfs papa en mama! Ze begrepen er niets van. En wat was het hier koud!

Ze reden met z'n allen naar het huis van Arends ouders in de Potgieterstraat, waar Reina, Arend en de kinderen de eerste drie weken zouden logeren. Daar wachtte nog meer familie, en was er koffie, cake, soep en brood.

'Lekker, weer eens gewone tomatensoep!' Reina zat te smullen. Ze keek de kring rond en haar hart vloeide over van dankbaarheid. 'Ik ben zo blij om jullie allemaal te zien!'

'Dat zien we zo wel aan je gezicht,' lachte Johan. Hij deed zijn best om in het Engels een praatje aan te knopen met Margy en Irina, maar die waren te moe en te verlegen om daarop te reageren.

Ook de beide opa's en oma's waren erg blij om hun kleinkinderen nu in het echt te zien en wilden graag contact met hen leggen, maar omdat ze geen van vieren Engels spraken, ging dat wat moeizaam.

Opa en oma Westhoek waren erg verguld met het schilderij dat ze ter gelegenheid van hun veertigjarig huwelijk kregen, ze vonden het prachtig! 'Dat krijgt een mooi plaatsje in de kamer,' zei vader Westhoek. Hij had zelf ook al heel wat schilderijen gemaakt en vond het erg goed lijken.

Moeder Van Liere wees Reina op een klimopplantje in de vensterbank. 'Kijk eens, dat heb ik overgehouden van jouw bruidsboeket,' zei ze.

'Echt waar? O, wat bijzonder!' zei Reina enthousiast. 'Jammer dat ik daar zelf niet een stekje van mee kan nemen. Wacht, ik maak er wel een foto van.' En ze voegde meteen de daad bij het woord.

Die avond lagen ze allemaal vroeg in bed. Ook al sliepen Arend en Reina weer op dezelfde kamer als toen ze nog maar net getrouwd waren, toch was het vreemd. De andere geuren en geluiden van thuis – want ja, nu was Australië hun 'thuis' – en de vele indrukken en vermoeienissen van de reis zorgden ervoor dat ze niet echt uitrustten die eerste nacht in Nederland. Vooral Jane was wat onrustig.

Maar daarna volgde er een fantastische tijd. Het was weliswaar een stuk kouder dan ze gewend waren, maar al spoedig werd het lente en werd het weer steeds aangenamer. Uiteraard werden Madurodam en de Efteling met een bezoek vereerd. De meisjes vonden het geweldig! Er werden vele fotorolletjes volgeschoten, zwart-wit én kleur, die zodra ze vol waren werden weggebracht om ze te laten ontwikkelen en afdrukken.

Op 21 maart kwam er bericht dat bij Fred en Marije een zoon was geboren: Jeroen Boudewijn. Op zaterdag 24 maart reden Arend en Reina met vader en moeder Van Liere naar Vlissingen om op kraamvisite te gaan. Reina en Arend maakten daar niet alleen kennis met de nieuwe wereldburger, maar ook met Marije.

'Heb je je verstapt?' vroeg Marije, wijzend op Reina's voet die in het verband zat.

Reina schudde haar hoofd. 'Nee, niet verstapt, van een stoel gevallen toen ik wat kleren op de bovenste plank van de kast wilde leggen. De huisarts heeft me doorgestuurd naar het ziekenhuis in Leidschendam. Daar hebben ze een röntgenfoto gemaakt, en toen bleek dat er een botje gebroken is. Ze hebben het ingetapet, maar daar kreeg ik uitslag van, dus nu hebben we er maar een rekverband omheen gedaan.'

'Oei, pijnlijk zeker?'

'Ja, best wel. Maar ik ben blij dat ik er tenminste nog op kan lopen.'

Na de koffie met – uiteraard – beschuit met muisjes haalde Fred zijn zoon uit zijn bedje voor zijn voeding.

'Mag ik hem even vasthouden?' vroeg Reina.

'Natuurlijk!' zei Fred. Hij legde Jeroen in Reina's armen.

Reina bewonderde het mooie, gave gezichtje, de mollige knuistjes, de bolle wangetjes, de fijne zwarte wimpertjes. Ze kon er geen genoeg van krijgen en zat stil te genieten. Toen keek ze op en zei zacht: 'Hij lijkt heel veel op mijn zoon...' Er liep een traan over haar wang.

Ze waren er allemaal stil van. Marije had van Fred gehoord van het ongeluk van Freddie, en wist zich even geen raad met de situatie.

'Ik weet even niet wat ik moet zeggen,' zei ze.

'Geeft niks.'

Oma Van Liere wilde toen ook graag haar nieuwe kleinkind bewonderen. Toen de meisjes in Australië geboren waren, had ze ernaar gehunkerd om haar kleinkinderen vast te houden. Nu ze hen in levenden lijve kon zien en aanraken, voelde ze zich pas écht een oma.

Nadat Jeroen gevoed en weer in zijn bedje gelegd was, hadden ze samen een gezellige middag. Fred vroeg belangstellend aan Arend hoe het met zijn werk ging. Terwijl zij druk in gesprek waren, zei Marije lachend tegen Reina: 'Arend praat al net als Fred en pa Van Liere met zijn handen. Leuk om te zien! En je kunt merken dat hij hele dagen Engels praat, hij gooit er steeds "*you know*" tussendoor. Vind je het niet moeilijk om weer hele dagen Nederlands te praten?'

'Nou, het viel niet tegen,' zei Reina. 'Ik denk dat het wel scheelt dat we onze brieven in het Nederlands schrijven, daardoor houden we de taal toch een beetje vast. En in Australië spreken we ook nog weleens Nederlands, bijvoorbeeld als er nieuwe emigranten uit Nederland komen.'

'Moet je er niet erg bij nadenken?' vroeg Marije.

Reina lachte. 'Soms wel. Ik moet soms erg zoeken naar een woord, en gooi er af en toe iets Engels tussendoor. En we praten tegen de meisjes natuurlijk ook Engels, al doet Margy erg haar best om ook al wat Nederlands te praten. De opa's en oma's vinden dat natuurlijk geweldig! En ze kan al "Poesje mauw" in het Nederlands zingen, al denk ik niet dat ze begrijpt wat ze zingt.'

'Begrepen wij dat dan wel toen we klein waren?' vroeg Marije. 'Ken je dat versje nog van Mopsje?' En ze begon te zingen:

Toen onze Mops een Mopsje was,
was hij aardig om te zien.
Nu bromt hij alle dagen
en bijt nog bovendien.

'Ik heb een tante,' ging ze toen verder, 'de oudste zus van mijn moeder, tante Dien. "En bijt nog bovendien" werd voor mij als vierjarige toen: "bijt nog boven Dien". Het beeld dat ik daarbij had, was dat tante Dien ergens voor een geopend raam zat, en die hond Mops stak dan boven haar uit en maakte allemaal bijtende bewegingen in de lucht. Zoiets. Ik had geen idee wat ik zong.'

Reina schaterde het uit. 'Ja, ik ken dat versje nog wel.'

'Denken jullie ook al in het Engels?' vroeg Marije nieuwsgierig. 'En dromen?'

'Van m'n dromen weet ik dat natuurlijk niet, dat zijn vooral beelden. Maar denken... ja, dat ging eigenlijk best snel. Dat kan ook niet anders, denk ik, als je bijna alleen maar Engels om je heen hoort.'

'En als jullie met z'n tweeën zijn, praat je dan ook Engels?'

'In het begin natuurlijk niet, toen spraken we alleen maar Nederlands. Maar toen hebben we een tijdje inwoning gehad van een onderwijzer, en daardoor moesten we steeds meer Engels praten. Alleen in de slaapkamer spraken we toen nog Nederlands.' Ze dacht even na. 'Ik denk dat we daar ook het langst Nederlands gesproken hebben.'

Marije knikte begrijpend. 'Dat kan ik me wel voorstellen. De slaapkamer is toch een intieme plek, en intimiteit druk je waarschijnlijk het best in je moerstaal uit.'

Reina schoot in de lach. 'Ja, en als we mopperen, doen we dat ook soms nog in het Nederlands. Maar dat doen we gelukkig niet zo vaak.'

'Nee, de Van Liere-mannen zijn geen ruziemakers, heb ik al ontdekt,' zei Marije. En Reina was dat helemaal met haar eens.

Toen was het alweer tijd om afscheid te nemen. 'Hopelijk tot ziens,' zeiden Reina en Marije tegelijk. 'En nog een fijne tijd in Nederland,' zei Marije erachteraan.

Reina knikte. 'Dat zal wel lukken. Maandag verhuizen we naar het huis van mijn ouders, daar zijn we dan de komende vier weken.'

'Hebben die plek voor jullie allemaal? Ze waren toch verhuisd?'

'Ja hoor, zeker nu Rineke en Martin niet meer thuis wonen. Pa en ma Van Liere hadden twee ledikantjes voor ons geregeld voor Irina en Jane, die bedjes verhuizen ook mee naar mijn ouders.'

Reina keek nog even om het hoekje van de babykamer, waar Jeroen door alle drukte heen sliep. 'Mooi mannetje, veel geluk met hem.'

Onderweg naar Zoetermeer was Reina erg stil. Door het zien van de kleine Jeroen was de pijn om het verlies van Freddie weer even in alle hevigheid teruggekomen. Arend begreep wat er door haar heen moest gaan. Hij pakte haar hand en kneep er even in.

'Het zal straks stil zijn in huis, als jullie volgende week in de Jan Hoornstraat gaan logeren,' zei moeder Van Liere. 'Ik zag eerlijk gezegd best wel een beetje op tegen de logeerpartij, al verlangde ik er tegelijkertijd ook naar. Maar het is me zo meegevallen. Hopelijk is het voor jouw ouders niet te druk.'

'Nou, die kijken er anders net zo naar uit als u,' zei Reina. 'Vooral mijn vader.'

En vader Westhoek genoot volop, niet alleen van het feit dat zijn dochter weer om hem heen was, maar ook van de kleine meisjes. Aan tafel wilde hij steeds de kleine Jane helpen met haar eten. Alleen vond hij het jammer dat de meisjes geen Hollands spraken. Als Margy met haar huiswerk bezig was – dat ze van school meegekregen had en dat ze elke dag moest maken omdat ze al leerplichtig was – kwam hij er soms bij zitten om op die manier zelf wat Engels te leren.

Zo vloog de tijd om met bezoeken aan familieleden en vrienden, het vertonen van dia's en het ophalen van herinneringen, uitjes naar Amsterdam en Rotterdam, een kijkje in de oude buurt en een praatje met de voormalige buren uit de Dorpsstraat. Zelfs gingen ze een dag naar Groningen om daar de ouders van een paar Australische vrienden te bezoeken. Ze werden hartelijk ontvangen, en er werden heel wat foto's over en weer gemaakt.

En toen kwam de tijd van het afscheid. Toch was het ditmaal anders dan toen ze in 1965 vertrokken. Nu hadden ze een huis en vrienden in Australië, waar ze toch ook wel weer naar verlangden. Alleen was Reina zich nu nog meer dan toen bewust van het feit dat het ook een afscheid voorgoed zou kunnen zijn. De hersenbloeding die haar vader gehad had en de machteloosheid die ze toen gevoeld had, waren daar de reden van.

Met drie auto's, zestien mensen, zes koffers en drie tassen vertrokken ze op vrijdag 20 april naar Schiphol. Na het inchecken wandelden ze gezamenlijk naar het terras om daar een kopje koffie te drinken, en daarna moest er afscheid genomen worden. Er werd een hoop gezoend, geknuffeld, gelachen, gehuild, nog eens gezoend, en daarna zwaaien, zwaaien, zwaaien...

De terugreis was ook wel opwindend, maar het nieuwe van voor het eerst vliegen was eraf. Bovendien hadden ze zich op de heenreis verheugd om het vooruitzicht van het weerzien van de familie, nu overheerste de droefheid om het afscheid.

De reis ging dit keer via Rome, Beiroet, Karachi, Bangkok, Singapore en Jakarta naar Perth. In Jakarta moesten ze zeven uur wachten. Iedereen was moe, de meisjes waren hangerig, en Reina verlangde ernaar om weer thuis te zijn.

In Perth werden ze opgewacht door dezelfde vrienden die hen weggebracht hadden, en nog wat andere mensen van de kerk. Het was een hartelijk weerzien. Toen ze hun huis binnenkwamen keek Reina om zich heen. Wat voelde dit toch allemaal vertrouwd! Ze had het heel erg naar haar zin gehad in Nederland, vond het afscheid zwaar, maar nu voelde ze de blijdschap om weer in hun eigen huis te zijn. Ja, dit was thuis!

Terwijl een van de vriendinnen koffiezette, liep Reina een rondje door het huis. Ze snoof de vertrouwde geuren op. Ja, het rook hier heel anders dan in Nederland, al kon ze niet precies zeggen wat er nu anders aan was.

Bij de koffie kwamen al heel wat verhalen los, maar Reina zag dat de meisjes bijna omvielen van de slaap. 'Ik denk dat we de rest van de verhalen maar moeten bewaren voor de volgende keer,' zei ze, wijzend op haar dochters.

De vrienden vertrokken. Reina zette de meisjes onder de douche en bracht hen toen naar bed.

'Hè, heerlijk, straks weer in ons eigen bed,' zei Arend toen ze de kamer binnenkwam. 'Dat heb ik wel gemist. Niks zo lekker als je eigen bed.'

Reina gaapte. 'Nou, wat vind je ervan als wij dat lekkere bed maar meteen opzoeken? Ik heb in het vliegtuig weinig geslapen, ben eigenlijk ook wel toe aan m'n nachtrust.'

Dus gingen ook zij douchen, en even later lagen ze in bed. Arend sliep binnen een paar minuten, maar Reina kon, hoe moe ze ook was, de slaap niet direct vatten. Alle gebeurtenissen van de afgelopen weken gingen weer door haar heen. Het weerzien op Schiphol, de blije blik in de ogen van haar ouders, Wijnand die zichtbaar blij en ontroerd geweest was toen zij hem opzocht, het weerzien met familie en vrienden, het kraambezoek bij Fred en Marije en de kleine Jeroen in haar armen. Wat hadden ze een goede tijd gehad! Dankbaarheid welde in haar op dat de familie het mogelijk had gemaakt dat ze deze reis konden ondernemen. Zou ze hen ooit weerzien, en zo ja, wanneer? En waar?

Johan had gezegd dat hij best wel weer eens naar Australië wilde komen, niet weer om er zo lang te blijven, maar gewoon op bezoek. Vader en moeder Van Liere wilden hun zoon en zijn gezin ook graag bezoeken, al was dat nu nog niet mogelijk in verband met het werk van vader Van Liere. De eigenaar van de machinefabriek waar hij bedrijfsleider was, was een paar jaar geleden verongelukt, en liet niet alleen een weduwe, maar ook een groot gezin na. Vader Van Liere zette nu samen met de weduwe de zaak voort tot een van de zoons het bedrijf kon overnemen. Dat betekende echter dat hij zich maar twee weken vakantie per jaar gunde, te kort om naar Australië te komen. Maar als hij gepensioneerd was, kwamen ze vast wel een keer, had moeder Van Liere gezegd. Ze was zelfs van plan om Engels te leren en wilde kijken of ze daarvoor een paar schoolboekjes op de kop kon tikken.

En haar eigen ouders? Nee, Reina was reëel genoeg om in te zien dat dat geen haalbare kaart was, zeker niet meer voor haar vader.

Nou ja, ze zou het wel zien. Deze weken nam in elk geval niemand hun meer af!

Ze gaapte, draaide zich om en kroop tegen Arend aan. Even later was ook zij naar dromenland vertrokken.

10

Het leven ging weer zijn normale gang, alsof ze nooit weggeweest waren. Het was alleen vreemd om weer Engels te moeten spreken, daar moesten ze in het begin zelfs bij nadenken. Arend ging weer aan zijn werk, Margy ging weer naar school – waar bleek dat ze haar huiswerk goed gemaakt had, ze liep niet achter op haar klasgenoten – en Reina schreef weer brieven naar de familie in Nederland. Ze vond het fijn om nu een gezicht te hebben bij Ankie, Harmen en Marije, dat schreef toch wat gemakkelijker.

Ook was het fijn om hun eigen kerkdiensten weer te kunnen bezoeken. De kerkdiensten in Nederland hadden enerzijds een vertrouwd gevoel gegeven, anderzijds hadden ze wel begrepen dat er ontwikkelingen binnen de kerk gaande waren waar niet iedereen even blij mee was. Er was een keer een bijzondere middagdienst geweest waarbij er een bandje tijdens de dienst zou spelen, maar zodra moeder Van Liere bij binnenkomst het bandje zag staan, maakte ze meteen rechtsomkeert. Van dergelijke moderne fratsen moest ze niets hebben!

De zaken gingen goed. In juli kreeg Arend een auto van de zaak en in augustus kwam er voor het eerst een televisie in huis. Het eerste halfjaar werd die gehuurd, later kochten ze er zelf een. En... in verband met Arends toenemende werkzaamheden moest er telefoon aangevraagd worden! Reina was hier erg blij mee: nu kregen ze hun eigen telefoon, en leek Nederland ineens weer een stukje dichterbij. Vader en moeder Van Liere en Martin en Ankie hadden ook al telefoon, nu konden ze hen rechtstreeks bellen en konden zijzelf ook gebeld worden!

'We moeten alleen niet vergeten dat een telefoontje vanuit Nederland wel 10 gulden per minuut kost, hoor, en van hier naar daar zal wel net zoiets zijn,' waarschuwde Arend haar. 'Ik heb geen zin in torenhoge telefoonrekeningen...'

'Dat snap ik best,' zei Reina verdedigend. 'Ik ga heus niet ineens bellen in plaats van brieven schrijven. Maar het is in noodgevallen toch altijd handig om rechtstreeks te kunnen bellen. Dat gaat vlugger dan een telegram. En tegen een telegram kun je niks terugzeggen, aan de telefoon wel.'

Maar toen Martin op 9 januari 1975 belde om te vertellen dat vader Westhoek overleden was op zevenenzeventigjarige leeftijd, wist Reina geen woorden te vinden om terug te zeggen. Ze stond met de hoorn in haar hand en staarde voor zich uit. Vader...

'Hallo? Reina? Ben je daar nog?' hoorde ze Martin zeggen.

Ze wilde iets zeggen, maar er kwam geen geluid uit haar keel, alleen een verwrongen snik. De telefoonhoorn viel uit haar handen op de grond.

'Reina?' hoorde ze Martin vanuit de verte zeggen.

Reina zakte op de grond neer. Vader! kermde het in haar. Ik had u zo graag nog een keer willen zien, willen knuffelen. Ik had nog tegen u willen zeggen dat u zo'n fijne en goede vader was. Dat ik van u hou... En ik had u zo graag willen vertellen van het nieuwe kindje dat in mijn buik groeit...

Ze dacht terug aan de tijd dat ze zwanger was van Margy, en dat haar familie haar niet had durven schrijven over de beroerte van haar vader omdat ze daarmee wilden wachten tot de baby er was. Nu wist de familie nog niet eens dat ze weer zwanger was, het was ook nog zo pril.

Ze verborg haar gezicht in haar handen en snikte het uit.

Zo vonden Irina en Jane haar, die in de tuin aan het spelen waren toen het telefoontje kwam.

Irina rende op haar moeder af en legde haar hand op Reina's schouder. 'Mammie! Wat is er?' En Jane begon van de weeromstuit ook te huilen en sloeg haar armpjes om Reina heen.

Die troostvolle kinderarmpjes hielpen Reina om weer tot zichzelf te komen. Ze pakte haar zakdoek, droogde haar tranen, snoot haar neus en trok beide meisjes op haar schoot.

'Mammie was een beetje verdrietig,' zei ze. 'Opa Westhoek is gestorven.'

'Net als Charlie?' vroeg Jane. Charlie was de mannelijke helft van een caviaechtpaar dat ze een tijdje in huis gehad hadden. De kinderen waren ontroostbaar geweest toen Charlie op een dag dood in zijn kooitje lag, en daarna hadden ze het zo zielig gevonden dat Charlotte, het vrouwtje, nu alleen was, dat Reina het maar teruggebracht had naar de dierenwinkel en het omgeruild had voor twee muizen, die de meisjes Mozes en Jeremia genoemd hadden, omdat ze dat zulke mooie namen vonden.

'Ja, net als Charlie,' zei ze.

'Gaan ze opa dan ook in de achtertuin begraven?' vroeg Irina met gefronste wenkbrauwen.

Ondanks alles schoot Reina in de lach. 'Nee, mensen worden niet in een achtertuin begraven,' legde ze uit. 'Mensen worden op een kerkhof begraven, in een soort grote tuin, allemaal naast elkaar.'

'Maar vinden ze dat niet eng dan, onder de grond?' vroeg Jane, die altijd een beetje bang was in het donker.

Reina zuchtte even. Eigenlijk had ze helemaal geen zin in dit gesprek. Eigenlijk wilde ze het liefst in bed kruipen, diep onder de dekens, even alleen met haar verdriet. Maar ze wilde de kinderen ook niet alleen laten met hun vragen.

'Alleen opa's lichaam wordt maar begraven,' legde ze uit. 'Opa zelf gaat naar de hemel, naar de Heere Jezus.'

'Hé, dan ziet hij misschien Freddie wel!' zei Irina enthousiast, en ze wees naar Freddies foto.

'Vast wel,' zei Reina, en ze knuffelde de meisjes even.

Haar oog viel op de bungelende telefoonhoorn. Martin had vast opgehangen, en was nu waarschijnlijk erg ongerust.

Ze zette de meisjes van haar schoot af, stond op en pakte de telefoonhoorn. 'Hallo?' Er klonk echter alleen een ingesprektoon.

Zou ze zelf terugbellen? Ze keek op de klok. Tegen halfvier, Margy zou zo thuisgebracht worden door Barbara, die haar zoon John samen met Margy van en naar school bracht. Ze besloot te wachten tot Arend thuis was, dan moest hij maar terugbellen en vragen naar bijzonderheden. Als ze zelf belde, kreeg ze waarschijnlijk weer een huilbui...

Arend belde 's avonds naar Martin, in Nederland was het toen nog middag. Hij kreeg geen gehoor, ze waren blijkbaar druk bezig met het regelen van de begrafenis.

Laat op de avond probeerde hij het nog eens. Toen werd er wel opgenomen.

Zodra Martin hoorde dat hij Arend aan de telefoon had, was het eerste wat hij vroeg: 'Is alles goed met Reina? Ik maakte me zo ongerust!'

Toen vertelde Arend meteen maar dat Reina weer zwanger was. 'We hadden het liever op een ander tijdstip en op een andere manier verteld,' zei hij.

Martin schrok. 'Als ik dat geweten had…'

'Wat dan?' vroeg Arend droog. 'Je had moeilijk zeven maanden kunnen wachten met vertellen dat vader overleden was.'

Nee, daar moest Martin hem gelijk in geven. 'Hoe is het nu met Reina?' vroeg hij.

'Het gaat wel weer,' zei Arend. 'Natuurlijk is ze erg geschrokken. En we vinden het verdrietig dat we niet bij de begrafenis kunnen zijn.'

'We weten dat jullie er in gedachten bij zijn,' zei Martin.

'Hoe is het met moeder?' vroeg Arend toen.

'Moeder houdt zich heel sterk,' zei Martin. 'Ze is nu wel blij dat Johan nog thuis woont. Die is een grote steun voor haar.'

'Ja, dat kan ik me voorstellen.'

Martin vertelde alvast de bijzonderheden rondom de begrafenis. 'Want tegen de tijd dat jullie de kaart ontvangen, is alles al achter de rug.'

Nadat Arend opgehangen had, ging hij naast Reina op de bank zitten en sloeg zijn arm om haar heen. 'De hartelijke groeten van je broer,' zei hij. 'En of je goed op jezelf past.'

Reina vouwde haar handen om haar buik, waar nog niets te zien was van de zwangerschap, maar waarin zich wel een klein wezentje aan het vormen was. Dat was nog maar amper aan zijn of haar bestaan begonnen, maar het hartje klopte nu al, terwijl aan het aardse bestaan van haar vader een eind gekomen was. Geboorte en dood, begin en eind, waren allebei een wezenlijk onderdeel van het leven, en dat had ze nooit zo duidelijk gevoeld als nu.

Ook deze zwangerschap verliep voorspoedig, en op 11 juli 1975 zag de vierde dochter van Arend en Reina het levenslicht. Ze noemden haar Freda, naar haar broertje. Haar tweede naam was Amanda, 'de beminde'. Dat was ook de naam van de boot die Arend dat jaar zelf gebouwd had, en ze vonden het beiden een erg mooie naam. Twee dagen later vierde Margy haar negende verjaardag in het ziekenhuis, waar ze haar nieuwe zusje kwam bewonderen.

Iedereen was dol op Freda. Irina vond het helemaal niet leuk dat zij sinds februari nu ook elke dag naar school moest. Liever bleef ze thuis om over haar kleine zusje te moederen.

Margy en Irina maakten lange dagen op school. Barbara was gestopt met heen en weer rijden, dus moesten de meisjes voortaan met twee bussen mee, waardoor ze al om kwart over zeven de deur uit gingen en pas om halfvijf weer thuis waren. Reina was twee dagen met hen mee geweest om hun te laten zien waar ze over moesten stappen, vanaf de derde dag konden ze het zonder hulp.

'Waarom mag Jane wel thuisblijven bij Freda?' mopperde Irina.

'Jane is nog maar vier, die mag nog niet naar school,' legde Reina uit.

'Ik wil helemaal niet naar school,' mokte Irina.

Maar Jane vond het juist niet eerlijk dat Margy en Irina al naar school mochten en zij niet. 'Ik ben toch geen baby meer?'

Reina zuchtte. Moeilijk hoor, om het al de meisjes tegelijk naar de zin te maken!

Toen Jane in februari 1977 – voor haar gevoel eindelijk! – naar school ging, was Reina blij dat ze de kleine Freda nog thuis had. Ze zag nu al op tegen de dag waarop ook haar jongste naar school zou gaan...

Jane genoot op school. Ze was erg leergierig en pikte alles snel op. Wel werd er bij een bezoek aan de schoolarts geconstateerd dat ze aan een hartruis leed, waarvoor ze voortaan elk jaar voor controle naar de cardioloog moest. Vooralsnog leek ze daar geen hinder van te hebben. Ook was haar ene been iets korter dan het andere, maar dat kwam vaker voor, zei de schoolarts.

Arend had inmiddels een andere baan gekregen met nog betere vooruitzichten, en ook vanuit Nederland kwamen goede berichten. Martin en Ankie hadden na Marlies een tweede dochter gekregen: Dorine, en Rineke en Harmen waren verblijd met de geboorte van hun zoon Mark. Fred en Marije hadden na Jeroen nog twee zoons gekregen: Martijn en Sander, en Rolf was inmiddels verloofd met zijn vriendin Neline en zou eind van dat jaar gaan trouwen. Rolf en Neline zouden het huis van vader en moeder Van Liere in de Potgieterstraat kopen, terwijl Reina's schoonouders zelf naar een flat gingen verhuizen.

En toen kwam er op een dag een brief van Johan waarin hij schreef dat hij en moeder Westhoek in oktober vier weken op bezoek wilden komen in Australië, en of dat uitkwam? Natuurlijk kwam dat uit! Dat hoefden ze toch niet te vragen! Reina was door het dolle heen. Haar moeder zou naar Australië komen! Fantastisch!

Vlak voor hun komst werden de stapelbedden van de meisjes op één slaapkamer gezet. Moeder Westhoek mocht op de andere slaapkamer, en voor Johan schaften ze een opvouwbaar bed aan, dat kon 's avonds in de woonkamer uitgeklapt worden.

Op zondag 16 oktober was het zover. Arend en Reina gingen met alle vier de meisjes naar het vliegveld om moeder Westhoek en Johan op te halen. Het kon Reina niet snel genoeg gaan. Eindelijk kwam er bericht dat het vliegtuig geland was, maar toen duurde het nog een poos voor ze eindelijk de ontvangsthal binnenkwamen, moeder Westhoek voorop, met in elke hand een tas, en haar jas over haar arm. Heel haar gezicht straalde!

'Hèhè,' zei ze, 'wat een lange reis! Maar nu zijn we er eindelijk!'

Reina rende op haar moeder af, die onmiddellijk de tassen op de grond liet vallen en haar armen spreidde om haar dochter op te vangen. 'Dag meissie!'

Johan, Arend en de meisjes stonden lachend toe te kijken hoe moeder en dochter elkaar haast fijnknepen. Ten slotte lieten ze elkaar los. Daarna gaf moeder Westhoek haar dochter een kus op haar voorhoofd. 'En deze is nog van vader.' Ze keken elkaar even indringend aan.

Toen stapte Arend op hen af. 'Mag ik mijn schoonmoeder nu eindelijk gedag zeggen? En de meisjes willen hun oma ook vast wel even knuffelen.'

Ook oom Johan werd enthousiast begroet door de meisjes. Margy en Irina herinnerden zich hun oom nog wel. Dat was de oom die volgens papa en mama ook in Australië gewoond had en daarom wél hun taal verstond en sprak, in tegenstelling tot oma.

Ze hadden een heerlijke tijd samen. Moeder Westhoek vond het erg fijn dat ze nu het huis en de omgeving zag waarin haar dochter woonde, en dat ze kennis kon maken met de vele vrienden die Arend en Reina in Perth hadden gemaakt. Alleen mopperde ze over de vele vliegen die altijd en overal in groten getale rondvlogen. 'Je kunt goed merken dat jullie vlak bij het platteland wonen, zeg! Bah, die akelige vliegen!'

Omdat Arend en de meisjes geen vakantie hadden, kregen moeder Westhoek en Johan een goede indruk van het drukke leven dat Reina had. 's Morgens moest ze vroeg opstaan om de meisjes naar school te helpen, overdag was ze bezig met Freda, het huishouden, het naai- en verstelwerk en de tuin, en 's avonds moest ze regelmatig in haar eentje de kinderen naar bed brengen, omdat Arend ouderling was geworden en daarvoor doordeweeks 's avonds vaak op pad was. Waar mogelijk nam moeder Westhoek haar dochter wat werk uit handen, door verstelwerk te doen, of door samen met Johan wat in de tuin te werken. Arend had in de wintermaanden een waterput in de achtertuin gegraven om bronwater naar boven te halen voor de tuin. Het was zwaar werk en hij was er bijna elke dag na werktijd wel mee bezig geweest, maar het was gelukt. De tuinsproeiers die erop aangesloten waren, deden hun werk goed, en de tuin was groener dan ooit.

Af en toe kon Arend een dag vrij nemen om moeder Westhoek en Johan iets van de omgeving te laten zien, en ook in de weekends werden er allerlei uitstapjes gemaakt in allerlei richtingen. Uiteraard werd ook Kings Park met een bezoek vereerd, dat deden ze een keer 's avonds, waarbij ze een prachtig uitzicht hadden over de verlichte stad.

Na een kerkdienst kwam een van de ouderlingen naar moeder Westhoek toe. 'Wij hebben de komende week een uitstapje van de ouderen van de kerk,' zei hij. 'Heeft u misschien zin om mee te gaan?' Zijn Nederlands had een zwaar Engels accent, maar moeder Westhoek begreep wat hij vroeg.

'Eh...' Ze keek hem aarzelend aan. 'Kan dat wel? Ik spreek geen Engels.'

'Dat geeft niet,' zei hij vriendelijk. 'De meeste ouderen van onze gemeente spreken nog wel een beetje Nederlands, en ik denk dat ze het allemaal erg gezellig zouden vinden als u meeging.'

Reina zag dat haar moeder nog steeds aarzelde. 'Arend gaat ook weleens mee als chauffeur. Zal ik vragen of hij vrij kan nemen en ook meegaat?'

De ogen van moeder Westhoek lichtten op. 'Nou, als hij dat zou willen, dan wil ik wel mee. Dan kan hij zo nodig als tolk dienen als ik iets niet begrijp.'

En zo gebeurde het. Het lukte Arend om die dag vrij te nemen en hij begeleidde moeder Westhoek tijdens het uitje. Het was de vraag wie er meer van genoot, zijzelf of de ouderen van de gemeente, die het heerlijk vonden om een Nederlandse van hun leeftijd in hun midden te hebben.

De week daarna stond de jeugd in het middelpunt: moeder Westhoek mocht een dagje mee naar de school van de meisjes, waar net in die tijd de jaarlijkse bazaar gehouden werd. Bij een van de stands verkochten ze heerlijke pannenkoeken. Reina trakteerde, en er werd zowel door oma als door de meisjes van gesmuld. 'Die smaken net als in Nederland,' zei moeder Westhoek genietend. De meisjes vonden het geweldig dat ze hun oma konden laten zien waar zij naar school gingen.

Maar aan alles kwam een eind, ook aan die fijne weken. Moeder Westhoek had het moeilijk. Enerzijds had ze nog wel langer willen blijven om bij haar dochter in de buurt te zijn en zag ze op tegen het afscheid, anderzijds verlangde ze naar de kinderen en kleinkinderen in Nederland.

Ook Reina had het zwaar. Ze had zo genoten van de nabijheid van haar moeder. Het was weer zo vertrouwd geweest: samen koffiedrinken, samen boodschappen doen, samen bezig zijn in huis en tuin. Ook vond ze het fijn om te zien dat de band tussen oma en de vier kleindochters verstevigd was in de afgelopen maand. Maar nu moest ze afscheid nemen. Alweer. Voor hoelang deze keer? Moeder was nu vierenzeventig, vader was maar zevenenzeventig geworden. Wie weet was ook dit afscheid van moeder voorgoed...

Ze dacht aan wat tante Corrie van oom Hans haar had geleerd. Tante Corrie en oom Hans hadden al diverse malen afscheid moeten nemen in hun leven. Zij woonden niet meer in Nieuw-Zeeland, maar waren een paar jaar geleden met een halfjaar tussenstop in Nederland geëmigreerd naar Salt Lake City in de Verenigde Staten. Zij waren dus ervaringsdeskundigen als het ging om afscheid nemen. Als tante Corrie afscheid nam, zei ze altijd: 'Tot ziens. Is het niet hier op aarde, dan toch tot ziens, in de hemel.' Misschien moest ze zich daar maar aan vasthouden. Hoe was het ook alweer? 'Weest in geen ding bezorgd...'

Bij het afscheid op het vliegveld knuffelde ze haar moeder nog eens extra, en toen durfde ze het toch te zeggen: 'Tot ziens, moeder...'

Het leven ging door. Er kwamen foto's uit Nederland van de bruiloft van Rolf en Neline, die kort na de Kerst getrouwd waren. Het was een koude, regenachtige dag geweest, terwijl in Australië de temperaturen juist tot een hoogtepunt stegen. Op een dag was het zo warm – 44,7 graden – dat Arend en Reina besloten een airconditioner te kopen. Ze kochten een verplaatsbare waterkoeler, die het leven iets comfortabeler maakte.

Ook kwamen er berichten van weer nieuwe borelingen: Rineke en Harmen kregen weer een zoon, ook een Jeroen, en het gezin van Fred en Marije werd uitgebreid met dochter Marjolein.

Door hun bezoek aan Nederland en het bezoek van oma Westhoek en oom Johan werden de meisjes zich steeds meer bewust van hun Nederlandse wortels. Die waren tot dan min of meer vanzelfsprekend geweest. Hun vriendinnen kwamen uit gezinnen vergelijkbaar met dat van hen. Ze bezochten de christelijke school die opgericht was door Nederlandse immigranten, en de Reformed Church waar ze in opgroeiden bestond uit gezinnen met een Nederlandse achtergrond. De huizen van die gezinnen hadden veelal net als het hunne een typisch Nederlands interieur, inclusief wandklok met slinger en gewichten, een pluchen tafelkleed, Delfts blauw aardewerk en veel tinnen snuisterijtjes. Reina kookte Nederlandse maaltijden zoals ze van huis uit gewend was – en die vond Arend ook het lekkerst, al was hij sowieso geen grote eter – en Nederlandse dingen als speculaas, appelstroop, boterkoek en zoute drop stonden regelmatig op tafel. De meisjes wisten niet beter of het was overal in Australië zo.

Maar toen Margy in februari 1979 als eerste van de meisjes naar de middelbare school ging, ervoer ze dat min of meer als een cultuurshock, een beetje vergelijkbaar met de aardbeving die in datzelfde jaar in juni de omgeving van Perth deed schokken. Die school werd ook bezocht door jongeren met een Engels-Australische achtergrond, en Margy ontdekte dat hun cultuur in sommige opzichten totaal anders was dan de cultuur waarmee zij opgegroeid was. Hun huizen leken kaal zonder de gezellige Nederlandse accenten. Hun maaltijden leken meer op de Britse: fish-and-chips, grote stukken braadvlees, lamskoteletten, allemaal standaard met drie verschillende groenten. De meeste Australische vrouwen hadden een baan buitenshuis, terwijl de vrouwen in haar eigen omgeving alleen moeder en huisvrouw waren. En ouders en oudere mensen leken minder autoriteit uit te stralen dan zij van huis uit gewend was, er werd in elk geval veel minder formeel met hen omgegaan.

Ook realiseerde ze zich toen pas dat haar ouders met een accent spraken. Ze vond het allemaal erg verwarrend, vooral in het begin. Maar het maakte haar ook nieuwsgierig naar dat verre Nederland, en als er een brief uit Nederland kwam, probeerde ze of ze daar woordjes uit kon lezen. Lezen deed ze sowieso graag, zelfs aan het ontbijt zat ze de tekst te lezen op het pak cornflakes, en ze vond het heerlijk om in de bibliotheek in Belmont rond te snuffelen.

Eind 1979 kwam er een brief van vader en moeder Van Liere. Vader van Liere was in november vijfenzestig geworden. De zoon die de zaak nu van hem over zou nemen, was hem zo dankbaar voor alles wat hij voor het bedrijf betekend had, dat hij vader en moeder Van Liere tijdens de afscheidsreceptie verrast had met twee tickets naar Australië.

Zij arriveerden op 18 maart 1980, en zouden ruim zeven weken blijven en tevens hun veertigjarig huwelijksfeest in Australië vieren.

De meisjes mochten allemaal mee om opa en oma van het vliegveld op te halen. Moeder Van Liere was zichtbaar aangedaan toen ze de aankomsthal binnenliep. Ze had hier zó naar uitgekeken! Wel was ze erg verontwaardigd over de Australische douanier die haar koffer doorzocht had. 'Ik had een lekker stuk kaas en een echte zeem in de koffer zitten, en hij pikte die er meteen uit. Volgens mij neemt hij die dingen zelf mee naar huis!' Ze brieste bijna.

'Tja, toeristen mogen nu eenmaal geen voedsel bij zich hebben,' lachte Arend.

'Maar een zeem is toch geen voedsel!'

'Nee, maar wel een dierlijk product, dus...'

'Nou ja, ik ben het er niet mee eens, maar ik zal er maar over ophouden,' zuchtte moeder Van Liere. 'Wat is het hier trouwens heerlijk weer! In Nederland was het nog steeds zo koud, we liepen allemaal nog in onze winterkleren.' Ze vertelde dat Fred, Marije en de kinderen en Rolf en Neline hen hadden uitgezwaaid op Schiphol. 'De jongens vonden het allemaal bar interessant, en die Marjolein is toch zo'n leuke hittepetit!'

Aangekomen in het huis van Arend en Reina keek ze aangenaam verrast om zich heen. 'Wat een gezellige huiskamer! Echt iets om me meteen thuis te voelen.'

'Ja, wij zijn er ook blij mee,' zei Reina. 'Al vinden sommige Australiërs al die Nederlandse accenten niet "gezellig", maar "rommelig".'

Na de toch wel vermoeiende reis gingen vader en moeder Van Liere vroeg naar bed. Freda was er de volgende morgen als de kippen bij om te kijken of opa en oma al wakker waren. Opa was al uit bed, hij stond in de badkamer zijn gebit te poetsen. Met grote ogen bekeek Freda het voor haar ongewone tafereel. Daarna rende ze bijna overstuur naar haar moeder. 'Mammie, die gekke opa kan zijn tanden eruit halen!'

Het werd een fijne en onvergetelijke tijd. Er werden weer allerlei uitstapjes georganiseerd, en 's zondags werden de kerkdiensten bezocht en kon er kennisgemaakt worden met de vele vrienden daar.

Vader en moeder Van Liere waren verbaasd dat de kerkdiensten zo vertrouwd aanvoelden, al verstonden ze niet alles wat er gezegd werd. 'Afgezien van de taal lijken ze veel op de diensten zoals bij ons in Zoetermeer. De liturgie is in elk geval hetzelfde als bij ons. Alleen gaat bij ons na afloop iedereen weer direct naar huis, terwijl jullie hier na de dienst de onderlinge band opbouwen door samen koffie te drinken en na te praten.'

'Het is ook een heel hechte gemeenschap,' zei Arend. 'Veel meer dan in Nederland. Maar dat zal ook wel komen omdat we veelal dezelfde achtergrond hebben.'

'We hebben vanaf het begin veel steun gehad van de kerk,' vertelde Reina. 'In goede en kwade dagen. Vooral na het overlijden van Freddie. Zonder hun steun had ik het hier niet gered.'

Freddie... Bij moeder Van Liere schoten de tranen in de ogen.

Freddie, de kleinzoon die ze nooit in haar armen zou kunnen sluiten. Ook bij hen thuis stond het fotootje van Freddie op het dressoir. Wat hadden ook zij het moeilijk gehad toen dat vreselijke bericht kwam. Wat hadden ook zij graag hun zoon en schoondochter tot steun geweest in die zware tijd.

Maar ook voelde ze dankbaarheid ten aanzien van die gemeente, die vader en moeder, broeder en zuster geweest waren voor Arend en Reina. Zó hoorde een gemeente te zijn. Wat dat betreft leken veel gemeenten in Nederland steeds meer als los zand aan elkaar te hangen. Misschien was het voor Nederlanders in Australië wel net zoiets als voor de vele Turkse en Marokkaanse gastarbeiders in Nederland: zij zochten elkaar op, en hielden vast aan de hun aangeleerde normen en waarden, misschien wel sterker dan men deed in het land waar ze vandaan kwamen en waar die normen en waarden aan allerlei externe invloeden onderhevig waren.

Arend nam weer een paar keer een dag vrij om zijn ouders wat van de omgeving te laten zien. Ze bezochten de dierentuin en het spoorwegmuseum, maakten een boottocht en wandelden over het strand, genoten van diverse parken en tuinen met de meest exotische bloemen, en gingen barbecueën in de bossen. Overal stonden stenen vuurplaatsen waar dagjesmensen het meegebrachte vlees konden roosteren. Arend en Reina beperkten zich meestal tot worstjes met brood, en wat tomatenketchup. Maar voor ze plaatsnamen op de meegebrachte klapstoeltjes sloeg Arend met een grote tak op de struiken rondom de vuurplaats.

'Waarom doe je dat?' vroeg vader Van Liere.

'Om eventuele slangen weg te jagen,' zei Arend.

Moeder Van Liere griezelde. Slangen... daar had ze het niet zo op. 'Komen die hier voor dan?' vroeg ze met een bang gezicht.

Reina lachte. 'Ja, en ik vind het ook enge beesten. Maar zij zijn net zo bang voor ons als wij voor hen, en ze laten zich niet zien als we rustig blijven zitten.'

Moeder Van Liere was er echter niet gerust op, en tijdens het eten bleef ze angstig om zich heen kijken, terwijl ze met haar hand haar rok strak om haar benen hield.

Op 17 april waren vader en moeder Van Liere veertig jaar getrouwd. Arend had die dag vrij genomen, en hij en Reina trakteerden zijn ouders op een lunch in het Hilite 33, een ronddraaiend restaurant op de drieëndertigste verdieping van een wolkenkrabber in het centrum van de stad. Freda mocht ook mee, de andere meisjes moesten naar school. 'Maar jullie mogen vanavond mee naar het pannenkoekenrestaurant,' troostte Reina hen.

Vanuit het restaurant hadden ze een prachtig uitzicht over de stad en over de rivier de Swan. Er werden uiteraard veel foto's en dia's gemaakt.

Ook vader en moeder Van Liere maakten zich nuttig tijdens hun verblijf. Vader Van Liere hielp Arend bij de voorbereidingen van de bouw van de nieuwe 'gamesroom', de speelkamer, een vrijstaand golfplaten gebouwtje van zes bij vier meter dat Arend en Reina gekocht hadden en dat binnenkort opgebouwd zou worden. En hij maakte een heuse sjoelbak voor de meisjes. Die vonden dat geweldig!

Moeder Van Liere hielp Reina met het breien van schooltruien voor de meisjes, die Reina net als de schooluniformen altijd zelf maakte.

Op 30 april werd in Nederland de inhuldiging van koningin Beatrix gevierd. Uiteraard werd daar ook in het journaal in Australië aandacht aan besteed. Iedereen zat aan de buis gekluisterd. Op zulke momenten voelden Reina en Arend nog steeds een sterke verbondenheid met Nederland.

Reina kon zich zelf de troonsbestijging van nu prinses Juliana nog goed herinneren. Ze was toen acht jaar geweest, iets ouder dan Jane nu was, al leek het nog maar zo kortgeleden. Toen had ze nog geen idee gehad dat ze bij de troonsafstand van Juliana in een heel ander werelddeel zou wonen. Wat was er veel gebeurd in die tijd!

Toen hadden ze alleen foto's van de troonsbestijging kunnen zien in de kranten, nu gingen beelden van de feestelijkheden heel de wereld over. Maar niet alleen van de feestelijkheden, ook van de rellen op de Dam. Moeder Van Liere, die erg koningsgezind was, voelde plaatsvervangende schaamte. 'Die mensen kennen geen enkel fatsoen, zoiets doe je toch niet!'

Reina keek naar de drie jonge prinsjes, netjes in pak, inclusief stropdas. Hun leven zou vanaf nu heel anders worden, nog meer in de schijnwerpers. Dat leek haar maar niets! En ook al betekende haar eigen naam Reina 'koningin', ze moest er niet aan denken om een leven als koningin te leiden. Dat leek haar bijzonder zwaar! Gelukkig leek Beatrix veel steun te hebben aan prins Claus, die ondanks de weerstand die er aanvankelijk tegen hem als Duitser bestond, de harten van het Nederlandse volk veroverd had.

De week daarna vloog voorbij, en ook toen moest er weer afscheid worden genomen. Op 8 mei vertrokken vader en moeder Van Liere weer naar Nederland. Het afscheid viel aan weerskanten zwaar, en ook de meisjes vonden het jammer om opa en oma te zien vertrekken. Maar Reina vertelde de meisjes dat ze weer iets hadden om naar uit te kijken: 'Over drie weken komen oom Rolf en tante Neline!'

11

Arends jongste broer Rolf werkte bij een fabriek die flessenvulmachines maakte die over heel de wereld geleverd werden. Hij werd nu voor acht maanden uitgezonden, eerst een paar weken naar Kuala Lumpur, daarna een paar weken naar Indonesië, en daarna een halfjaar naar Manilla op de Filipijnen. Omdat het om zo'n lange periode ging, mocht zijn vrouw Neline mee. En omdat Indonesië maar een paar uur vliegen van Perth was, hadden ze besloten een tussenstop te maken bij hun familie in Australië.

De meisjes waren dol op hun jonge oom en tante, die bijna dertien jaar jonger waren dan hun ouders. Freda was vooral dol op Rolf. Dat werd overduidelijk toen de speelkamer opgebouwd werd. Een van de werklui vroeg aan Freda of Rolf haar vader was. Freda antwoordde: 'Nee, maar ik hou toch wel van hem!'

De sjoelbak die opa gemaakt had kwam goed van pas, en er werden hele sjoelcompetities gehouden. Ook blindemannetje was een favoriet spel, waarbij zelfs Arend zich niet onbetuigd liet.

Neline gebruikte make-up, iets wat vooral Margy erg interessant vond. Ze vond het dan ook helemaal geweldig toen Neline haar een keer opmaakte, en daarbij vooral veel lipstick gebruikte. Toen Rolf de kamer binnenkwam, gaf Margy hem een heel dikke lipstickkus op zijn wang, en voelde zich ineens erg volwassen!

Margy van haar kant leerde Neline rijmpjes waar ze haar tong over brak, zoals: *How much wood would a woodchuck chuck if a woodchuck could chuck wood? A woodchuck would chuck as much wood as a woodchuck could chuck if a woodchuck could chuck wood*, en: *Peter Piper picked a peck of pickled peppers; a peck of pickled peppers Peter Piper picked; if Peter Piper picked a peck of pickled peppers, where's the peck of pickled peppers Peter Piper picked?* Neline wist ook wel een paar Nederlandse equivalenten, zoals: *Jeukt jouw jeukerige jeukneus net zo jeukerig als mijn jeukerige jeukneus jeukt?* en: *De kat krabt de krullen van de trap*. Ze hadden er allemaal erg veel plezier om.

Op 9 juni vierden Arend en Reina hun vijftienjarig huwelijksfeest. Ook op die dag werd er geluncht in Hilite 33, dit keer met Rolf en Neline, en 's avonds gingen ze met z'n allen naar het pannenkoekenrestaurant.

Maar ook aan dit gezellige bezoek kwam een eind, en op 24 juni zwaaiden ze Rolf en Neline uit.

De meisjes werden groter en groter. De dag kwam waar Reina zo tegen opgezien had: in februari 1981 ging Freda naar school.

Freda zelf vond het super dat zij nu ook groot genoeg was om net als haar zussen naar school te gaan. Ze raakte er niet over uitgepraat, en vertelde trots aan haar zussen dat zij nu ook zo'n mooi schooluniform aan mocht. Maar Reina zag als een berg op tegen de stilte die ze zou ervaren als al haar dochters overdag naar school zouden zijn. In haar eentje koffiedrinken, in haar eentje lunchen, in haar eentje boodschappen doen...

De eerste dag ging Reina met de bus mee om de meisjes naar school te brengen en aan Freda te laten zien hoe ze moest reizen en dat ze goed naar haar zusjes moest luisteren. Bij het afscheid was Reina erg emotioneel, en ze had Freda het liefst vast willen houden. Maar die zwaaide huppelend naar haar moeder. 'Dag mammie. Tot vanavond.'

Reina voelde zich enorm leeg toen ze in haar eentje in de bus terugreed naar huis, en de eerste dagen miste ze Freda vreselijk. Ze keek nu al uit naar het weekend.

Marije en Neline berichtten een paar weken later dat ze allebei zwanger waren, allebei waren ze half oktober uitgerekend. Reina voelde iets van jaloezie, en even dacht ze: zouden zij en Arend zelf ook weer...? Wat zou een nieuw kindje weer welkom zijn! Maar ze besefte tegelijkertijd dat ook dat kindje op een dag weer naar school zou gaan, en dat ze ook dat weer vreselijk zou vinden. Bovendien was ze inmiddels de veertig al gepasseerd. Nee, het was goed zo. Ze had vijf prachtige kinderen mogen baren – al hadden ze niet zo lang van Freddie mogen genieten – en met de vier meisjes was hun gezin toch al groter dan menig gezin om hen heen.

Aan het eind van datzelfde jaar ontdekte Reina een knobbeltje in haar borst. De schrik sloeg haar om het hart. Aanvankelijk hoopte ze dat het een opgezet kliertje was dat vanzelf wel weer zou verdwijnen. Maar het verdween niet, en haar onrust nam alleen maar toe. Uiteindelijk ging ze ermee naar de huisarts. Die vertrouwde het niet en stuurde haar door naar de specialist. Hij besloot dat het knobbeltje verwijderd moest worden.

Omdat Reina een nacht over moest blijven in het ziekenhuis, werd er een logeeradres gezocht voor de meisjes. Zoals altijd stonden diverse gezinnen van de kerk klaar om hen op te vangen na schooltijd.

Tijdens de ziekenhuisopname, vlak voor de operatie, voelde Reina een merkwaardige rust over zich komen. 'Ik geef het nu over aan U, Heere,' bad ze. 'Ik weet dat U over mij waakt.' En ook na de operatie was daar die wonderlijke rust.

Daarna waren het een paar spannende weken waarin ze moesten wachten op de uitslag. Wat was de opluchting groot toen bleek dat het knobbeltje niet kwaadaardig was! Arend haalde een grote bos bloemen, en Reina merkte dat ook bij de kinderen een stuk spanning wegviel.

Spanning was er ook in Nederland. Neline kreeg zes weken voor de uitgerekende datum acute zwangerschapsvergiftiging, en de baby moest met een keizersnede gehaald worden. Het was een klein maar levendig meisje van ruim 3 pond, ze noemden haar Suzanne. Gelukkig kwam met haar en Neline alles goed, en na vijf weken mochten Rolf en Neline de kleine Suzanne mee naar huis nemen, vlak nadat Marije bevallen was van een gezonde dochter: Annelies.

Er werden foto's over en weer gestuurd, en omdat steeds meer familieleden telefoon kregen, werd er ook regelmatig gebeld naar elkaar. Reina bleef het een wonderlijke ervaring vinden: je kon zomaar een gesprek hebben met mensen aan de andere kant van de wereld, alsof ze naast je stonden.

'Het zou nog mooier zijn als je ook nog kon zien met wie je praatte, een soort telefoon met een klein televisieschermpje ernaast. Dan was het helemaal echt,' verzuchtte ze een keer tegen Arend.

'Joh, wie weet vinden ze ooit zoiets uit,' zei Arend. 'Als je ziet wat ze sinds de eerste maanlanding al allemaal verzonnen hebben.'

'Het zou wel fantastisch zijn, zeker met al die opgroeiende neefjes en nichtjes. Dan zouden ze meer contact met elkaar kunnen krijgen dan nu. De neefjes en nichtjes in Nederland zien elkaar regelmatig met de verjaardag van opa of oma, daar zijn die van ons niet bij.'

Even zag het ernaar uit dat er toch wat neefjes en nichtjes in de buurt zouden komen wonen. Begin 1982 lieten Fred en Marije bij Reina en Arend een 'bommetje' vallen door hun te schrijven dat ze overwogen om ook naar Australië te emigreren. *Nederland verhardt steeds meer*, schreef Marije. *Je kunt het ook merken in de wijk waarin we wonen. Mensen vinden ons vreemd omdat wij nog steeds naar de kerk gaan, en omdat we het leuk vinden om een groot gezin te hebben. We hadden bedacht: áls we naar Australië zouden gaan, zouden we dat het best kunnen doen voordat de kinderen naar de middelbare school gaan. En ik heb begrepen dat het moeilijker zal zijn als Fred eenmaal de veertig gepasseerd is. Het is allemaal nog heel prematuur, hoor, maar stel dat het allemaal door zou gaan, zouden jullie dan sponsor voor ons kunnen en willen zijn?*

Arend schreef dit keer terug in plaats van Reina: *Jullie brief kwam als een donderslag bij heldere hemel. Je schrijft dat Nederland verhardt. Maar in Australië is eenzelfde verharding gaande. Een voorbeeld: mijn baas wees me onlangs op twee werknemers en vroeg me of ik die de week daarna nog nodig zou hebben. Ik dacht dat hij ze nodig had voor een andere klus, dus ik zei dat ik ze eventueel wel kon missen. Had ik dat maar niet gezegd, want een week later stonden ze op straat.*

Als ik jullie was, zou ik er nog eens goed over nadenken, want het is een hele stap, zeker als je al een gezin hebt. Maar stel dat jullie de stap durven wagen en het door willen zetten, dan kunnen wij wel sponsor zijn.

Er kwam vooralsnog geen reactie, en Arend en Reina namen aan dat Fred en Marije hun plannen toch maar hadden laten varen.

Begin juni 1982 belde Neline naar Reina op. Na de begroeting vertelde ze waar ze voor belde.

'Naar aanleiding van de verjaardag van moeder Van Liere hadden Marije en ik het erover waar we haar eens mee konden verrassen. Nu heb ik begrepen dat jouw moeder volgend jaar tachtig wordt. Dat, en de verjaardag van ma, vonden we een mooie aanleiding om de koppen als familie eens bij elkaar te steken. Wat zouden jullie ervan vinden om dit jaar oud en nieuw in Nederland te vieren? Dan hebben de meisjes toch vakantie? De hele familie betaalt mee aan jullie reis.'

Wat ze daarvan zouden vinden? Daar hoefde Reina uiteraard niet lang over na te denken! 'Ik vind het geweldig, en ik denk dat Arend en de meisjes het ook fantastisch zullen vinden!'

Er ging een gejuich op toen Reina die avond vertelde over het telefoontje van Neline.

De maanden daarna stonden in het teken van de aanstaande reis. Er werden paspoorten aangevraagd en foto's gemaakt, en in augustus werden de tickets geboekt voor een reis van 24 december tot 6 februari, precies in de zomervakantie van de meisjes, zodat ze geen school zouden hoeven verzuimen. Iedereen verheugde zich erg op het bezoek aan Nederland. Misschien zagen ze wel sneeuw!

Er gebeurde echter iets waardoor de reis in een heel ander licht kwam te staan.

Begin november kwam er een telefoontje vanuit Nederland. Het was vader Van Liere.

Hij vertelde dat moeder Van Liere ruim een maand geleden met wat vage klachten naar de huisarts was gegaan. Die had haar doorgestuurd naar de longarts, er waren foto's gemaakt, en een ziekenhuisopname volgde. Al snel bleek dat er sprake was van een longtumor, niet te opereren, het zag er slecht uit.

'Moeder komt morgen naar huis, er is helaas niets meer aan te doen.'

Zijn boodschap sloeg in als een bom.

'Heb... hebben ze ook gezegd hoelang...' vroeg Reina met een verstikte stem.

'Dat is moeilijk te zeggen,' zei vader Van Liere. 'Een paar maanden, een halfjaar, misschien langer.'

'Hoe is moeder er zelf onder?'

'Ze houdt zich flink, maar ze...' Zijn stem stokte. Toen ging hij verder: 'Je begrijpt dat ze nu helemaal uitziet naar jullie bezoek. Het heeft gewoon zo moeten zijn dat dat allemaal al geregeld was voordat we dit wisten.'

Het slechte nieuws maakte dat ze nu met gemengde gevoelens uitzagen naar de vakantie in Nederland. Enerzijds verheugden ze zich op het weerzien, anderzijds wisten ze dat het afscheid nog zwaarder zou zijn dan anders.

Op eerste kerstdag kwamen ze aan op Schiphol. Daar stond een groot deel van de familie al te wachten. Na de hartelijke begroeting wandelden ze naar de parkeergarage. Het was zwaarbewolkt weer en de gevoelstemperatuur lag maar net boven het vriespunt. Een hele overgang vanuit het warme Australië! De meisjes stonden te bibberen.

Marije gaf hun ieder een pakje. Verbaasd pakten ze het uit. In elk pakje zat een zelfgebreide trui, en elke trui had een ingebreid, kleurig patroon.

'Ik dacht wel dat jullie het koud zouden hebben,' lachte Marije. 'Dus ben ik maar aan het breien geslagen.'

De truien pasten perfect, en de meisjes hadden het meteen een stuk warmer.

'Hoe staat het met jullie emigratieplannen?' vroeg Reina aan Marije onderweg naar de auto.

'Die hadden we even op een laag pitje gezet, en met weer een kindje onderweg en die ziekte van ma hebben we die plannen maar helemaal overboord gegooid. Dat wilden we ma niet aandoen.'

'Gaat het goed met je zwangerschap?'

Marije lachte. 'Ik voel me altijd prima als ik zwanger ben, ik heb dan het gevoel of ik de hele wereld aankan.'

Gezamenlijk reden ze naar het huis van Rolf en Neline in de Potgieterstraat, waar ze deze vakantie zouden verblijven. Ze hadden dit keer het hele huis voor zichzelf. Rolf, Neline en Suzanne logeerden bij de ouders van Neline, die tegenover de flat van vader en moeder Van Liere woonden. Neline had er zelfs voor gezorgd dat er in de garage voor iedereen een fiets stond, ook voor de meisjes.

Fred en Marije en hun gezin logeerden vanaf Kerstavond tot 2 januari bij een oom van Marije, die ook in Zoetermeer woonde, en die onlangs weduwnaar geworden was. Zo zouden ze een hele week allemaal dicht bij elkaar kunnen zijn.

Zodra ze zich geïnstalleerd hadden, gingen Arend en Reina met z'n tweeën op bezoek bij vader en moeder Van Liere, om te kijken hoe het daar nu was.

Moeder Van Liere was op, ze zat in een stoel voor het raam. Reina schrok ervan hoe verouderd ze leek ten opzichte van tweeenhalf jaar geleden.

'Dag kind,' begroette ze Reina. Ze klonk wat kortademig. 'Hebben jullie een goede reis gehad?'

'Ja, prima, dank u. Hoe is het nu met u?'

Moeder Van Liere haalde haar schouders op. 'Och, wat zal ik zeggen...' Ze keek Reina verdrietig aan.

Reina wist even niet wat te zeggen.

Vader Van Liere kwam binnen met een blad met vier kopjes thee, gevolgd door Arend, die een schoteltje met koekjes droeg.

'U hebt het er maar druk mee,' zei Reina.

Vader Van Liere schraapte zijn keel, iets wat hij wel vaker deed als hij wat ontroerd was. 'Ach, ik doe wat ik kan,' zei hij. 'Al is dat in dit geval niet veel.'

Even was het stil. Arend keek rond in de woonkamer, ze waren daar nog niet eerder geweest en hadden die alleen op foto's gezien. 'Mooie flat, en leuk, dat uitzicht op de molen,' zei hij. Zijn blik viel op de tekentafel in de hoek van de kamer, met daarop een paar foto's van... zag hij het goed?

'Dat lijkt de gouden koets wel,' wees hij verbaasd.

'Dat is het ook.' Vader Van Liere lachte. 'Af en toe maakte ik nog wat tekeningen voor deze en gene, en ik heb nu een opdracht gekregen die ik thuis kan maken, zodat ik toch bij ma kan blijven. De ophanging van de gouden koets is versleten, dat waren leren riempjes die steeds vervangen moesten worden. Mij is nu gevraagd om daar een andere oplossing voor te vinden. Ik ben al in Den Haag in de koninklijke stallen geweest om zelf ter plekke te kijken hoe een en ander in elkaar steekt, en ik ben nu iets aan het ontwerpen waardoor die riempjes tot het verleden behoren.'

'Wat een mooie opdracht!' zei Reina.

Moeder Van Liere knikte en glimlachte. 'Dat is ook echt iets voor pa.' Toen vroeg ze: 'Wanneer komen de meisjes?'

'Is dat niet te druk voor u?' vroeg Reina bezorgd.

Moeder Van Liere schudde met een beslist gebaar haar hoofd. 'Nee hoor, ik wil hen graag zien. Nu kan het nog...'

'Zullen we dan morgenmiddag even langskomen? Ik heb geen idee hoe laat we morgenochtend wakker zullen worden in verband met het tijdsverschil, dat zal toch weer even wennen zijn.'

'Dat is goed, kind.'

De volgende middag gingen Arend en Reina met de meisjes op bezoek. Reina had hun op het hart gedrukt erg rustig te zijn. Dat zou wel lukken. De meisjes waren nog moe van de vele indrukken van de reis, en erg onder de indruk van het feit dat ze hun doodzieke oma gingen bezoeken.

'Wat moet ik tegen oma zeggen?' vroeg Freda toen ze de trap van de flat op liepen, en ook Jane keek een beetje benauwd. Doodgaan was op hun leeftijd een erg abstract begrip, zeker als het om mensen ging.

'Nou, gewoon: dag oma,' zei Irina praktisch als altijd.

Ze leken opgelucht dat oma nog dezelfde oma leek als die ze tweeënhalf jaar geleden op bezoek gehad hadden, alleen was ze wat magerder geworden.

Nadat ze oma allemaal een kus gegeven hadden, zette Reina de jongste meisjes aan tafel met wat papier en kleurpotloden die ze meegenomen had. 'Maken jullie maar een mooie tekening voor oma.' Margy mocht opa helpen in de keuken.

Tijdens een kopje thee haalden ze wat herinneringen op van de tijd dat vader en moeder Van Liere in Australië waren. Arend bracht de hartelijke groeten over van de mensen van de kerk en vertelde dat ook daar voor vader en moeder Van Liere gebeden werd. Daarna liet vader Van Liere wat foto's zien die hij het jaar daarvoor had gemaakt toen hij en zijn vrouw een bezoek hadden gebracht aan oom Hans en tante Corrie in Salt Lake City.

Het was ontroerend om te zien hoe moeder Van Liere genoot van de nabijheid van de meisjes, alleen al door naar hen te kijken en te luisteren naar hun gezellige gekwebbel.

Na een uurtje raakte ze zichtbaar vermoeid, en ze vertrokken weer huiswaarts.

Omdat Fred en Marije en de kinderen die week ook in Zoetermeer verbleven, namen ze de gelegenheid te baat om samen wat uitstapjes te maken. Ze gingen onder andere naar Amsterdam, met de trein, bezochten daar Madame Tussaud's en maakten er een rondvaart op de grachten. De neven en nichten vonden het erg gezellig om met elkaar op te trekken. De Australische meisjes deden hun best om wat Nederlands te spreken, en Jeroen en Martijn gooiden er af en toe een Engels woordje tussendoor. Ze begrepen elkaar wonderwel!

Ook bezochten ze in die week een fotograaf, zodat die een foto kon maken van alle kinderen en kleinkinderen Van Liere. De meisjes droegen daarbij de door Marije gebreide truien, maar dat was achter in de winkel met allemaal lampen op hen gericht wel heel erg warm...

Oud en nieuw werd gevierd met veel vuurwerk, en daarna vertrokken Fred, Marije en de kinderen weer naar Zeeland. De jongens moesten die maandag weer naar school.

Ondanks het trieste gegeven van de ernstige ziekte van moeder

Van Liere hadden ze toch fijne weken, waarin een bezoek werd gebracht aan familie en vrienden. Reina ging regelmatig met haar moeder en haar zus winkelen, of zomaar gezellig koffiedrinken bij elkaar. Reina vond het erg leuk om haar zus nu als moeder mee te maken, en samen bespraken ze het wel en wee van het moederschap.

Regelmatig wipten zij en Arend even binnen bij vader en moeder Van Liere, en Reina bewonderde de rust waarmee vader Van Liere voor zijn vrouw zorgde.

De meisjes maakten veel gebruik van de fietsen die Neline geregeld had. De sneeuw waarop ze zo gehoopt hadden, kwam echter niet, laat staan ijs waarop ze zouden kunnen schaatsen. De temperatuur was in de maand januari zelfs hoog voor de tijd van het jaar, een paar keer werd het een graad of tien. Pas tegen dat ze weer teruggingen naar Australië begon de temperatuur te dalen, en op de laatste dag viel er wat natte sneeuw, maar dat was alles.

Toen werd het 6 februari, tijd om te vertrekken. Bij het afscheid werd Reina getroffen door het grote contrast tussen haar broze, ernstig zieke schoonmoeder en haar bijna vijftien jaar oudere, maar nog o zo vitale moeder. Ze kon geen woorden vinden toen ze haar schoonmoeder voor een laatste keer omhelsde.

'Weest in geen ding bezorgd.' Onderweg in het vliegtuig dacht ze weer na over deze woorden. Ze leken wrang als ze dacht aan haar doodzieke schoonmoeder. Hoe kon ze níét bezorgd zijn? Moeder Van Liere ging waarschijnlijk een lijdensweg tegemoet, en zij en vader Van Liere zouden het heel zwaar krijgen. Neline en Rolf woonden in de buurt, die konden waar nodig af en toe bijspringen. Neline was verpleegkundige, zij had deskundigheid en handigheid genoeg om zieke mensen te ondersteunen. Fred en Marije woonden te ver weg en hadden het druk met hun eigen gezin, en Arend en zij konden vanuit Australië ook niets anders doen dan bidden voor vader en moeder Van Liere. Maar ze zou zo graag méér willen doen!

Ondanks haar trouwtekst bleef Reina zich zorgen maken om haar schoonouders, en ze was in gedachten vaak bij hen.

Arend maakte zich ook zorgen om zijn ouders, maar hij kreeg het druk met andere dingen. Hij begon direct na hun terugkomst aan een cursus voor uitvoerder en moest daarvoor drie jaar lang twee avonden per week naar school, en de andere avonden had hij het druk met huiswerk.

Bij Fred en Marije werd op 26 april een gezonde dochter geboren, Geerte. Al op 7 mei gingen ze met alle kinderen met de trein naar Zoetermeer, om Geerte aan oma Van Liere te laten zien. Een van de foto's die ze daar maakten, stuurden ze ook naar Australië.

Reina staarde naar de foto. Wat was moeder mager geworden! Dat werd nog eens extra benadrukt door de mollige baby in haar armen. Wat een contrast: de bleke, uitgeteerde oude vrouw die het zichtbaar benauwd had en wier leven ten einde liep, en de blozende, rustig slapende en gezond ogende baby wier leven nog maar net begonnen was.

Precies een maand na de geboorte van Geerte, op 26 mei, belde Fred naar Reina en Arend dat aan het leven van moeder Van Liere een einde gekomen was. De laatste paar dagen waren vader Van Liere, Fred, Rolf en Neline niet van haar zijde geweken. Fred vertelde dat ze rustig ingeslapen was. 'Ze was steeds zo bang dat ze zou stikken, maar dat is gelukkig niet gebeurd.'

De begrafenis was op 31 mei. Arend en Reina waren er in gedachten bij, en later ontvingen ze samen met de rouwkaart het cassettebandje van de rouwdienst en de liturgie met daarop de tekst van het gedicht van Nel Benschop dat Neline op verzoek van vader Van Liere tijdens de dienst voorgelezen had:

Je bent niet dood – de Heer heeft je geroepen
bij Hem te wonen in Zijn glanzend huis.
Je hoeft geen rust en vrede meer te zóéken,
je hébt ze nu – want je bent veilig thuis.

Je bent niet dood – je mag voor eeuwig leven,
je bent verlost van onvolkomenheid,
van pijn en van verdriet. God zal je geven
een onbegrensd geluk in onbegrensde tijd.

Je bent niet dood. Maar ach, ik zal je missen,
zoals een mens de meest-geliefde mist.
De jaren van geluk zijn nooit meer uit te wissen,
en ik geloof: God heeft Zich niet vergist…

De tekst op de rouwkaart was Psalm 23:2: 'Mij ontbreekt niets.' Dat was in april 1940 ook de trouwtekst geweest van vader en moeder Van Liere, in een tijd waarin de Tweede Wereldoorlog zijn schaduwen al vooruitwierp. Aan deze tekst hadden zij zich vastgehouden, en in de laatste dagen van moeder Van Liere was die tekst ten volle bewaarheid geworden. Zij was zo bang geweest dat het haar op het laatst aan lucht, aan adem zou ontbreken, maar zij was zacht weggegleden uit het leven, zonder strijd.

Reina's hart ging uit naar haar schoonvader. Hij was nog betrekkelijk jong, nog maar achtenzestig, en dan al weduwnaar. Voor deze tijd was dat nog vrij jong. Ze wist dat hij prima voor zichzelf kon zorgen, maar wat zou hij zijn vrouw missen! Ruim drieënveertig jaar waren ze samen geweest en hadden ze lief en leed gedeeld. Nu moest hij alleen verder.

Toen ze hem onlangs gebeld had om te vragen hoe het nu met hem ging, had hij gezegd dat hij overwoog binnenkort naar Australië te komen. Niet zoals met ma voor een week of zes, maar dit keer langer. 'Kan dat bij jullie?'

'Natuurlijk!' had Reina gezegd. 'Al zou u een halfjaar willen komen, u bent van harte welkom. En we zouden het allemaal heel fijn vinden als u kwam.'

Toen ze opgehangen had, lag er een glimlach op haar gezicht. Ze kon zich nu al verheugen op het bezoek van haar schoonvader en het idee dat hij voor langere tijd zou blijven!

12

'Zien jullie opa al?'

Het was vrijdag 26 augustus 1983, midden in de nacht. Ondanks het late tijdstip bevonden Arend, Reina en alle vier de meisjes zich op het vliegveld van Perth bij gate 7, wachtend op de komst van vader Van Liere.

Opeens riep Margy: 'Daar! Ik zie opa!' Ze begon heftig te zwaaien met beide armen. 'Opa! Wij staan hier!'

Aan opa's lach zag ze dat hij hen ook gezien had. Hij zette even zijn koffer neer en zwaaide terug. Daarna nam hij de koffer weer op en liep snel hun kant op.

Even later konden ze elkaar in de armen sluiten. De meisjes waren door het dolle heen. Opa was er, en hij zou een halfjaar bij hen blijven! Thuis waren alle voorbereidingen al getroffen, opa zou zijn eigen slaapkamer krijgen. De laatste dagen ging het over niets anders dan over opa's komst. Margy en Irina hadden de vorige avond nog een lekkere cake gebakken, voor bij de koffie. En omdat opa op zaterdag aankwam, hadden ze alle vier mee gemogen om hem af te halen.

Vader Van Liere was blij dat hij er was. Ook hij had naar deze tijd uitgekeken. Alleen was ook maar alleen. Fred en Marije woonden een eind bij hem uit de buurt en Rolf en Neline gingen binnenkort verhuizen naar Montfoort; zij hadden allen hun eigen leven. Hij ging er geregeld op bezoek en kwam zijn dagen verder door met wat tekenwerk voor deze en gene, en het doen van het huishouden. Maar er was niemand meer die 'goedemorgen' of 'welterusten' tegen hem zei, en eten en koffiedrinken in z'n eentje was toch minder gezellig dan met z'n tweeën.

Hij was zichtbaar moe van de lange reis, en zodra ze thuis waren doken ze allemaal in bed, al protesteerde Freda dat ze 'nog lang niet moe' was en dat ze met opa wilde praten.

'We hebben morgen genoeg tijd om te praten,' zei Reina, en ze duwde haar dochters naar hun bedden. 'Maar nu eerst slapen!'

Binnen een halfuur was het huis in diepe rust.

De volgende morgen kwam Freda al om halfzeven de slaapkamer van haar ouders in. 'Mag ik naar opa toe?'

Reina sloeg half slaperig de dekens opzij. 'Nee, opa slaapt vast nog. Kom maar, dan mag je even bij mama liggen.'

Zo lagen ze nog lekker een halfuurtje te soezen, tot Freda de klok in de kamer hoorde slaan. Ze telde de slagen. 'Zeven uur. Mag ik nu kijken of opa wakker is?'

'Nog even wachten. Opa is moe van de reis.'

Maar vijf minuten later hoorden ze opa naar de wc gaan. Freda was nu niet meer te houden. Ze vloog het bed uit, Reina kon haar niet meer tegenhouden. 'Opa! Bent u al wakker? Heeft u lekker geslapen?'

Toen ging Reina er zelf ook maar uit. Terwijl zij thee zette, kwamen Arend en de meisjes van lieverlee uit bed, de een nog slaperiger dan de ander. Maar zodra opa aangekleed en wel binnenkwam, werd de keuken gevuld met het gekwetter van de kleindochters. 'Ha, opa, ik heb een tekening voor u gemaakt, kijk eens.' 'Opa, gaat u mee kijken naar de speelkamer, die heeft u nog niet klaar gezien.' 'Opa, heeft u nog foto's uit Nederland meegebracht?' 'Opa...'

Vader Van Liere hoorde het allemaal lachend aan. Ook al sprak hij nauwelijks Engels en kenden de meisjes maar een paar Nederlandse woorden, ze begrepen elkaar toch wel.

Net als tijdens de andere logeerpartijen van familie uit Nederland moest Reina in het begin erg zoeken wanneer ze welke taal sprak. Zij en Arend spraken zelden meer Nederlands, alleen aan de telefoon als ze naar Nederland belden. Verder werd er bij hen thuis uitsluitend Engels gesproken. Tijdens het bezoek van Rolf en Neline was dat geen probleem geweest, zij spraken vloeiend Engels, en ook Johan kon alles volgen als er Engels gesproken werd en sprak zelf ook een behoorlijk mondje mee. Maar eerst tijdens het bezoek van haar moeder en later van haar schoonouders, die alle drie de taal niet spraken, gingen zij en Arend maar over op het

Nederlands als ze met hen spraken, terwijl ze met de meisjes Engels bleven spreken. Ook tijdens hun bezoeken aan Nederland was dat zo geweest: als ze overal Nederlands om hen heen hoorden, was het vrij gemakkelijk om over te stappen op die taal. Maar de meisjes verstonden dat amper, alleen Margy iets meer, dus bleven ze met hen en elkaar in het Engels praten. Dat was af en toe best vermoeiend!

Zondag werd vader Van Liere uitgebreid welkom geheten in de kerkelijke gemeente. Tijdens de dienst werd gedankt voor zijn veilige aankomst, en na de dienst tijdens het koffiedrinken was het een mengelmoes van Engels en Nederlands. Men wist van zijn vorige bezoek dat vader Van Liere wel wat Engels verstond, maar dat hij de taal zelf niet beheerste, dus gingen ze in gesprek met hem bijna automatisch over van het Engels naar het Nederlands. Uiteraard ging dat meestal gepaard met een fiks accent, maar sommigen spraken de taal nog heel goed, vooral de ouderen van de gemeente.

Toen vader Van Liere daar een opmerking over maakte, zei een van de ouderlingen: 'Logisch, want het is en blijft hun moedertaal, en vooral de mensen die hier als veertigplusser kwamen, hebben meestal langere tijd in Nederland doorgebracht dan in Australië. Het is zelfs zo dat bij oudere, dementerende immigranten hun kennis van het Engels wegvalt naarmate ze meer in het verleden leven. Een verpleegtehuis hier in de omgeving heeft daarvoor zelfs personeel uit Nederland aangetrokken, omdat het Australische personeel de patiënten niet verstond.'

Toen men hoorde dat hij een halfjaar zou blijven, kwamen er meteen allerlei uitnodigingen om op bezoek te komen. Het gaf hem een warm, welkom gevoel.

De volgende dag was het de tachtigste verjaardag van moeder Westhoek. 's Avonds na het eten belde Reina haar moeder om haar te feliciteren.

'Johan en ik zitten net aan de lunch,' zei haar moeder. 'Rineke is vanmorgen op de koffie geweest, en vanavond komen zij en Harmen met de jongens en Martin en Ankie met de meisjes hier eten. Rineke en Ankie gaan koken. Johan haalt Wijnand ook op, zodat we vanavond gezellig met z'n allen bij elkaar zijn.'

Reina moest even slikken. 'Gezellig, met z'n allen bij elkaar.' Maar zonder hen. Gek dat dat toch altijd wat pijn bleef doen...

Toen vermande ze zich weer. Zij hadden vanavond ook 'gezellig met z'n allen bij elkaar' gegeten, met vader Van Liere erbij.

'Wilt u hun allemaal de hartelijke groeten van ons doen? En ook namens m'n schoonvader van harte gefeliciteerd.'

'Heeft hij een goede reis gehad?' vroeg haar moeder belangstellend. 'Ik had zó met hem mee gewild. Wil je wel geloven dat ik gewoon een beetje jaloers op hem ben? Hij is nu fijn bij jou.'

Reina glimlachte wat weemoedig. Zij zou vanavond zomaar even bij haar moeder binnen hebben willen wippen voor een bakje koffie en een praatje, terwijl haar moeder maar wat graag op dit moment had willen ruilen met vader Van Liere om even bij haar dochter te zijn. Dat zal altijd wel zo blijven, dacht ze. We zijn en blijven toch met heel veel draadjes verbonden met Nederland en onze dierbaren daar.

Reina vond het erg gezellig om haar schoonvader om zich heen te hebben. Sinds de meisjes allemaal naar school waren, was ze overdag altijd alleen. Maar nu dronken ze samen koffie, ze lunchten samen, en de avonden waarop Arend naar school was en de meisjes huiswerk maakten of al in bed lagen, was ze niet meer alleen. Al na een paar weken ervoer ze hem niet meer als logé, maar als een lid van het gezin dat er helemaal bij hoorde. Hij hield zich bezig met allerlei klusjes in en om het huis, en als er iets kapot was, riepen de meisjes bij voorbaat al: '*Opa can fix it*' – opa fikst dat wel eventjes.

Hij had vanuit Nederland een bouwtekening van een Hollandse molen op schaalmodel meegebracht, een zogenoemde achtkantige buitenkruier. Die moest bijna anderhalve meter hoog worden. Arend zorgde voor materiaal, opa ging in de schuur aan het zagen en schuren en lijmen en verven. Ze zagen de molen groeien onder zijn handen.

'Hij wordt wel zo groot als ik!' juichte Freda. Ze hadden zulke molens ook in het echt gezien tijdens hun bezoek aan Nederland. Maar in deze kwamen zelfs lichtjes!

Toen de molen eenmaal klaar was en een mooi plekje gekregen had in de tuin, zaten ze 's avonds vaak met z'n allen genietend te kijken naar het verlichte bouwwerkje, met het groene onderhuis waarin een deur en ramen met rood-witte luikjes, het grijze, achtkantige, taps toelopende bovenhuis, en de groene kap met daaraan de groen-witte wieken, die écht konden draaien.

Dingen als die molen herinnerden hen aan het land waar hun wortels lagen, bedacht Reina. Net als de typisch Hollandse snuisterijen in hun huis. Dergelijke dingen gaven toch een bepaald vertrouwd gevoel, een gevoel van 'thuis'. Terwijl ze anderzijds al zo eigen was geworden met haar nieuwe vaderland, de taal, de prachtige flora en fauna, zo heel anders dan in Nederland. Die liet ze dan ook graag zien als er logés waren.

Toen Margy in november met vlag en wimpel slaagde voor de middelbare school, kon vader Van Liere ook bij de diploma-uitreiking zijn. Margy vond dat heel bijzonder, en ze vond het erg leuk om aan opa te laten zien waar zij – en inmiddels Irina ook – naar school ging. 'En na de vakantie ga ik daar ook naartoe!' zei Jane trots.

'Ja, en dan moet ik voortaan alleen naar school,' zei Freda sip. De middelbare school lag een stuk verder weg, in Kenwick, een heel andere wijk van Perth dan de basisschool, die in Wilson lag.

'Dat moet ik toch straks ook?' zei Margy plagerig. Na de middelbare school zou ze naar de universiteit gaan om medische technologie te studeren.

'Ja, maar jij bent al groot!'

Ze moesten allemaal lachen. Freda vond het niet altijd leuk om de jongste te zijn, en ze beweerde regelmatig dat zij toch ook al 'groot' was.

'Joh, voor je het weet ben jij ook groot en mag jij ook naar Kenwick,' zei Arend troostend.

'Maar dat duurt nog drie jaar!' protesteerde Freda.

Reina knuffelde haar jongste dochter. 'Ja, gelukkig maar. Dan ben jij nog drie jaar lang mammies kleine meisje. Het gaat allemaal toch al zo hard.' Ze keek naar Margy, die gewenkt werd door een van haar klasgenoten. Margy zou volgend jaar achttien worden, en dan zou ze voor de wet al volwassen zijn. Terwijl het voor Reina nog maar zo kortgeleden leek dat ze zelf achttien was. Toen zij zo oud was als Margy nu, had ze haar school al afgerond en was ze bezig aan haar tweede baan. Doorstuderen was toen niet aan de orde, het was al heel wat dat ze naar de mulo had gemogen in plaats van naar de huishoudschool. Wat een heel ander leven hadden de kinderen van tegenwoordig toch! Alhoewel, dat was wel afhankelijk van waar ze woonden. In Ethiopië bijvoorbeeld heerste er dit jaar een grote hongersnood ten gevolge van langdurige droogte. Er waren al miljoenen mensen omgekomen. Kinderen daar hadden niet dezelfde kansen als kinderen in westerse landen.

Hoe zou de wereld er over tien jaar uitzien? Er doken af en toe weer geluiden op over een dreigende Derde Wereldoorlog. Sinds in de Verenigde Staten Ronald Reagan aan de macht was, liepen de spanningen tussen de Sovjet-Unie en de Verenigde Staten opnieuw hoog op. De VS wilden kruisraketten in Europa stationeren, wat niet alleen in de Sovjet-Unie, maar ook in Europa zelf op veel weerstand stuitte. Er waren al diverse demonstraties van vredesbewegingen geweest, ook in Nederland. Je moest er toch niet aan denken wat die raketten allemaal konden aanrichten onder de bevolking.

En als er geen oorlog zou komen, kwamen er wel andere dreigingen op de mensheid af. Er kwamen berichten over een of ander vreemd virus dat leidde tot een geheimzinnige ziekte die 'aids' werd genoemd. De ziekte was voor het eerst opgedoken in Amerika, en leek zich te beperken tot homoseksuele mannen. Maar nu bleek de ziekte ook al in Europa gesignaleerd te zijn, en niet alleen bij homo's, maar ook bij drugsverslaafden en mensen met een bloedziekte, die een bloedtransfusie met besmet bloed gekregen hadden. Dus mogelijk werd het virus verspreid via het bloed. Stel dat het leidde tot een wereldwijde epidemie? Zoals de Spaanse griep aan het eind van de Eerste Wereldoorlog? Die ziekte had nog meer slachtoffers geëist dan de Eerste Wereldoorlog zelf, sommigen schatten het aantal zelfs op vijftig miljoen.

'Wat kijk jij bedroefd,' hoorde ze Arend naast zich zeggen. 'Het is feest, hoor, onze dochter is geslaagd.'

Reina schrok op. 'O... ja, ik was even in gedachten.'

'Niet zulke vrolijke gedachten, aan je gezicht te zien,' zei Arend. 'Is er iets?'

'Nee, laat maar. Ik dacht aan de toekomst van onze kinderen...'

'En zag die er zo somber uit?'

'Nou, met die geluiden over kernwapens en rare ziekten en zo... Ik vroeg me af waar het met de wereld naartoe gaat.'

Arend stak zijn arm door de hare. 'Hoe kom je dáár nou ineens bij?'

Reina haalde haar schouders op. 'Och, een mens denkt weleens iets... Ik realiseerde me dat onze kinderen zo veel meer kansen hebben dan wij vroeger, en toen bedacht ik me dat er zo veel kinderen zijn die die kansen niet hebben, en dat onze wereld er over tien jaar misschien ook heel anders uitziet, en welke problemen er nu al spelen wereldwijd.'

Hij gaf haar een speelse duw. 'En, worden die problemen minder als jij je daar bezorgd over maakt?'

'Weest in geen ding bezorgd.' Het was alsof de tekst voor haar ogen oplichtte.

Ze haalde diep adem. 'Je hebt gelijk,' zei ze. 'Er is Iemand Die over ons waakt.'

Eind februari 1984 vertrok vader Van Liere weer naar Nederland. Ze vonden het allemaal moeilijk om hem te laten gaan. Ook bij de kerkelijke gemeente viel het afscheid hem zwaar. Hij had er vele vrienden gemaakt. Maar anderzijds verlangde hij ook weer naar zijn eigen huis, en naar de kinderen en kleinkinderen in Nederland.

'Opa, komt u gauw weer terug?' bedelde Freda toen ze hem voor de laatste keer knuffelde. 'Ik vond het zo fijn dat u er was. Nu kon ik aan mijn vriendjes en vriendinnetjes laten zien dat ik ook een opa heb.'

'Als ik gezond mag blijven, kom ik graag terug,' zei hij, en hij gaf haar een aai over haar bol.

Reina miste haar schoonvader erg, de eerste weken na zijn vertrek. Ze had het zo gezellig gevonden met hem in huis. Ook de meisjes vonden het jammer dat hij weer weggegaan was.

De zomervakantie was inmiddels voorbij, het nieuwe schooljaar was begonnen. Margy had het prima naar haar zin op de universiteit, en Jane genoot op de middelbare school. Maar Irina ging met steeds meer tegenzin naar school. Eind 1985, een jaar voor de eindexamens, hield ze het voor gezien. Ze wilde aan het werk, solliciteerde en werd aangenomen bij een restaurantketen als keukenhulp. Daar klom ze al snel op tot serveerster.

Margy zou haar studie eind 1986 afronden, en daarna wilde ook zij aan het werk. Ze wilde echter ook graag iets van de wereld zien. Dus toen vader Van Liere aankondigde dat hij van plan was om in augustus 1986 weer naar Australië te komen en dan tot januari te blijven, werd het plan geboren dat Margy en Irina in januari met hem mee terug zouden reizen, en dan drie maanden in Nederland zouden blijven. Ze zouden kunnen logeren bij Rolf en Neline, die verhuisd waren naar Montfoort en bij wie inmiddels een tweede dochter geboren was: Annemarie. Ze keken er erg naar uit. 'Misschien zien we dan wél sneeuw!'

Vader Van Liere kwam op vrijdag 8 augustus aan in Perth, weer midden in de nacht. Ze stonden weer allemaal op het vliegveld op hem te wachten, ook waren er enkele vrienden van de kerk bij. Na de hartelijke begroeting ging iedereen weer snel naar huis en naar bed.

Ze hadden weer een fijne tijd samen. De meisjes hadden speciaal voor opa wat klusjes bewaard die hij vast wel kon 'fiksen'. Maar ook was er genoeg ruimte om vrienden van de kerk te bezoeken, en om wat trips te maken.

In oktober 1986 gingen Arend en Reina met Freda en opa een week naar een caravanpark in Kalbarri, een prachtige plaats aan de kust, zo'n vijfhonderd kilometer ten noorden van Perth, met een blauwe oceaan en schitterende bergpassen. En in december gingen ze met z'n vieren een week naar Albany, vierhonderd kilometer ten zuiden van Perth, waar ze ook in een stacaravan verbleven. In Albany bezochten ze de brik *Amity*. Dat was een exacte replica van een zeilschip dat in 1816 in Canada was gebouwd, en dat de eerste jaren als handelsschip heen en weer had gevaren tussen Amerika en Groot-Brittannië. In 1823 werd het aangekocht door de Schotse familie Ralston, die ermee wilde emigreren naar Tasmanië. Op 15 november gingen ze aan boord van de *Amity*: Robert Ralston, zijn vrouw, zijn twee zoons en zes dochters, elf bemanningsleden, de lading en de nodige levende have, waaronder twee stieren en vier koeien. Via een stop in Dublin reisden ze de Atlantische Oceaan over naar Rio de Janeiro, en vandaar naar Tasmanië – dat toen nog 'Van Diemen's Land' werd genoemd – waar ze na precies vijf maanden arriveerden in Hobart, de hoofdstad van Tasmanië. Ralston verkocht het schip later aan de regering in Sydney, die het wilde gebruiken voor onderzoek en als bevoorradingsschip. In 1823 bracht de brik de eerste Europese kolonisten – voornamelijk soldaten, pioniers met hun gezinnen, en negenentwintig niet-gewelddadige veroordeelden – naar Queensland, om daar een strafkolonie op te zetten. Op 9 november 1826 volgde een tweede tocht, dit keer van Sydney naar West-Australië, met naast de bemanning aan boord commandant Lockyer, twee officieren, achttien voetsoldaten, drieëntwintig veroordeelden en een chirurgijn, samen met schapen en varkens en genoeg voorraden om daar ten minste zes maanden te kunnen blijven. Het voornaamste doel van deze expeditie was om West-Australië te claimen voor de Britten voordat de Fransen daar aan zouden komen. Na een zware tocht – de eerste helft in zwaar weer, de tweede helft in barre hitte – werd op eerste kerstdag voet aan wal gezet, en dat was het begin van de eerste (blanke) Europese nederzetting in West-Australië. Aanvankelijk werd die militaire basis Frederick's Town genoemd, naar de lievelingszoon van koning George III. Later werd het omgedoopt tot Albany.

'Ongelooflijk dat zo'n schip zo'n lange reis kon maken,' zei vader Van Liere bewonderend. 'En onvoorstelbaar dat hier zo'n vijftig mensen konden worden ondergebracht. De binnenruimte is veel kleiner dan ik verwacht had.'

'Ja, en dan ook al dat vee nog,' zei Arend.

'Kun je nagaan hoe dat gevoeld moet hebben op ruwe zee,' zei Reina. Ze griezelde even. 'Alles rolde volgens mij over en onder elkaar door.'

'De reis van Sydney naar hier ging langs de kust en duurde ruim zes weken,' las vader Van Liere op een van de borden. 'Maar die van Schotland naar Hobart duurde wel vijf maanden en moest twee oceanen over, eerst de Atlantische Oceaan naar Rio, en toen over de Stille Oceaan naar Tasmanië. Dat lijkt me niet echt een plezierreisje op zo'n schip.'

'Die arme kinderen,' zei Reina medelijdend. 'En voor die vrouw zal het ook niet gemakkelijk geweest zijn.' Ze dacht aan hun eigen reis van Nederland naar Australië, nu alweer ruim eenentwintig jaar geleden. Toen was ze ook een paar dagen zeeziek geweest, terwijl dat schip veel groter en luxueuzer was dan dit.

Diep onder de indruk reden ze terug naar de caravan.

Op 11 december was het feest in huize Van Liere: Arend slaagde voor zijn uitvoerdersexamen! Een beloning voor drie jaar hard werken. Vader Van Liere was net als Reina en de meisjes erg trots op Arend, en hij was blij dat hij dit mee mocht maken terwijl hij in Australië was. Want al snel brak het tijdstip aan waarop hij weer naar Nederland zou gaan. Maar dit keer hoefde hij niet alleen te reizen, maar reisden Margy en Irina met hem mee. Ze hadden erg veel zin in de reis. Op dinsdag 6 januari 1987 werd hun uitgeleide gedaan door Arend, Reina, Jane en Freda, en door wat vrienden van de kerk die speciaal voor opa waren gekomen. 'Hopelijk tot ziens,' werd er van weerskanten gezegd.

Na een voorspoedige reis kwamen ze een dag later in Nederland aan, waar Johan en Rolf hen namens beide families op Schiphol stonden op te wachten.

Terwijl ze naar de uitgang liepen, stootte Irina Margy aan. 'Kijk eens naar buiten, het heeft gesneeuwd!' riep ze enthousiast. Ze liepen daarop zo mogelijk nog sneller naar buiten.

Rolf bracht eerst zijn vader en Johan naar Zoetermeer en reed daarna met de beide meisjes door naar Montfoort, waar Neline en Suzanne al voor het raam op de uitkijk stonden. Annemarie zat in de box.

'W-w-w...wat is het k-k-k...koud,' bibberde Margy toen ze uit de auto stapte. De vermoeidheid begon toe te slaan, en dat werd verergerd door de bijzonder lage temperatuur, want het was een paar graden onder nul. Rolf had onderweg al verteld dat de sloot achter hun huis bevroren was, dus dat er binnenkort geschaatst kon worden.

Op de zolder van hun huis hadden Rolf en Neline de logeerkamer in orde gemaakt voor de meisjes. Rolf bracht de koffers naar boven terwijl Neline voor warme chocolademelk zorgde. Dat ging er grif in! Daarna belden ze naar Australië om te zeggen dat ze goed aangekomen waren.

Suzanne van vijf keek met verbaasde ogen van de logees die zo'n rare taal spraken naar haar mama, die ineens ook onbegrijpelijke woorden sprak. Ze trok Neline wat verlegen aan haar broek: 'Mama, wat zeg je?'

Neline glimlachte en nam Suzanne op haar schoot. 'Dit zijn Margy en Irina, die zijn met opa meegekomen uit Australië, en die logeren nu bij ons. Zeg maar "Hello".'

'Hello,' echode Suzanne gehoorzaam.

'Ze was nog zo klein toen jullie vorige keer in Nederland waren, dat kan ze zich niet meer herinneren,' legde Neline uit. 'Maar het zal best wel snel wennen, denk ik.'

Ook Neline en Rolf zochten naar een mix tussen Nederlands en Engels, om een brug te slaan tussen Suzanne en haar Australische nichtjes.

Ze aten bijtijds die avond, en Margy en Irina gingen vroeg naar bed.

De volgende morgen werden ze wakker doordat ze beneden kindergehuil hoorden. Ze rilden allebei. Wat was het hier koud! Dat was niet erg uitnodigend om hun bed uit te komen.

Na een minuut of tien klopte Neline aan de deur. 'Ik ga zo Suzanne naar school brengen, en oom Rolf is al naar zijn werk. Mag ik Annemarie een poosje bij jullie brengen?'

'Ja hoor,' knikten ze. 'Wat is het koud, zeg!' zei Margy.

'Ja,' zei Neline, 'vanmorgen ontdekten we dat de cv-ketel vannacht is uitgevallen. We hebben al een monteur gebeld, die komt zo. Ik ga Annemarie halen.' En weg was ze.

Even later kwam ze weer naar boven met Annemarie op haar arm. 'Hier is ze. Neem haar maar lekker onder de dekens, dat vindt ze meestal wel gezellig.'

En inderdaad, Annemarie vond het allemaal prachtig met twee nieuwe meisjes die met haar wilden spelen en haar maar al te graag aan het lachen maakten. Ze hadden samen dikke pret, en veel te vlug naar hun zin was Neline alweer terug.

Gelukkig kwam de monteur al snel, en werd het binnen korte tijd weer behaaglijk in huis.

Na het ontbijt pakte Neline voor elk van de meisjes een paar schaatsen die ze voor hen geleend had, en ze deed voor hoe ze die onder konden binden. Ook had ze een paar dikke truien voor hen, en extra dikke handschoenen. Annemarie werd dik aangekleed op de achterplaats in de buggy gezet, en toen glibberden ze met z'n drieën het terras van de achtertuin af, het ijs van de sloot op.

Neline deed voor hoe het schaatsen in z'n werk ging. Beide meisjes hadden weleens gerolschaatst, maar op acht wieltjes staan was toch wel iets anders dan op twee dunne ijzertjes. Ietwat wankel op hun benen maakten ze de eerste slagen, en pats! Daar ging Margy al onderuit, gevolgd door Irina, omdat die zo moest lachen dat ze haar evenwicht verloor. Pats!

Er volgden nog diverse valpartijen, maar na een uurtje hadden ze het al aardig onder de knie.

'Tijd voor iets warms,' zei Neline. Ze klauterden de wal op – 'Dat heet klunen,' legde Neline uit – en strompelden naar de achterdeur. Annemarie was in de tussentijd in slaap gevallen. Na een beker warme chocolademelk wilden Margy en Irina nog even het ijs op, maar Neline hield het die morgen voor gezien.

Na het weekend bereikte de temperatuur een dieptepunt: het vroor ruim vijftien graden, zelfs voor Nederlandse begrippen was dat bijzonder! Maar het maakte wel dat het ijs voorlopig veilig bleef, en dat de meisjes elke dag wel even konden oefenen. En ook sneeuwballen gooien bleek een leuke bezigheid.

Uiteraard werd de familie van beide kanten bezocht. Neline bracht hen een paar maal naar Zoetermeer, waar oma Westhoek het heerlijk vond om haar kleindochters weer in haar armen te sluiten. Ze logeerden een paar dagen bij Rineke en Harmen en de jongens, en daarna een paar dagen bij Martin en Ankie en de meisjes.

Opa bracht de beide meisjes naar Krabbendijke – wauw, opa reed wel honderdveertig kilometer per uur! – waar Fred en Marije sinds eind 1983 woonden en waar in mei 1985 nog een zoon was geboren: Niels. De kennismaking met de neven en nichten werd hernieuwd, en ook daar bleven ze een paar dagen logeren. Fred nam de meisjes een dagje mee naar België: eerst naar Antwerpen, daarna door naar Brussel, onder andere naar Manneken Pis, en vandaar naar Gent, naar de zogenoemde 'kuip van Gent', het centrum met zijn belfort en markt. Na afloop gingen ze bij McDonald's eten. Later, tijdens een familie-Van-Liereweekend in Schin op Geul, leerden de neven en nichten elkaar nog beter kennen. Reina hoorde hun enthousiaste verhalen door de telefoon.

'We zijn ook nog met z'n allen naar Luik geweest, naar de vogeltjesmarkt. Daar verkopen ze echt álles, mam, nou ja, behalve auto's dan. En ze hebben daar een trap van bijna vierhonderd treden, die hebben we helemaal op gelopen! En opa heeft foto's gemaakt, en er is ook een heel leuke foto van alle kinderen op de leuning van die trap, van de oudste naar de jongste.'

Maar het hoogtepunt van de logeermaanden was toen Rolf en Neline de beide meisjes een weekend meenamen naar Parijs. De Eiffeltoren, de Sacré-Coeur, de Notre Dame, het Louvre, ze bezochten het allemaal. En ze genóten!

Veel te snel naar hun zin waren de drie maanden om, en was het tijd om afscheid te nemen. De hele familie stond op Schiphol om hen uit te zwaaien.

'Dank jullie wel voor de fijne tijd!' zeiden ze allebei tegen Rolf en Neline. 'Het was fantastisch!'

'Wij vonden het ook erg gezellig,' zeiden die.

Opa kreeg een extra knuffel. 'Opa, komt u gauw weer?' vroeg Margy. 'Wij vinden het altijd zo gezellig als u er bent.'

'Ik zou wel willen, maar ik beloof niks,' lachte opa. 'Ik ben tenslotte al tweeënzeventig. We zien wel.'

13

In Perth werden Margy en Irina op het vliegveld afgehaald door hun ouders en zusjes. Het was nog even wachten op de koffers, maar er werd al druk gezwaaid over en weer. En toen konden ze elkaar eindelijk weer in de armen sluiten. Reina pinkte even een traantje weg, ze had de meisjes erg gemist, en genoot tijdens de rit terug naar huis van hun enthousiaste verhalen.

Toen het even stil was, flapte Freda er ineens uit: 'We gaan verhuizen!'

'Wat?' zeiden Margy en Irina tegelijkertijd.

Reina keek achterom. 'We hadden het morgenochtend willen vertellen, als jullie wat uitgerust zijn. Wacht maar tot we thuis zijn, dan hoor je het hele verhaal wel.' Ze keek Freda bestraffend aan.

Die kroop even in haar schulp. 'Sorry...'

Margy en Irina wilden eenmaal thuis natuurlijk niet gaan slapen voordat ze het nieuws over de verhuizing gehoord hadden. Reina schonk voor iedereen iets te drinken in, en daarna stak ze van wal.

'We vinden dit huis een beetje te klein worden met vier opgroeiende dochters. Papa had wel een idee hoe we dit huis konden verbouwen om meer ruimte te creëren. Hij heeft die ideeën op papier gezet en daarna een aannemer gevraagd om daarvoor een offerte uit te brengen. Die viel echter veel hoger uit dan we verwacht en gehoopt hadden, dus toen zijn we eens gaan nadenken over andere mogelijkheden. Verbouwen, zeker als het zo ingrijpend is als wij van plan waren, heeft als nadeel dat we dan tijdelijk ons huis uit zouden moeten en dat we dan dus een tijdje een huis moeten huren – en dus ook twee keer moeten verhuizen. Toen hebben we onderzocht of een ander huis tot de mogelijkheden behoorde. We zijn diverse huizen wezen bekijken en hebben een huis gevonden dat nog in aanbouw is, in Belgravia Street.'

Arend stond op en haalde wat papieren uit zijn bureaulade. Hij spreidde ze uit over de tafel. 'Dit is het.'

Ze doken met z'n allen over de tekeningen heen. Ook al was het midden in de nacht, niemand leek er behoefte aan te hebben om naar bed te gaan. Er werden meteen allerlei plannen gemaakt. 'Als we nu hier... en dan daar...'

'Hoho,' zei Arend lachend. 'We hebben het huis nog niet gekocht. En we moeten dit huis dan natuurlijk wel voor een goede prijs zien te verkopen. Anders gaat de hele deal niet door.'

Hij vouwde de tekening op. 'Laten we eerst maar eens gaan slapen, het is allang bedtijd geweest.'

Binnen een halfuur lag iedereen in bed en was het stil in huize Van Liere. Alleen Reina lag nog lang wakker. Ze was blij dat ze al haar dochters weer onder haar vleugels had. Maar hoelang zou dat nog duren? Margy werd over een paar maanden al eenentwintig, ze was praktisch klaar met haar opleiding, hoefde alleen nog maar examen te doen, en zou dan wel een baan gaan zoeken. Het was nog maar de vraag of zij dan in de buurt van Perth bleef; Margy wilde altijd haar blikveld verbreden. Ze had het er zelfs weleens over gehad om een tijdje naar het buitenland te gaan. Irina had al een baan, tenminste, die had ze opgezegd toen ze voor drie maanden naar Nederland ging, maar Reina had begrepen dat ze daar zo weer in terug kon komen. Dan had ze dus al twee werkende dochters. Jane zat in het voorlaatste jaar van de middelbare school, zij had al een bijbaantje en maakte er geen geheim van dat ze meteen na de middelbare school wilde gaan werken. En Freda, hun jongste, zou begin volgend jaar ook al naar de middelbare school gaan. Dan had ze geen enkel kind meer op de basisschool. Waar bleef de tijd... Nog even, en dan kwamen er vriendjes over de vloer. Irina had net haar eerste vriendje toen ze naar Nederland ging, maar hij had het vlak voor ze terugkwam uitgemaakt. En Jane leek nu al populair bij het andere geslacht. Jongens over de vloer zou toch een hele verandering geven in hun gezin. Arend plaagde hen niet voor niks weleens dat hij zich soms de enige haan in een kippenhok voelde.

Als Freddie nog geleefd had, zou hij nu... even denken... afgelopen januari negentien geworden zijn. Hoe zou hij er nu uitgezien hebben? Zou hij geleken hebben op de jongens van Fred en Marije, of juist op die van Rineke en Harmen? En hoe zou zijn leven verlopen zijn als dat fatale ongeluk niet gebeurd was? Misschien was hij wel in de voetsporen van zijn vader getreden. Of misschien ook niet.

Reina zuchtte even en borg toen deze gedachten op in het veilige plekje van haar hart. Heel af en toe stond ze zichzelf toe deze gedachten te hebben, en even weg te dromen over haar zoon. Even te denken: wat als...? Hij zou hoe dan ook altijd deel blijven uitmaken van haar leven en haar liefde voor haar kinderen. Maar de pijn bleef, als een stekend litteken na een amputatie.

De aankoop van het huis ging door, en hun eigen huis werd gekocht door een vriendin van Margy die ging trouwen. Reina kon al meteen aan de slag met het naaien van de gordijnen voor het nieuwe huis. Dat kon ze mooi in de speelkamer doen, waar ze genoeg ruimte had om ze op de grond af te meten.

Op een zaterdag eind juli kon er verhuisd worden. Er kwamen wat mensen van de kerk helpen die een vrachtauto hadden, en Margy reed een paar keer heen en weer met hun eigen auto. Om elf uur was het huis al leeg, en Reina en de meisjes bleven achter om het schoon te maken. Toen dat klaar was, reed Margy hen naar het nieuwe huis.

Reina keek om zich heen. Overal waar ze keek stonden dozen, dozen en nog eens dozen. Waar moest ze in vredesnaam beginnen?

Eerst maar eens eten. Ze had de dag ervoor al sandwiches gemaakt en die in een koelbox gedaan, samen met wat pakken sap en een stel plastic bekertjes. Ze riep de mannen, die een kast in elkaar aan het zetten waren, zette een paar stoelen bij elkaar en gebruikte een grote doos als tafeltje.

Na het eten gingen Reina en de meisjes eerst in de keuken aan de slag. De dozen werden geleegd en de keukenkastjes gevuld. Toen ze daarmee klaar waren, hadden de mannen intussen alle bedden in elkaar gezet. Ze zocht een doos met beddengoed, liet de meisjes hun eigen bed opmaken en ging zelf met de echtelijke sponde aan de slag. Ziezo, nu konden ze vannacht in elk geval fatsoenlijk slapen. Maar nu al die dozen nog...

Zondagmiddag probeerden ze met z'n allen de huiskamer enigszins op orde te brengen, maar maandag moest Reina in haar eentje verder met dozen uitpakken. Arend en Irina gingen weer aan het werk, Jane en Freda naar school, en Margy naar een training. Margy had in april haar diploma behaald en had een tijdelijke baan van vijf weken gekregen aan de universiteit. Ze solliciteerde intussen en kreeg per 3 augustus een aanstelling in het laboratorium van het ziekenhuis in Narrogin, zo'n tweehonderd kilometer ten zuiden van Perth. De eerste zes weken moest ze daarvoor een training volgen. Dat kon gelukkig iets dichter bij huis, in het ziekenhuis in Nedlands, iets ten westen van Perth. Ze mocht Irina's auto gebruiken om heen en weer te rijden. Maar voor Narrogin was dat te ver, dus werd er woonruimte voor haar gezocht. Via de overheid kon ze daar een bungalowtje huren, een huisje voor haarzelf alleen. Het eerste kind dat het nest uit vloog...

Het duurde een hele tijd voor alle dozen uitgepakt waren. Reina miste de speelkamer, die soms ook als opslagruimte gebruikt werd. Dus bouwde Arend in september een garage in de achtertuin, en daar konden de dozen staan met de spullen die ze voorlopig nog nergens kwijt konden.

En toen was het de beurt aan de voor- en de achtertuin. Die lagen vol met vele brokken baksteen en gebroken dakpannen, het was bijna onbegonnen werk. Ter afwisseling maakte Arend een paar planken voor Reina, waarop ze haar potplanten kwijt kon, want die stonden nu een beetje te verpieteren. Ook maakte hij een paadje naar de droogmolen.

Van lieverlee werd het nieuwe huis weer een thuis. Margy kwam eens per veertien dagen naar Perth, en in december 1987 gingen ze met z'n allen naar Narrogin om bij Margy Kerst te vieren. Margy had in haar achtertuin een abrikoos en een vijgenboom staan, waar ze heerlijke jam van gemaakt had. Jane en Freda hadden schoolvakantie en mochten een paar dagen blijven logeren. Freda was opgewonden dat zij na de zomervakantie nu eindelijk ook naar de middelbare school mocht! Ze had afscheid genomen van de basisschool en had het gevoel dat ze er nu pas helemaal bij hoorde, nu was ook zij 'groot', net als haar zussen.

Maar ook voor Reina voelde het als een afscheid: geen kind meer op de basisschool. Dat maakte dat ze zich ineens oud voelde. Over een maand of vijf werd ze al achtenveertig, nog even en ze kwam in de overgang. Als ze net zo oud mocht worden als haar moeder had ze nog vele jaren te gaan en was ze misschien nog maar net over de helft van haar leven, maar als ze haar schoonmoeder achternaging... Die was maar vierenzestig geworden, maar zeventien jaar ouder dan zij nu was.

Ze schudde de nare gedachte van zich af. Wie dan leeft, die dan zorgt. Hoe stond het ook alweer in de Bijbel? Zoiets als: wie van jullie kan door bezorgd te zijn ook maar iets aan zijn levensduur toevoegen? 'Weest in geen ding bezorgd...'

Op een zaterdag begin mei ging de telefoon. Ze waren net klaar met de lunch. Arend nam op. 'Van Liere.'

'Van Liere,' klonk het aan de andere kant van de lijn. Toen bleef het even stil.

Arend dacht dat er een geintje met hem uitgehaald werd, en hij hing op.

Even later ging de telefoon weer. Arend nam op: 'Van Liere.'

'Met John van Liere,' klonk het toen. 'Weet je nog, van de *Flavia*...?'

Er ging Arend een lichtje op. 'O ja, nee, sorry, ik dacht... Hoe is het met jullie?'

'Met ons goed. En met jullie?'

Arend moest even omschakelen. 'Tjonge, dat is lang geleden.'

'Ja, drieëntwintig jaar.'

'Hoe kom je aan ons nummer?' vroeg Arend verbaasd.

'Opgezocht in het telefoonboek. Zo veel Van Lieres wonen er

niet in Perth,' hoorde hij John lachend zeggen.

Reina was de tafel aan het afruimen en keek verbaasd naar Arend. Wie had hij nu aan de telefoon? Wie is het, seinde ze met haar ogen.

Arend zei 'momentje' en hield zijn hand tegen de hoorn. 'Je raadt nooit wie ik aan de lijn heb,' zei hij tegen Reina.

'Nou, als ik het toch niet raad, zeg het dan maar,' zei Reina droog.

'John van Liere.'

'Wie?'

'Van de *Flavia*, je weet wel.'

'O, die.' Ze fronste even haar wenkbrauwen. 'Hoe komt die nou aan ons nummer?' stelde ze dezelfde vraag als Arend.

'Telefoonboek,' zei Arend. Hij praatte verder tegen John. 'Daar ben ik weer, ik heb even tegen Reina gezegd wie ik aan de lijn had. Wat leuk om je weer eens te spreken. Hoe kom je er zo ineens bij om ons te bellen?'

'Nou, dat zal ik je vertellen. Wij reizen op dit moment met onze camper door West-Australië, en toen we vanmorgen Perth binnenreden, zei Anne: "Zouden Arend en Reina hier nog wonen?" Dus toen hebben we een winkel opgezocht, het telefoonboek gevraagd en jullie naam opgezocht.'

'Dus jullie zijn in de buurt?' vroeg Arend verrast. 'Hebben jullie soms zin om langs te komen? Dat praat gemakkelijker dan door de telefoon.'

'Komt het wel gelegen?'

'Natuurlijk.' Arend keek naar Reina, die gehoord had wat hij gezegd had en heftig knikte. 'Gezellig!' riep ze.

Arend legde uit hoe ze het beste konden rijden, en drie kwartier later zaten ze met z'n allen aan de thee. John en Anne maakten kennis met de meisjes, die het leuk vonden om mensen te ontmoeten die hun ouders vroeger gekend hadden.

Anne, Johns vrouw, keek rond in de woonkamer. 'Jullie hebben het leuk ingericht,' zei ze. Ze lachte even. 'Het lijkt wel een beetje op onze woonkamer, hè, John? Daar kun je altijd aan zien wie er uit Nederland komen. Wij willen toch altijd iets van die warme, knusse, Hollandse kneuterigheid in onze huizen brengen.'

'Nou, Australiërs vinden het meestal niet zo knus, die vinden onze huizen vaak rommelig,' zei Reina. 'Maar vertel, hoe gaat het met jullie, en met jullie dochters?'

'Die zijn inmiddels allebei getrouwd, de een met een Australiër, de ander met een jongen die ook van Nederlandse afkomst is. Ze wonen net als wij in Melbourne, maar wijzelf hebben plannen om naar Tasmanië te verhuizen. John gaat binnenkort met pensioen, en sinds we een keer naar Tasmanië op vakantie geweest zijn, zijn we helemaal verslingerd aan dat eiland. De natuur is daar zó mooi!'

'En jullie dochters dan?'

'Die willen niet mee,' zei Anne. 'Logisch, zij en hun mannen hebben allemaal een goede baan in Melbourne. En och, Tasmanië is maar een uur en een kwartier vliegen vanaf Melbourne, dus dat is goed te doen. Of je kunt met de nachtboot, dan is het tien uur varen. Nee, als we daar eenmaal zitten, kunnen we sneller en gemakkelijker bij onze kinderen op bezoek dan onze ouders vanuit Nederland. Johns ouders zijn allebei overleden, zij hebben de vlucht nooit durven maken. En alleen mijn moeder leeft nog. Zij is één keer over geweest en vond het te ver om dat nog eens te doen. En jullie ouders?'

Ze hadden elkaar een hoop te vertellen. Aan het eind van een gezellige middag vroeg Reina of ze bleven eten, en toen ze hoorde dat John en Anne ergens in de buurt een hotel wilden zoeken, kapte ze dat meteen af: 'Natuurlijk blijven jullie logeren!' Ze wuifde hun bezwaren weg. 'We hebben wel vaker logés. Jullie kunnen op Freda's kamer, ik maak op Janes kamer wel een veldbed voor Freda.'

'Vinden jullie dat niet erg?' vroeg Anne aan de meisjes.

Maar die hadden de Hollandse gastvrijheid van hun ouders geërfd. 'Nee hoor, juist leuk.'

Toen Reina die avond op bed lag, overdacht ze hoe wonderlijk het toch was dat ze zo snel vertrouwd was met John en Anne. Zij en

Arend hadden hen en hun tienerdochters pas ontmoet op de *Flavia*, waarbij ze het allemaal grappig hadden gevonden dat ze dezelfde achternaam hadden. Ze hadden toen een poosje met elkaar opgetrokken, maar nadat ze in Melbourne uit elkaar gegaan waren, hadden ze geen contact meer met elkaar gehad. Ergens wel logisch, want ze waren allemaal bezig om zich een plekje te verwerven in het nieuwe en toen nog onbekende land. Nu zagen ze elkaar na drieëntwintig jaar terug, en het was of ze elkaar gisteren nog gesproken hadden en alleen de draad maar op hoefden te pakken. Kwam dat door hun gezamenlijke Nederlandse achtergrond? Feit was dat dat een band schiep, daar was ze in de loop der jaren wel achter gekomen. En als je dan ook nog eens dezelfde achternaam had...

John en Anne bleven uiteindelijk elf dagen logeren. Reina liet hun de omgeving zien en ging onder andere met hen naar Kings Park, waar ze hun ogen uitkeken. 'Bij ons in Melbourne heb je veel parken en we hebben er de op een na grootste botanische tuin ter wereld, maar dit is ook erg mooi.'

Op de laatste dag van hun verblijf trakteerden zij Arend, Reina en de meisjes op een etentje. 'We hebben ons zó thuis gevoeld bij jullie. Net alsof we een tijdje in Nederland logeerden,' zei Anne dankbaar.

'Al hebben we bijna geen woord Nederlands gesproken,' grapte John. 'Mochten jullie ooit zin hebben om ons op Tasmanië te bezoeken, dan zijn jullie altijd van harte welkom!'

'Dat houden we in gedachten,' zei Reina. 'Maar daar zal voorlopig wel niets van komen zolang we nog schoolgaande kinderen hebben, dus dat wordt iets voor de langere termijn.' Ze glimlachte even. 'We hebben in ieder geval ook iets om op korte termijn naar uit te kijken: mijn broer Johan komt eind dit jaar naar Perth.'

'Johan?' vroeg Anne. 'Is dat die broer die in Melbourne woonde en die jullie daar af kwam halen?'

Reina keek even verbaasd, en zei toen: 'O ja, dat is waar, jullie gingen toen tegelijk met ons van de boot af en hebben hem nog de hand geschud. Alleen waren jullie toen al op de plaats van bestemming, en wij gingen enkel op bezoek bij mijn broer. Dat je dat nog weet! Ja, die broer is het. Hij is na anderhalf jaar teruggegaan naar Nederland, is niet getrouwd, en woont nog steeds bij mijn moeder.'

'Nou, doe hem maar de groeten van ons,' lachte Anne. 'Al zal hij zich ons vast niet meer herinneren.'

Johan kwam van eind november tot begin januari. Reina genoot van zijn aanwezigheid, en Arend was blij met Johans hulp bij het graven van een grondwaterput, waar hij later een pomp op kon aansluiten om de tuin in het droge seizoen van water te voorzien. Margy kwam over om samen met haar ouders en Johan een week vakantie te houden. Jane vond het fijn dat oom Johan er net was toen zij haar eindexamen van de middelbare school haalde, en dat hij uit de eerste hand kon horen dat zij in januari een baan had gekregen bij de bank waar ze gesolliciteerd had.

Veel te snel naar Reina's zin moest ze weer afscheid nemen van haar broer. Arend had een dag vrij genomen en bracht samen met Reina zijn zwager naar het vliegveld. Reina bleef daar stijf gearmd lopen met haar broer, ze vond het dit keer moeilijker om hem te laten gaan dan anders. Misschien omdat, nu haar dochters de een na de ander volwassen werden en het nest uit vlogen, ze meer behoefte kreeg aan mensen uit haar verleden, met wie ze zo veel herinneringen deelde.

'Geef je moeder een dikke knuffel van me?' vroeg ze hem dringend. 'Ik kan soms zo naar haar verlangen.'

'Moeder verlangt ook vaak naar jou,' zei Johan. 'Ik weet zeker dat ze van 't weekend, als ze allemaal langskomen om mijn verjaardag te vieren en mijn verhalen te horen, zal zeggen dat ze blij was om iedereen weer te zien, maar dat haar dag nog mooier zou zijn geweest met jullie erbij. Dat zegt ze namelijk altijd als er iets te vieren is.'

'Ik ben blij voor haar dat ze na de dood van vader zo veel steun heeft aan jou,' zei Reina zacht.

'Ach, we hebben een hoop gezelligheid aan elkaar,' zei Johan. 'Moeder is nog zo kwiek, en we lachen wat af samen.'

Reina knuffelde haar broer nog maar eens. 'Nou, alvast gefeliciteerd met je verjaardag morgen, goede reis, en ik hoop tot gauw ziens.'

'Dat hoop ik ook. Dag, zusje van me.'

Op weg naar huis was Reina opvallend stil. 'Is er wat?' vroeg Arend.

Reina vocht tegen haar tranen. Ze zuchtte even, schokschouderde wat en zei toen: 'Ik weet het niet. Ik kan de laatste tijd soms zo verlangen naar moeder. Ik wilde daarnet wel dat ik stiekem mee kon in Johans koffer…'

Arend reed de auto naar de berm en zette de motor af. Hij sloeg zijn arm om Reina heen en trok haar tegen zich aan. Hij wist even niet wat te zeggen.

Reina snikte een paar keer, haalde toen diep adem en zei: 'Maar ik had in die koffer niet zo lekker gezeten als nu tegen jou aan…'

Ze schoten allebei in de lach, al was er in die lach ook een wat trieste ondertoon. Ze bleven nog even zo zitten, toen maakte Reina zich los uit zijn armen, ging rechtop zitten en zei: 'Kom, dan gaan we naar huis, lekker een bakje troost halen.'

De maanden daarna stak het verlangen naar haar moeder regelmatig de kop op. Het zat er echter niet in om op korte termijn met het hele gezin naar Nederland te gaan. Maar toen vader Van Liere aankondigde dat hij van plan was om aan het eind van het jaar weer voor een langere periode naar Australië te komen, vroeg Reina aan Arend: 'Als ik pa nu eens op ging halen?'

'Wat bedoel je?' vroeg Arend verbaasd.

'Nou, pa wil in november komen, begreep ik. Als ik nu eens in oktober naar Nederland ga, dan kan ik samen met hem terugvliegen, en hoeft hij die lange reis niet alleen te maken. En dan zie ik moeder weer eens. Ik weet dat ze graag met pa mee zou willen komen omdat ze regelmatig naar ons verlangt, maar zo'n lange reis is te zwaar op haar leeftijd. Dus als de berg niet naar Mohammed kan komen...'

Arend kende Reina's verlangen naar haar moeder. Hij dacht even na en zei toen: 'Misschien is dat wel een goed idee. Maar zie je het wel zitten om alleen te gaan?'

Reina knikte. 'Ja hoor, dat zal wel lukken.'

Een en ander werd afgestemd op de reisplannen van vader Van Liere, en Reina boekte een reis voor 17 oktober tot 15 november. Toen ze haar moeder op de hoogte bracht van haar voornemen om naar Nederland te komen, was die erg ontroerd. Binnenkort zou ze haar dochter weer in haar armen kunnen sluiten!

Toen Reina na een voorspoedige vlucht aankwam op Schiphol, werd ze met open armen ontvangen door Johan en Rineke. 'Wat ben ik blij je te zien!' zei Rineke met verstikte stem. 'Het is alweer zo lang geleden, al bijna zeven jaar! En moeder kijkt ook zo uit naar je komst.'

'We gaan er een fijne tijd van maken,' beloofde Reina. 'Ik hoop je heel veel te zien in de komende weken.'

'Reken maar!' lachte Rineke door haar tranen heen.

Het werden goede weken, maar desondanks miste Reina haar man en kinderen meer dan ze vooraf verwacht had. Ze vond het fijn om iedereen van de beide families weer te zien, was blij met alle warmte en liefde waarmee ze haar omringden, maar er ging geen dag voorbij zonder dat ze dacht: hè, ik zou willen dat Arend hier was om dit met hem te kunnen delen, of: hoe zou het met de meisjes zijn? Kortom: ze verlangde terug naar huis.

Toen ze dat aan zichzelf toegaf, moest ze even glimlachen. Wat een raar mens was ze toch: als ze in Australië zat, wilde ze bij haar familie in Nederland zijn, en nu ze in Nederland zat, wilde ze maar één ding: bij haar gezin zijn, en bij de mensen die ze als haar nieuwe familie was gaan beschouwen.

Vlak voor ze weer terug zou gaan naar Australië, samen met vader Van Liere, werd er voor Reina een soort afscheidsfeestje gegeven in 't Centrum achter de Pelgrimskerk, de zaal waar ze zo veel goede herinneringen aan had: daar was ze Arend voor het eerst tegengekomen, en daar was hun trouwfeest gevierd, dat eveneens een soort afscheidsfeest geweest was. Omringd door beide families en diverse leden van de kerk voelde Reina zich dankbaar. Ze was een rijk mens, met in beide landen mensen die van haar hielden, mensen die familie waren of als familie voelden. Hier, in Zoetermeer, en in Nederland, lagen haar wortels. Hier was de basis gelegd voor de mens die ze zou worden, en die droeg ze met zich mee, waar ze ook was. Maar daar, in Perth, in Australië, was haar gezin. Daar was ze gevormd tot de mens die ze nu was. Daar lag haar toekomst. Daar was haar thuis.

14

Op het vliegveld in Perth stonden Arend, Irina, Jane en Freda hen op te wachten, samen met wat mensen van de kerk. Zodra Reina en vader Van Liere de ontvangsthal binnenliepen, zette Reina haar koffer neer en rende ze naar Arend toe, regelrecht in zijn armen.

'Ik heb je zo gemist,' snikte ze.

'Ik jou ook,' zei hij ontroerd.

'Ik ga nooit meer in m'n eentje naar Nederland,' zuchtte Reina. Daarna trok ze haar dochters een voor een in haar armen en knuffelde hen. Zij knuffelden hun moeder net zo hard terug.

Vader Van Liere had Reina's koffer opgepakt en had het groepje nu ook bereikt. Ook hij werd hartelijk begroet.

Eenmaal thuis kwamen de verhalen los. Reina bracht de hartelijke groeten over van de familie in Nederland, en vader Van Liere vertelde van de vlucht, maar ook van de val van de Berlijnse muur nog geen week geleden, iets wat grote indruk op hem gemaakt had en waar hij nog helemaal vol van was. 'De mensen kunnen nu zomaar heen en weer reizen, en het communisme breekt steeds verder af,' zei hij. 'Die Gorbatsjov heeft binnen korte tijd meer bereikt dan de presidenten vóór hem.'

Arend had de beelden ook gezien, ze waren heel de wereld over gegaan.

Irina trok Reina aan haar mouw. 'Ik ben bevorderd,' zei ze met een brede lach op haar gezicht. 'Ik ben sinds begin deze maand plaatsvervangend leidinggevende.'

'Wat?' zei Reina blij. 'Gefeliciteerd! En begin deze maand al? Je hebt me niet eens gebeld!'

'Ik wilde het je veel te graag zelf vertellen, terwijl ik je gezicht kon zien.' Irina lachte weer, maar keek toen ernstig. 'Ik heb je gemist, mam. Wij allemaal. Het leek altijd zo vanzelfsprekend dat je er voor ons was... Het was gewoon leeg zonder jou.'

Reina knuffelde haar even. 'Ik ben blij dat ik weer thuis ben. Het was fijn om bij oma te zijn, dat wel, en ik heb het ook wel naar m'n zin gehad, maar ik verlangde elke dag naar jullie.'

'Margy komt vrijdagavond al naar huis, ze wil zaterdag van alles bakken voor opa's verjaardag zondag, dat kunnen we dan zondag meenemen naar de kerk, voor bij de koffie.'

'Goed idee,' zei Reina, en ze dacht: kleine dochters zijn leuk, maar het is toch ook wel heerlijk om grote dochters te hebben.

Het werd een heerlijk weekend. Zaterdag was het hele huis gevuld met een heerlijke baklucht, en met het gelach en gekwetter van de meisjes die allerlei cakes en taarten bakten voor opa's vijfenzeventigste verjaardag morgen. Zondag werd alles in dozen meegenomen naar de kerk. Reina ervoer het weerzien met haar kerkelijke familie als een warm bad, en tijdens het koffiedrinken na afloop van de dienst dromde iedereen om haar heen om haar te groeten en te zeggen dat ze haar gemist hadden. Ook met vader Van Liere werden de banden weer aangehaald, ze beschouwden hem inmiddels eveneens als deel van hun familie.

De weken regen zich aaneen, Kerst en oud en nieuw werden gevierd – vader Van Liere bleef het vreemd vinden dat de Kerst in de zomer viel, maar Reina en Arend waren daar inmiddels aan gewend – en begin januari gingen ze met z'n allen een paar dagen op bezoek bij Margy in Narrogin. Margy vond het leuk om aan opa te laten zien waar ze woonde en werkte.

'Zijn er nog geen vriendjes in beeld?' plaagde opa haar.

Margy lachte. 'Nee, dat laat ik wel over aan m'n zussen.' Jane had sinds kort een vriend, Trevor, die ze ontmoet had op haar werk.

'Er zijn anders jongens genoeg bij ons in de kerk,' zei Reina.

Margy schudde haar hoofd. 'Daar zit er niet één bij die ik leuk vind.' Ze lachte. 'Ik wacht wel tot ik de ware tegenkom.'

'Groot gelijk,' vond opa.

Januari ging voorbij. Arend was begin deze maand begonnen als taxateur, maar het werk beviel hem vanaf het begin weinig, en na een tijdje werd hij weer uitvoerder. De hele dag op kantoor zitten was niks voor hem, hij was liever dicht bij de werkvloer bezig.

Het waren hete, droge maanden deze zomer, en opa stelde voor dat ze op zijn kosten een nieuwe airconditioner aan zouden schaffen. 'Als cadeau voor jullie vijfentwintigjarig huwelijk in juni dit jaar. En dan heb ik er ook alvast plezier van,' grapte hij.

De airconditioner maakte het leven binnen een stuk aangenamer, en voor buiten werd een tweedehandszwembad aangeschaft. Vader Van Liere ging met Arend mee om het op te halen. Hij maakte een video terwijl het zwembad afgebroken werd, zodat ze naderhand zouden weten hoe ze het weer op moesten zetten. Het was een lekker groot bad, drie bij zes meter, en vooral de meisjes hadden er veel plezier van. Alleen was het bad ook opgemerkt door de gemeente: er kwam een brief dat ze geen vergunning voor een zwembad hadden, en dat ze die moesten aanvragen óf het zwembad weer moesten afbreken. Dus werd de vergunning aangevraagd, maar ook dat bleek niet genoeg: tegelijk met de toestemming kwam er een brief dat er een hek om het zwembad heen moest, 'voor de veiligheid'. Arend zuchtte maar weer eens – al die bureaucratie. Maar hij zette er toch maar een hek omheen.

Vanuit Nederland kwam het bericht dat Rolf en Neline hun derde kindje verwachtten, rond de verjaardag van Neline en Suzanne. Maar ook vertelden ze dat er zorgen waren om Annemarie, die een ernstige vorm van epilepsie bleek te hebben, waardoor haar ontwikkeling langzaam achteruitging. Tot nog toe reageerde ze nauwelijks op de medicijnen.

Het bericht bracht ook verslagenheid in het gezin van Arend en Reina. Margy en Irina konden het aanvankelijk niet eens geloven: ze hadden zo veel plezier gehad met Annemarie tijdens hun logeerpartij, ze leek toen volkomen gezond te zijn.

'Wat ben je als ouders, als familie, dan machteloos na zo'n verschrikkelijke diagnose,' vond Reina. 'Je kunt alleen maar hopen en bidden dat de artsen een goede behandelmethode vinden.' Ze dacht even terug aan de ongerustheid die er in hun gezin geheerst had toen een paar jaar geleden bij Jane een tumor net boven haar linkerknie was ontdekt. Er waren een paar spannende weken gevolgd, en de tumor moest verwijderd worden. Gelukkig bleek die niet kwaadaardig, en Jane was snel hersteld van de operatie.

Maar dit van Annemarie was niet iets wat met een operatie verholpen zou kunnen worden. Reina stuurde een mooie kaart naar Rolf en Neline, soms kon ze zichzelf beter uiten op papier dan door de telefoon. Ze merkte ook dat vader Van Liere zich zorgen maakte om zijn kleindochter, en dat hij vaak in gedachten bij haar was.

Op 9 juni vierden Arend en Reina hun vijfentwintigjarig huwelijksfeest. Het viel op een zaterdag, dus dat kwam mooi uit. Margy kwam het weekend over, en ook Jane, die sinds mei het huis uit was en een appartement deelde met een vriendin, kwam het weekend thuis. Arend had een zaaltje gereserveerd in een hotel aan de kust, en daar gingen ze met z'n allen naartoe. Er kwamen veel mensen van de kerk om hen te feliciteren, en na afloop hadden ze met vader Van Liere, de kinderen en enkele vrienden een etentje.

Margy zat naast haar opa. 'Wanneer vertrekt u precies, opa?'

'De negenentwintigste. Hoezo?'

'Nou, ik heb eind volgende maand een medisch congres in Zwitserland. Ik wilde dan ook een paar dagen naar Nederland, daar ben ik dan zo dichtbij. Kunt u niet nog een paar weken langer blijven, zodat we samen kunnen vliegen?'

Opa lachte. 'Dat zal moeilijk gaan, ik heb mijn retourticket vorig jaar al geboekt.' Hij schudde zijn hoofd. 'Nee, ik verlang nu ook wel weer naar mijn eigen flat, en naar de andere kinderen en kleinkinderen. En naar de Pelgrimshoeve.'

De Pelgrimshoeve in Zoetermeer was in 1982 begonnen als een bazaar om geld bijeen te brengen voor een opknapbeurt van de Pelgrimskerk. Het groepje mensen dat daarbij betrokken was, was zo enthousiast dat ze die bazaar wel een vervolg wilden geven. Dat werd eerst een maandelijkse rommelmarkt in een pakhuis van een van de leden van de kerk, maar toen de rommelmarkt en de hoeveelheid aangeleverde goederen steeds grotere vormen begonnen aan te nemen, konden ze eind 1984 verhuizen naar een oude, leegstaande boerderij. Ze verkochten er van alles en hadden diverse afdelingen: dameskleding, herenkleding, kinderkleding, alles voor de baby, huisraad, meubelen, schoenen, tassen, snuisterijen, noem maar op. Ze hadden een eigen 'Hoevekrant' en zelfs een eigen vlag. De groep vrijwilligers werd groter en groter, en met het aantal medewerkers nam ook de jaaromzet toe, die was in 1988 al 100.000 gulden! Het geld kwam allang niet meer alleen ten goede aan de kerk, maar een in het leven geroepen stichting De Pelgrimshoeve bepaalde elk jaar naar welke goede doelen de opbrengst ging. Opa had verteld dat er zelfs aanvragen vanuit het buitenland kwamen, en dat er onlangs aan Roemenië een graanmolen was geschonken.

Margy wist dat opa erg verknocht was aan de Pelgrimshoeve, waar hij na het overlijden van oma weer een zinvolle taak in gevonden had. Ook oom Johan was daar vrijwilliger.

'Jammer, maar ik begrijp het wel, hoor, opa.' Ze stak haar arm door de zijne. 'U moet maar zo denken: we hebben u graag hier bij ons.'

Opa keek haar even aan. 'Dat weet ik, en ik vind het fijn om te horen.'

Eind juni werd opa uitgezwaaid, en drie weken later stonden Arend en Reina weer op het vliegveld om Margy uit te zwaaien. Toen Reina het vliegtuig met daarin haar oudste dochter op zag stijgen, dacht ze: ze vliegt nu letterlijk het nest uit... Het weekend voordat Margy naar Europa vertrok, had ze verteld dat ze gesolliciteerd had bij een ziekenhuis in Kalgoorlie, en dat ze bericht had gekregen dat ze daar aangenomen was. Ze kon er per 1 september beginnen. Reina moest wel even slikken toen ze dat hoorde. Narrogin was óók wel een eind weg, zo'n tweehonderd kilometer, maar Kalgoorlie was een stuk verder, bijna zeshonderd kilometer, niet echt een afstand die je elke veertien dagen af wilde leggen voor een familiebezoek. Bovendien was Kalgoorlie in haar beleving een stad van harde, ruige goudzoekers, een soort wildweststad met de daarbij behorende schurken. Maar het paste wel bij Margy, die altijd op zoek was naar avontuur.

'Als je je kinderen vast wilt houden, moet je leren hen los te laten,' had een van de vrouwen van de vrouwenvereniging gezegd. Zij wist waar ze over sprak, zij had zelf vijf volwassen kinderen. Maar Reina hield haar hart vast als ze dacht aan de mogelijke gevaren waaraan haar dochters blootgesteld zouden kunnen worden.

Toen ze vorig jaar in Nederland was, had ze van Rineke een tegeltje gekregen met daarop een prachtig gedicht van Geeske Wiersma. Ze had het opgehangen op hun slaapkamer, en nu Margy vertrokken was naar Europa, las ze het nog eens aandachtig door:

Gebed voor mijn kinderen

Ik leg de namen van mijn kinderen in Uw handen.
Graveer Gij ze daarin met onuitwisbaar schrift.
Dat niets of niemand ze meer ooit daaruit kan branden,
ook niet als satan ze straks als de tarwe zift.

Houdt Gij mijn kinderen vast, als ik ze los moet laten
en laat altijd Uw kracht boven hun zwakheid staan.
Gij weet hoe mateloos de wereld hen zal haten,
als zij niet in het schema van de wereld zullen gaan.

Ik vraag U niet mijn kinderen elk verdriet te sparen,
maar wees Gij wel hun troost, als ze eenzaam zijn en bang.
Wil om Uws naams wil hen in Uw verbond bewaren,
en laat ze nooit van U vervreemden, nooit, hun leven lang!

Ik leg de namen van mijn kinderen in Uw handen.
Amen.

Reina schoot er weer vol van.

Ze ging even op het bed zitten en frummelde wat met haar zakdoekje. Het gedicht kwam nu op een heel andere manier binnen dan toen ze het voor het eerst gelezen had. Destijds had ze vooral moeite gehad met de zin 'Ik vraag U niet mijn kinderen elk verdriet te sparen'. Die begreep ze toen niet. Elke moeder wilde toch dat haar kinderen gelukkig opgroeiden, zonder pijn en verdriet? Elke moeder voelde toch zélf de pijn van haar kinderen? Toen Jane naar het ziekenhuis moest voor die tumor in haar knie, had Reina met alle liefde met haar dochter willen ruilen, om haar dat verdriet, die pijn te besparen. En hoe machteloos had haar eigen moeder zich gevoeld toen zij, Reina, de pijn en het verdriet van het verlies van een kind moest meemaken.

Maar toen ze er langer over nadacht, begreep ze wat de schrijfster ermee bedoeld had. Soms gebruikte God juist verdriet om de mensen tot Zich te trekken. Het verdriet om Freddie had haar niet van God vervreemd, maar juist dichter bij God gebracht, al was daar wel strijd aan voorafgegaan. Verdriet en pijn vormden een mens, zeker in combinatie met de zin die daarna kwam: als God hun Trooster was.

Nu sprak vooral de zin 'Houdt Gij mijn kinderen vast, als ik ze los moet laten' haar aan. Ze bad elke avond voor het slapengaan voor haar gezin en haar familie, nu kwam daar die regel bij. Eigenlijk moet je je kinderen twee keer loslaten, bedacht ze. De eerste keer bij de bevalling, als ze vanuit de veilige warmte en beschutting van de baarmoeder die grote, veel koudere wereld binnengleden. En de tweede keer als ze het ouderlijk huis verlieten, de wijde wereld in. Zoals zijzelf en Arend vijfentwintig jaar geleden hadden gedaan. Toen hadden hun ouders hen ook los moeten laten.

Maar niet elk kind dat het ouderlijk huis verliet ging zo ver weg. Rineke was vlak bij haar moeder blijven wonen. En Jane, die stevige verkering had met Trevor, had niet die hang naar avontuur die Margy wel had. Maar Jane had ze in feite ook al los leren laten toen die bij haar vriendin ging wonen. En er kwam ongetwijfeld ook een dag waarop al haar dochters het huis verlaten zouden hebben.

Maar gelukkig was het nu nog niet zover. Irina en Freda woonden allebei nog thuis, en Freda zat voorlopig nog een paar jaar op de middelbare school.

Arend kwam de slaapkamer binnen. 'O, ben je hier? We zochten je. Freda gaat zo thee inschenken, wil je ook een kopje?'

Reina stond op. 'Ja, lekker.'

Arend keek haar bezorgd aan. 'Wat is er? Heb je gehuild?'

'O, niks.'

Maar daar nam Arend geen genoegen mee. Hij duwde haar terug op het bed en ging naast haar zitten, zijn arm om haar schouders. 'Vertel eens.'

Reina leunde tegen hem aan, haar hoofd op zijn schouder. 'Ik realiseerde me vandaag op het vliegveld nog eens dat we onze kinderen los moeten laten. Margy, die nu naar Europa is in haar eentje, en die straks in Kalgoorlie gaat wonen en werken. Jane, die misschien over niet al te lange tijd gaat trouwen. Irina, die als kind al een echt moedertje was en toch ook wel een keer een gezin zal willen stichten. En Freda...' Haar stem stokte.

Hij trok haar even tegen zich aan. 'Ja, dat hoort bij het leven. Dat wisten we natuurlijk wel, wij hebben ons uiteindelijk zelf ook losgemaakt van ons ouderlijk huis. Maar misschien voelen we nu pas wat dat voor onze ouders betekend moet hebben, nu we zelf ouders zijn.'

'Ja, misschien wel,' zei Reina triest.

De deur ging open, Freda kwam de slaapkamer binnen. 'O, zitten jullie hier? We zochten jullie. De thee is ingeschonken.'

Ondanks zichzelf schoot Reina in een onbedaarlijke lach, voortkomend uit de spanning die ze de hele dag al gevoeld had.

Freda keek haar verbaasd aan. 'Is dat zo'n gekke vraag?'

Reina kreeg alleen nog maar meer de slappe lach. 'Je zei... je zei...' hikte ze en ze wees van Arend naar Freda.

Freda snapte er helemaal niets van, maar bij Arend begon iets te dagen. 'Volgens mij moet je moeder zo lachen omdat je bijna precies hetzelfde zei als ik toen ik haar zocht en ik hier binnenkwam.' Hij begon van de weeromstuit mee te lachen.

Reina knikte schaterend. De tranen rolden over haar wangen.

Haar lachbui werkte als een douche, ontspannend en reinigend.

Freda haalde haar schouders op. 'Ouders...' Ze draaide zich om en liep de kamer uit. 'De thee is klaar!' riep ze nog in de gang.

Reina wreef met haar zakdoek over haar ogen. 'Hèhè, dat lucht op,' zei ze.

Arend stond op en trok haar overeind. 'Volgens mij staat de thee klaar,' grijnsde hij. 'Ga je mee?'

Gearmd liepen ze naar de woonkamer.

De relatie tussen Jane en Trevor nam serieuze vormen aan. In november kochten zij een stuk grond, waarop ze een huis lieten bouwen. Jane kwam weer thuis wonen, zodat zij kon sparen. In januari 1991 verloofden ze zich, en er werd een trouwdatum gepland: 1 juni van dat jaar. Ze gingen op meubels uit, Arend hielp hen met het huis, en Reina naaide de gordijnen. Een paar keer ging Reina samen met Jane op zoek naar een trouwjurk en jurken voor de bruidsmeisjes – er zouden er drie zijn: Margy, Irina, en Yvonne, een vriendin van Jane – maar uiteindelijk besloot Jane dat ze niets wilde kopen, tenslotte droeg je zo'n jurk maar één keer, en huren was een stuk goedkoper. Toen dat eenmaal beslist was, was de keuze snel gemaakt: voor Jane een prachtige, lange, witte japon met ruime pofmouwen en een V-hals, en op haar hoofd een kruising tussen een sluier en een platte hoed. Het stond haar geweldig. Voor de bruidsmeisjes werden jurken uitgezocht van hemelsblauwe zijde. Het strikje van de bruidegom en de drie bruidsjonkers was in zo'n zelfde blauwe kleur.

Toen Jane aan Arends arm de kerk binnenschreed, schoten de tranen in Reina's ogen. Haar kleine meisje ging trouwen... Flarden van Janes leven schoten aan haar voorbij. Het beeld van haar vader die de kleine Jane te eten gaf, leergierige Jane die blij was dat ze eindelijk naar school mocht, de zorgen die er waren geweest toen bleek dat Jane een hartruis had, en toen ze die tumor had in haar knie. Jane als volwassen vrouw, die een baan en een eigen huis had. Jane stond hier naast haar aanstaande man, en ze ging trouwen!

Reina wist nog hoe zij zich zelf gevoeld had op haar eigen trouwdag, staande naast Arend, drie weken voor ze naar Australië zouden vertrekken. En nu hadden ze zelf al een dochter die ging trouwen! En wat zag ze er stralend uit!

Ook de drie bruidsmeisjes zagen er geweldig uit met hun hemelsblauwe jurken, schattige roze met witte boeketjes, en iets wits in hun opgestoken haren gevlochten.

Ze keek naar Margy, de oudste van de drie bruidsmeisjes. Margy had sinds kort ook een vriend, Peter. Een echte aussie. Hij kwam uit Kalgoorlie en had al allerlei baantjes gehad, onder andere als kok. Enerzijds begreep Reina wel dat Margy een jongen als Peter leuk vond, hij had een vlotte, gezellige babbel en kon erg charmant zijn. Anderzijds was Peter nu niet echt iemand die ze als de ideale schoonzoon zag, hij ging niet eens naar een kerk. Maar ook dat zou ze los moeten laten, Margy was onderhand oud en hopelijk wijs genoeg om te weten waar ze aan begon met iemand als Peter.

Reina's aandacht werd weer bij het hier en nu bepaald doordat het orgel inzette. Ze zong van harte mee. De kerk van Trevor, de Uniting Church, was een andere dan die van hen, maar het was in elk geval een christelijke kerk, waar ze ook de geloofsbelijdenis van Nicea en de Heidelbergse Catechismus onderschreven. En ook zongen ze er veel van dezelfde liederen. Ja, Jane zou wel wennen in deze kerk.

Er ging een jaar voorbij. Een jaar met de gewone ups en downs. Arend had het nog steeds druk met de kerk, waar hij penningmeester was. De computer die ze een jaar geleden aangeschaft hadden, kwam daarbij goed van pas. De relatie tussen Margy en Peter was nog steeds aan, zij maakten zelfs plannen om een tijd naar Europa te gaan, te beginnen in Nederland, en daar werk te zoeken. Reina vroeg zich af waar ze aan begonnen. Margy had nu een goede baan, die kon ze toch niet zomaar opgeven? Soms was loslaten wel erg moeilijk...

Ook Irina vloog het nest uit. Een van haar collega's was een ongehuwde moeder, zij woonde met haar zoontje in een appartement en zocht nog een medebewoner. Irina voelde daar wel voor, en trok in september bij haar in. Nu woonde alleen Freda nog maar thuis. Zij zat voor haar eindexamen en wilde het liefst na de middelbare school iets in de kindergezondheidszorg doen, ze was al op zoek naar een vervolgopleiding.

In oktober 1992 vertrokken Margy en Peter naar Nederland, ze wisten nog niet hoelang ze weg zouden blijven. 'We zien wel,' zeiden ze; ze zouden maximaal twee jaar wegblijven. Margy had via een kennis een adres in Nederland gekregen waar ze voorlopig konden wonen. Bij het afscheid op het vliegveld had Reina de vreemde gewaarwording van een soort déjà vu. Een moeder die haar dochter uitzwaaide die voor onbepaalde tijd naar de andere kant van de wereld zou vertrekken. Alleen... nu was zijzelf de moeder.

'Pas goed op jezelf,' zei ze tegen Margy. Het voelde zo dubbel. Ze zag dat Margy en Peter dol op elkaar waren, en gunde haar dochter de liefde van haar leven. Maar samen naar een ander land verhuizen terwijl ze niet eens getrouwd waren, zo veel onzekerheden tegemoet... Ze schudde haar hoofd en zuchtte. De tijden veranderden, dat was waar, en de jeugd van tegenwoordig was zo veel avontuurlijker dan zij op die leeftijd, maar toch...

'Houdt Gij mijn kinderen vast, als ik ze los moet laten.' Margy was gedoopt, en God liet niet varen wat Zijn hand begon. Daar mocht ze toch op vertrouwen?

Ook al woonde Margy al lange tijd niet meer thuis, toch had Reina een akelig leeg gevoel in haar buik toen ze vanaf het vliegveld naar huis reden. Alsof ze net bevallen was.

Margy stuurde enthousiaste berichten vanuit Nederland. Haar Nederlands ging met sprongen vooruit, en zelfs Peter leerde wat Nederlands spreken. Ze mochten sinterklaas vieren bij Rolf en Neline en hun drie dochters, en leerden 'Sinterklaas kapoentje' zingen, al had Peter geen enkel idee wat hij zong. Margy had zelfs een paar gedichtjes in elkaar gewrocht.

Freda slaagde voor haar eindexamen. Helaas kwam ze niet door de voorselectie van de opleiding kindergezondheidszorg, dus besloot ze een baan te zoeken. Ze kreeg een baan als caissière bij een grote supermarkt in Perth. Reina vond het fijn dat dat betekende dat Freda voorlopig nog thuis bleef wonen.

Het nieuwe jaar was nog maar een jaar oud toen Jane vertelde dat ze beenmergdonor was geworden. 'Margy heeft me een keer gevraagd om me daarvoor op te geven, dus dat heb ik toen gedaan. Nu blijkt dat er een match is tussen mijn beenmerg en dat van een jongen in Texas. Hij is nog maar zeventien en heeft leukemie.'

'O, en hoe gaat dat in z'n werk?' vroeg Reina. 'Moet je daarvoor dan naar Texas?'

Jane schudde haar hoofd. 'Nee, ik krijg hier in het ziekenhuis een voorbehandeling en dan halen ze tijdens een operatie wat beenmerg bij mij weg, en dat sturen ze per vliegtuig naar het ziekenhuis in Houston, waar die jongen verpleegd wordt. Ze brengen dat bij hem in, en dan is het afwachten of het aanslaat.'

'Klinkt ingewikkeld. En jij moet daarvoor geopereerd worden? Kan dat geen kwaad met je hart?'

'Nee hoor, ik heb die operatie aan mijn knie toch ook goed doorstaan? Ik wilde alleen vragen of ik na de operatie een paar dagen hier mag komen om te herstellen, want ik zal de eerste dagen nog wat slap zijn. Anders moet Trevor die dagen vrij nemen, maar hij heeft het erg druk op zijn werk.'

'Kom jij maar lekker een paar dagen bij je vader en moeder wonen, hoor,' zei Reina warm. 'Juist gezellig, ook voor Freda.'

De operatie vond plaats, het beenmerg werd naar Amerika gevlogen, en later kreeg Jane bericht dat de jongen volkomen genezen was.

Reina was er verbaasd over: wat waren de medische kennis en technieken tegenwoordig al ontwikkeld!

Met Margy en Peter in Nederland én omdat haar moeder dit jaar bij leven en welwezen negentig hoopte te worden, ontstond bij

Reina het verlangen om weer eens samen met Arend op familiebezoek te gaan. Arend stelde voor: 'Zullen we daar dan een trip aan vastknopen, bijvoorbeeld naar Zwitserland? Daar heb ik altijd al een keer naartoe gewild. Jij bent vroeger al eens in Oostenrijk geweest, maar ik zou graag de Alpen eens zien.'

'Ik vind het best,' zei Reina. 'Die reis naar Oostenrijk is me destijds goed bevallen, en ik ben ook nog nooit in Zwitserland geweest.'

Ze vlogen begin augustus naar Nederland. Reina vond het heerlijk om haar familie weer te zien, maar vooral was ze blij dat ze Margy weer eens in haar armen kon sluiten.

De eerste paar weken brachten Reina en Arend bij moeder Westhoek en Johan door, waarbij ze ook regelmatig op bezoek gingen bij vader Van Liere. Na de festiviteiten rondom de negentigste verjaardag van moeder Westhoek maakten Reina en Arend een tiendaagse busreis naar Gersau in Zwitserland. Beiden genoten daar zo van, dat Arend bij hun terugkomst bij het reisbureau ging vragen of ze binnenkort nog meer van dergelijke tochten deden. Dat was het geval, en voor eind september boekten ze een vijfdaagse busreis naar Winterberg in Duitsland.

Maar eerst vond er weer een familie-Van-Liereweekend plaats, dit keer in een paar prachtige, ruime bungalows in het Brabantse Hooge Mierde. Ook Margy was van de partij, Peter moest helaas werken. Reina vond het leuk om al die opgroeiende neven en nichten mee te maken en hen beter te leren kennen. Wat waren ze allemaal groot geworden! En vader Van Liere genoot er zichtbaar van dat hij zijn drie zonen weer eens bij elkaar had. Het weer werkte ook mee, en de jongelui vermaakten zich met allerlei spelletjes in en rond de bungalows.

Moeder Westhoek had het zwaar toen het weer tijd werd om afscheid te nemen. 'Maar ik heb al de leeftijd van de zeer sterken bereikt, dus ik mag niet mopperen.' Ze knuffelde Reina nog eens extra en zei: 'Wat vond ik het heerlijk om je dicht bij me te hebben.'

Reina kon zich daar nu nog meer bij voorstellen dan anders. Ook zij had het heerlijk gevonden om Margy een poosje in de buurt te weten. Ook zij vond het moeilijk om Margy straks weer achter te moeten laten, al was ze blij om te zien dat Margy het prima naar haar zin leek te hebben in een leven waarin onzekerheid over inkomsten en verblijfplaats de boventoon leek te voeren. Margy en Peter hadden een oud, wit Dafje gekocht, dat helemaal beschilderd was met bloemetjes. Ze waren van plan om daar half Europa mee rond te toeren, had Margy met een stralend gezicht verteld.

'Jullie lijken wel hippies,' was Reina's reactie geweest, en ze dacht daarbij aan de hippiecultuur die net opkwam in de tijd dat zij en Arend naar Australië vertrokken.

Vader Van Liere bracht hen op zaterdag 2 oktober zelf naar Schiphol. Daar was weer een groot aantal familieleden aanwezig. Het was gezellig om nog even met z'n allen een bakje koffie te drinken en daarmee het afscheid wat te rekken, maar toen gaf Arend Reina een wenk: 'Kom, we moeten gaan.'

Er werd over en weer een hoop geknuffeld en gezoend, waarbij af en toe wat tranen vloeiden. Reina zei tegen haar schoonvader: 'Ik weet zeker dat als we thuis zijn, de meisjes zullen vragen wanneer u weer eens komt.'

Vader Van Liere lachte. 'Volgend jaar hoop ik tachtig te worden. Als ik gezond mag blijven, vier ik die verjaardag misschien wel bij jullie.'

'Dat zouden we fijn vinden!'

In het vliegtuig onderweg naar huis voelde Reina zich verscheurd door allerlei tegenstrijdige gevoelens. Verlangen naar huis, naar Jane, Irina en Freda. Verlangen naar de vele vrienden in de kerk, en naar de vertrouwdheid van de zondagse kerkdiensten. Blijdschap om de goede tijd die ze de afgelopen twee maanden gehad hadden, om het weerzien met familie en vrienden, en om de mooie trips die ze hadden gemaakt. Maar ook voelde ze de pijn van het afscheid van haar moeder, van Rineke, van haar broers, pijn om het verdriet dat ze op haar moeders gezicht zag, elke keer als er weer afscheid genomen moest worden. Ze voelde verdriet dat ze Margy weer een hele tijd niet zou zien.

Ze herinnerde zich dat ze vergelijkbare gevoelens had toen ze in haar eentje op familiebezoek in Nederland geweest was. Dat zal altijd wel zo blijven, dacht ze nu wat gelaten. Was ze in Nederland, dan had ze heimwee naar huis, en was ze thuis, dan zou ze af en toe willen dat Nederland om de hoek lag, zodat ze zomaar om een bakje koffie kon bij haar moeder of haar zus. Was dat laatste ook een vorm van heimwee? Nog steeds, na bijna dertig jaar?

Nee, dat was het niet, wist ze. Ze zou ook af en toe willen dat al haar dochters bij hen in de buurt bleven wonen zodat ze er regelmatig zou kunnen binnenwippen. Het zou wel te maken hebben met een behoefte om haar geliefden bij zich in de buurt te hebben.

En dat ze het af en toe fijn vond om weer even terug te zijn op haar geboortegrond, had ook niks meer met heimwee te maken. Maar daar, in het oude Zoetermeer, kon ze zich soms, heel even maar, weer het kleine meisje voelen dat ze toen was, en dat herinnerde haar aan een tijd waarin alles zo simpel leek en 'geluk heel gewoon was', zoals dat liedje ging.

Misschien had ieder mens dat wel, en hoorde dat bij het ouder worden: een weemoedig verlangen naar een tijd waarvan je wist dat die niet meer terugkwam.

15

Weer gingen er enkele jaren voorbij. Margy en Peter waren na twee jaar verblijf in Europa weer terug in Australië. Zij waren nu getrouwd – waar Reina's broer Johan tot hun grote verrassing ook bij aanwezig was geweest – en woonden en werkten in Kalgoorlie. Ze waren de trotse ouders van een zoontje: Matthew.

Reina vond het een geweldige ervaring om oma te worden, ze vond het alleen jammer dat haar kleinzoon zo ver weg woonde. Gelukkig kwamen Margy, Peter en Matthew regelmatig een weekend naar Perth, of gingen Arend en zij een weekend naar Kalgoorlie.

Irina was enkele jaren geleden ook getrouwd. Zij had jarenlang gecorrespondeerd met Vick, een jongen uit de Filipijnen, en dat had tot een huwelijk geleid. Vick was naar Australië overgekomen, en hij en Irina woonden niet zo ver bij Arend en Reina vandaan. Zij hadden ook een zoontje, Rico, en Reina paste vaak op hem. Ze vond het heerlijk om Rico zo van nabij te zien opgroeien.

Jane en Trevor waren helaas na een paar jaar gescheiden, en Jane woonde sindsdien afwisselend thuis of in het huis van kennissen of vrienden die een paar maanden weg waren, zodat zij op het huis kon passen. Ook Freda woonde nu eens thuis, en dan weer bij een vriendin.

Nu de kinderen allemaal op eigen benen stonden, was het voor Arend en Reina wat gemakkelijker geworden om plannen te maken voor een reis naar hun familie in Nederland. Er stond inmiddels weer een reis op stapel, maar eerst kregen ze zelf bezoek vanuit Nederland: Suzanne, de oudste dochter van Rolf en Neline, kwam in september 1999 voor een halfjaar naar Australië om daar naar de bijbelschool van Youth with a Mission te gaan. Ze logeerde eerst negen dagen bij Arend en Reina en zou zich daarna bij de internationale groep jongeren voegen, vooralsnog ook in Perth, maar later zouden ze naar Sydney gaan.

Tijdens Suzannes negendaagse verblijf bij Arend en Reina kwam er een verontrustend telefoontje vanuit Nederland: vader Van Liere had een lichte beroerte gekregen.

Hij was in 1994 voor het laatst op bezoek in Australië geweest en was toen vijf maanden gebleven, tot kort voor zijn tachtigste verjaardag. Na zijn terugkomst in Nederland was hij verrast door de kinderen en kleinkinderen die een feest voor hem hadden georganiseerd in de Pelgrimshoeve, waar hij al jaren vrijwilliger was. Reina had daar ook haar bijdrage aan geleverd door aan alle Australische vrienden en kennissen van 'opa' kaarten uit te delen en hun te vragen daar een boodschap voor hem op te schrijven. Reina had al die kaarten in een mooi album verzameld en dat naar Neline gestuurd, die dat album op het feest had overhandigd aan vader Van Liere. Wat was hij blij verrast geweest! Dat hadden ze kunnen zien op de video die gemaakt was op het feest en die zij ook toegestuurd gekregen hadden.

Na die tijd was hij lichamelijk langzaam achteruitgegaan. Hij was begin dit jaar naar een kleinere flat verhuisd. Er was prostaatkanker bij hem ontdekt, en sinds kort had hij een katheter, die regelmatig voor wat ongemakken zorgde. En dan nu een beroerte!

Ook Suzanne had het moeilijk met dit bericht. Zij was erg op opa gesteld, en vorige week was hij nog mee geweest naar Schiphol om haar uitgeleide te doen. En nu dit bericht te horen terwijl ze zo ver bij hem vandaan was...

Reina was blij dat ze de tickets voor hun reis naar Nederland al geboekt hadden. Ze hoopte dat haar schoonvader weer wat op zou knappen en dat ze hem over vier weken weer in haar armen zou kunnen sluiten.

Een paar weken daarna kwam er opnieuw slecht nieuws: Irina was zwanger van haar tweede kindje, maar op een nacht begon ze te vloeien. Ze moest voor een echo naar het ziekenhuis, en daar kregen zij en Vick te horen dat ze een miskraam had, en dat ze een nachtje over moest blijven. Ze waren erg verdrietig.

Reina, die op Rico paste, had met haar dochter te doen. Irina was als kind al een echt moedertje geweest, en ze had zich weer zo op dit kindje verheugd. Reina zuchtte. Over een week zouden zij en Arend naar Nederland gaan, en daar verlangde ze ook naar, zeker nu vader Van Liere zo achteruitging en haar moeder steeds ouder werd. Maar anderzijds zou ze nu ook graag bij Irina in de buurt willen blijven. Ze wilde dat ze zich in tweeën kon delen. Helaas, dat ging niet. Of helaas? Misschien maar goed ook, want dan zou ze aan twee lijven misschien ook niet genoeg hebben en een derde en misschien zelfs een vierde willen...

De week daarna vertrokken Arend en Reina naar Nederland. Margy, Peter en Matthew waren het weekend daarvoor gedag wezen zeggen, en Jane en Freda gingen samen met wat vrienden mee naar het vliegveld om hen uit te zwaaien.

Ze hadden een voorspoedige vlucht, maar waren blij toen ze voet op Nederlandse bodem konden zetten, want het was en bleef een lange zit. Vanaf Schiphol reden ze mee met Rineke en Harmen, bij wie ze deze keer zouden logeren, want voor moeder Westhoek werd het toch wat te druk om logés te hebben. Reina genoot van de stevige Hollandse winterkost die ze bij haar zus kreeg. Hutspot en zuurkool smaakten hier toch anders dan in Australië, en dan dat heerlijke draadjesvlees... dat was smullen!

Vader Van Liere was nog steeds niet in orde toen ze hem opzochten. Ze gingen zo vaak mogelijk bij hem op bezoek. Op een avond voelde hij zich erg akelig en moest de dokter gewaarschuwd worden. Reina en Arend besloten die nacht maar bij hem te blijven, ze wilden hem nu niet alleen laten. Met een paar kussens en wat dekens maakten ze een paar provisorische bedden op de grond, maar ze sliepen weinig die nacht. De volgende dag ging het gelukkig weer iets beter met vader. Net die dag werden er een paar nieuwe keukenkastjes bezorgd, dus haalden Arend en Reina de oude kastjes leeg, waarna Arend ze verwijderde en de nieuwe kastjes ophing. Zo hadden ze het gevoel dat ze tenminste nog iets voor hun vader konden doen.

De weken daarna waren gevuld met familiebezoek en een familie-Van-Lieredagje met de gezinnen van Fred en Rolf in de dierentuin in Arnhem, en ten slotte met de vijfentachtigste verjaardag van vader Van Liere. Arend en Reina bleven heel de dag bij hem en voorzagen de vele visite die langskwam van koffie, thee en gebak. Vader Van Liere genoot van het bezoek, maar aan het eind van de dag was hij erg vermoeid.

Twee dagen daarna gingen Arend en Reina weer bij hem langs, nu om afscheid te nemen, omdat ze de dag erna weer naar Australië zouden vertrekken. Het afscheid viel van beide kanten zeer zwaar, het was onwaarschijnlijk dat ze elkaar hierna nog terug zouden zien, althans, hier op aarde.

Ook het afscheid van haar moeder viel Reina weer zwaar. Moeder was nu al zesennegentig, zou zij de honderd halen? Dat was maar weinigen gegeven. Maar moeder was een sterke vrouw, en waar moeders eigen moeder de laatste jaren van haar leven aan alzheimer had geleden, was zijzelf nog helder van geest.

Moeder Westhoek zag dat Reina het moeilijk had. Ze probeerde haar dochter wat op te monteren. 'Vorige keer dachten we ook al dat het de laatste keer was, weet je nog, toen ik negentig werd? Maar we hebben deze periode ook weer gekregen, en dat hadden we toen niet kunnen denken. Wie weet staat God ons toe dat we elkaar over een paar jaar nog eens zien. En zo niet, dan hebben we deze tijd gekregen, die neemt niemand ons meer af.'

Sterke, dappere moeder...

Het jaar 2000 brak aan. En ook al zou het nieuwe millennium officieel pas in 2001 beginnen, toch was dat jaar 2000 een soort magische datum, waarop met name op het gebied van computers en computergestuurde apparaten problemen verwacht werden. Vooral in bijvoorbeeld ziekenhuizen, vliegtuigen en kern- en elektriciteitscentrales zou dat tot gigantische problemen kunnen leiden. Wereldwijd waren er miljarden uitgegeven om dergelijke 'millenniumproblemen' te voorkomen en computers 'millenniumbestendig' te maken, en er werd met spanning uitgezien naar hoe die zich tijdens de overgang naar 1 januari 2000 zouden gedragen.

Tot verrassing van vele deskundigen deden de verwachte problemen zich amper voor, ook niet in landen die zich niet of nauwelijks hadden voorbereid op dergelijke storingen. Dus kwamen er vragen of al die miljarden niet beter anders besteed hadden kunnen worden.

Reina hield zich niet bezig met dergelijke problemen. Reina had andere dingen aan haar hoofd: ze werd weer oma! Margy verwachtte haar tweede kindje.

Op 18 mei werd de tweede zoon van Margy en Peter geboren. Hij werd Leroy genoemd. 'Zo zit er toch nog iets van mijn achternaam Van Liere in,' legde Margy uit door de telefoon.

Peter had een digitale camera, en al snel kregen Arend en Reina een foto van hun nieuwe kleinzoon via de mail binnen. Wat was dat toch een wonderlijk iets, vond Reina. Ze had het eerst al zo bijzonder gevonden dat ze een brief op de computer kon intikken en dat met één druk op de knop de brief binnen enkele seconden in Nederland of in Kalgoorlie of waar ook ter wereld was. Dat was heel wat anders dan de ouderwetse manier, waarbij je een brief handmatig schreef op heel dun, speciaal voor luchtpost bestemd postpapier, en die er vervolgens een week of drie over deed om van Nederland naar Australië of vice versa te komen. Ze stuurde nu bijna geen gewone brieven meer, alleen af en toe een brief met foto's naar moeder Westhoek of naar vader Van Liere. Die leefden allebei nog, alleen werd vader Van Liere steeds brozer. Hij zou binnenkort overgaan naar een verpleegtehuis en zag erg op tegen weer een verhuizing.

Maar dat bleek niet meer nodig. Op zaterdag 16 september kwam er een telefoontje van Rolf. Arend nam op. 'Pa gaat nu hard achteruit,' vertelde Rolf. 'Hij is vanmiddag opgenomen in het ziekenhuis, en Neline en ik zijn bij hem. Fred en Marije zijn net dit weekend met een groep mensen van de kerk naar een zustergemeente in het voormalige Oost-Duitsland. We hebben hen al gewaarschuwd, en ze proberen zo snel mogelijk terug naar Nederland te komen. Hopelijk zijn ze nog bijtijds om afscheid te nemen. Pa is nog wel bij, maar hij zakt langzaam weg, merken we.'

Toen Arend had opgehangen, zag hij dat Reina begrepen had waar het over ging. 'Pa?' vroeg ze.

Arend knikte. 'Hij is opgenomen in het ziekenhuis, Rolf en Neline zijn bij hem, en Fred en Marije zijn ook gewaarschuwd, die zitten net dit weekend in Duitsland.' Hij wreef even met zijn hand door z'n haren. Toen keek hij Reina aan. 'Zal ik kijken of ik op korte termijn naar Nederland kan gaan? Al is het maar voor de begrafenis...' Hij had niet de hoop dat hij zijn vader nog levend aan zou treffen.

Reina knikte.

Toen schoot Arend iets te binnen en hij fronste zijn wenkbrauwen. 'Tenminste, als dat lukt. Gisteren zijn de Olympische Spelen begonnen in Sydney, dus je hebt best kans dat veel vluchten al volgeboekt zijn.'

Hij ging direct aan de slag en was er heel de avond mee bezig, maar zijn vrees werd bewaarheid: op korte termijn naar Nederland vliegen zou nog wel lukken, maar terugkomen naar Australië was de komende één à anderhalve week niet mogelijk.

De volgende dag belde Rolf weer terug. Hij vertelde dat Fred en Marije een vlucht van Leipzig naar Amsterdam hadden kunnen regelen, en op Schiphol zou een taxi klaarstaan die hen regelrecht naar Zoetermeer zou brengen. Vader Van Liere was wat onrustig en had wat gekregen tegen de pijn.

Arend vertelde dat hij geprobeerd had een retourvlucht te boeken, maar dat dat niet mogelijk bleek. Ze spraken af dat ze via mail en telefoon contact zouden houden.

Maandagmiddag 18 september overleed vader Van Liere. Neline en Marije legden hem zelf af, en daarna werd het lichaam vervoerd naar de flat van vader Van Liere, waar hij opgebaard zou komen te liggen.

Arend en Reina hadden dagelijks contact met de familie in Nederland. Zo hoorden ze dat de kinderen en hun aanhang dinsdag naar Zoetermeer waren gekomen om gezamenlijk met de predikant, die 's middags kwam, de begrafenis van opa te regelen. En zo konden zij zelf ook nog hun ideeën naar voren brengen en meedenken over de liturgie. Reina dacht aan de tijd dat haar vader en later moeder Van Liere overleden was. Toen hadden ze het zonder al die moderne media moeten doen, was hun enige directe verbinding een telefoon geweest, en waren de gesprekskosten een stuk hoger dan nu.

Fred, Marije, Rolf en Neline bleven de hele week bij elkaar in de flat, samen met de opgebaarde vader Van Liere. Op het nachtkastje naast zijn bed stond de trouwfoto van vader en moeder Van Liere, en daarnaast lag hun trouwbijbel opengeslagen bij de trouwtekst: 'Mij ontbreekt niets.'

De begrafenisdienst was vrijdagmiddag in de Pelgrimskerk. Arend, Reina en hun kinderen waren er heel de dag in gedachten bij, en zouden later de video van de dienst krijgen. Daarop zagen ze dat de kist de kerk werd binnengedragen door Fred en Rolf en de vier zoons van Fred en Marije. Net als bij moeder Van Liere destijds kreeg de kist een plekje vooraan in de kerk. Op de kist stond een grote foto van vader Van Liere in zijn kaki overall die uit de gouden koets stapte. Die foto was genomen toen zijn karwei aan de gouden koets klaar was, en hij ter plekke de nieuwe ophanging aan mocht gaan brengen en daarna in de gouden koets een rondje over de binnenplaats mocht maken om te kijken of alles goed functioneerde.

'Zo gewoon, en toch zo bijzonder,' zei Rolf namens de familie. 'Wat is er nu gewoner dan een man in een overall, en de gouden koets mogen we toch wel bijzonder noemen. Dit tekent pa: hij was een gewone man, maar toch ook heel bijzonder.'

Rolf had aan alle kinderen en kleinkinderen van vader Van Liere gevraagd om hun specifieke herinnering aan hun vader of opa. Die herinneringen werden stuk voor stuk tijdens de dienst voorgelezen door Rolf. Er stond naast de preekstoel een grote vaas met daarin wit-roze rozen, en elke keer als Rolf iemands herinnering voorlas, ging die persoon naar de vaas, haalde daar een roos uit en liep daarmee naar de kist. Zo vormden ze met z'n allen een liefdevolle cirkel rondom de kist, alsof ze hem nog één keer in hun kring wilden voelen.

Er waren twee rozen die door Rolf zelf eruit gehaald en benoemd werden: een namens Annemarie, die tegenwoordig in een instelling woonde, en een namens de kleine Freddie, de kleinzoon die opa nooit had ontmoet.

Ankie, de vrouw van Martin, las de herinneringen voor van Arend, Reina en de meisjes, en haalde namens hen de rozen uit de vaas. Op deze manier waren zij toch aanwezig.

Rolf had de liturgie en de lijst met herinneringen alvast gemaild naar Arend en Reina, en toen Reina de vele diverse maar persoonlijke herinneringen van iedereen las, glimlachte ze. Ja, dit was pa Van Liere ten voeten uit. Ze dacht terug aan de keren dat hij bij hen geweest was, en waarin ze zo blij geweest was met zijn aanwezigheid. Ze dacht aan de vele vrienden die hij gemaakt had in Perth, en die hem ook zouden missen. Ze herinnerde zich de vele dingen die hij in en rond het huis gemaakt had, het '*opa can fix it*' van de meisjes, de prachtige molen die nog steeds hun tuin sierde, de vele uitstapjes die ze met hem gemaakt hadden.

Ze las de herinnering van Marije: 'Toen we nog niet zo lang geleden een keer bij pa op bezoek waren, dronken we thee met een biscuitje erbij. Een piepklein kruimeltje van het biscuitje viel op de rug van zijn hand. Pa verbaasde zich erover hoe het menselijk lichaam toch een wonder van God was, want zonder naar dat kruimeltje te kijken kon hij met de wijsvinger van zijn andere hand precies aanwijzen waar dat minuscule kruimeltje lag.'

Vader Van Liere was een aimabele, hardwerkende man geweest, alom gerespecteerd en geliefd door velen, en een voorbeeld voor zijn kinderen en kleinkinderen. Maar dat had hem niet hooghartig gemaakt, integendeel: hij wist zich heel zijn leven lang afhankelijk van en gedragen door zijn Schepper.

Ook al ging het er tijdens de begrafenisdienst heel anders aan toe dan Arend en Reina gewend waren, toch vonden ze het een liefdevol en mooi afscheid van hun bijzondere vader.

Het leven ging door. In maart 2001 werden Arend en Reina opnieuw opa en oma: Irina en Vick kregen hun tweede zoon, Dalyn. Hij werd gedoopt in dezelfde dienst als waarin Vick geloofsbelijdenis deed. Een bijzondere dag, die Reina vervulde met dankbaarheid.

Reina belde regelmatig met haar moeder. Die woonde nog steeds zelfstandig, samen met Johan. Wel ging het lopen steeds moeizamer, en er was een traplift in huis gekomen zodat ze wat gemakkelijker naar boven, naar haar slaapkamer kon komen. Er was een rolstoel aangeschaft voor als ze naar buiten wilde. Maar ze was nog steeds erg helder van geest.

Ook al had hun laatste reis naar Nederland nog maar ruim twee jaar geleden plaatsgevonden, Reina verlangde er erg naar om haar moeder nog eens te zien, zolang dat nog kon. Ze besprak dit met Arend, en hij vond het een goed idee om dit keer Jane en Freda mee te nemen. Toen vader Van Liere in 1987 Margy en Irina had meegenomen naar Nederland, had hij meteen geld gereserveerd voor de andere twee meisjes, zodat zij ook een keer de reis konden maken.

Reina legde dit voor aan Jane en Freda, en die waren daar uiteraard meteen voor te vinden. 'Leuk, dan zie ik al mijn neven en nichten weer!' juichte Freda.

Reina belde meteen naar haar moeder om haar te vertellen dat ze de hele maand mei 2002 in Nederland zouden zijn.

'Ik hoop dat ik er dan nog ben,' zei moeder Westhoek laconiek. 'Ik ben al achtennegentig, ik ken maar weinig mensen die zo oud geworden zijn.'

'Wij hopen en bidden met u mee,' lachte Reina. 'Nog vier maanden, dan hoop ik u weer in mijn armen te kunnen sluiten.'

Vier maanden. Dat leek nog een eind weg. Maar Reina was die maanden druk bezig met de vijftigste verjaardag van de kerkelijke gemeente, die in april plaats zou vinden. Elke groep in de gemeente bereidde iets voor om deze viering luister bij te zetten. Reina maakte met de handarbeidgroep een hoeveelheid kaarsen, een voor elk gezin, met daarop een afbeelding en de naam van de kerk. Het was een hoop werk, maar ze vond het erg leuk om te doen. En namens de vrouwenvereniging maakte ze een quiz met vragen over allerlei dingen die in de afgelopen vijftig jaar in de gemeente gebeurd waren.

De avond was een groot succes, en er heerste alom dankbaarheid over de zegeningen die de gemeente in de afgelopen jaren ervaren had.

Mei brak aan, en weer werd begonnen aan de lange vlucht van Perth naar Amsterdam. Ze hadden die vlucht nu al diverse malen gemaakt, maar het was en bleef een lange zit, ook al was het aantal tussenstops teruggebracht van zes naar één. Vermoeid kwamen ze op Schiphol aan, waar een deel van de familie al op hen stond te wachten. Ze reden met z'n allen naar het huis van Rineke en Harmen, waar Reina en Arend zouden logeren. Rineke stond voor het raam op de uitkijk en deed meteen de deur open toen ze de auto's aan zag komen. Ze opende haar armen wijd toen Reina uitstapte. 'Welkom, zus!'

Het viel Reina op hoe Rineke en zij steeds meer op elkaar – en op hun moeder – gingen lijken. Dat was in het echt nog beter te zien dan op foto's. Ze omhelsde haar zus. O, wat voelde dat toch weer goed!

Eenmaal binnen vloog Reina meteen naar haar moeder toe, die al verlangend had uitgezien naar dit moment. Ze knuffelden elkaar stevig, en moeder klopte met haar hand op de stoel naast haar: 'Kom maar gezellig naast mij zitten.' Af en toe pakten ze elkaars hand, en het was moeilijk te zeggen wie meer van het weerzien genoot: moeder Westhoek of Reina.

Na de koffie met cake gingen Jane en Freda mee met Martin en Ankie, bij wie ze de eerste week zouden logeren. Daarna mochten ze een paar dagen in het huis van Dorine, de dochter van Martin en

Ankie, die in Amsterdam woonde. Zij was die dagen zelf op vakantie en had haar huis beschikbaar gesteld aan de meisjes. En vandaar zouden ze naar Rolf en Neline gaan, die tegenwoordig in Waspik woonden.

Reina en Arend genoten van hun verblijf in Nederland. Wel was het vreemd om niet meer op bezoek te kunnen gaan bij vader Van Liere. Ze gingen diverse keren wandelen met moeder Westhoek in de rolstoel, namen haar mee naar de Dorpsstraat en gingen met haar koffiedrinken in een restaurant. Met Johan bezochten ze de Floriade en gingen ze een dagje naar de Keukenhof. Daar waren ze al vaker geweest, maar dat verveelde nooit. Ook gingen ze een dag naar Gouda en bezochten daar de Sint Jan, het museum en de markt. Uiteraard kochten én proefden ze daar de heerlijke verse Goudse stroopwafels, nog lekker warm! Reina smulde ervan. In Australië verkochten ze ook weleens stroopwafels, maar die smaakten toch niet zoals deze. Met Rineke en Harmen gingen ze een dagje naar Blijdorp, en met Martin en Ankie bezochten ze Ankies moeder en daarna gingen ze naar Kinderdijk om de molens te bezichtigen.

'Een echt Hollands plaatje,' verzuchtte Reina.

Arend keek opzij. 'Hoor ik daar iets van heimwee?'

Reina stak haar arm door die van hem. 'Welnee, ik heb het prima naar mijn zin in Perth, dat is mijn thuis. Maar Nederland blijft toch ook een apart plaatsje innemen in mijn hart. Logisch, daar heb ik jou ontmoet.' Ze grijnsde naar hem.

Hij lachte lief naar haar. 'En ik jou. Ik weet het nog als de dag van gisteren.' Hij drukte haar even tegen zich aan.

Op een zonnige dag maakten ze samen een fietstocht naar de Rottemeren. Daar huurden ze een roeiboot en ze brachten een uur op het meer door. Terwijl Arend lange slagen maakte, leunde Reina achterover met haar gezicht naar de zon geheven. 'Hè, wat is dit heerlijk,' zei ze genietend. 'Zo zou ik wel uren willen blijven zitten. Wat zouden de meisjes op dit moment doen?'

'Welke meisjes?' vroeg Arend. 'Margy en Irina, of...?'

'Jane en Freda natuurlijk, suffie,' zei Reina.

'Nou, die vermaken zich best, denk ik. Rolf en Neline zullen vast wel weer wat leuks voor hen in petto hebben.'

Hij kreeg gelijk. 's Avonds belden Jane en Freda en ze vertelden enthousiast over hun bezoek aan de Efteling. 'Fantastisch!' 'Super!' Ze raakten er niet over uitgepraat.

Freda kreeg haar zin en zag de neven en nichten van de Van Liere-kant tijdens een bijzonder gezellig weekend in Oosterhout. Jeroen, de oudste zoon van Fred en Marije, was inmiddels getrouwd met zijn Bauke – op 9 juni 2000, op de dag dat Arend en Reina vijfendertig jaar getrouwd waren – Martijn en Sander hadden ook al een tijdje verkering en brachten hun vriendinnen Lies en Suzanne mee, en Marjolein introduceerde haar vriend Arno. Die kreeg het moeilijk dit weekend, daar was hij al voor gewaarschuwd. Bij de kinderen van Fred en Marije was het met de komst van de aanhang de gewoonte geworden om de nieuwkomer aan een test te onderwerpen: die moest de juiste naam aan de juiste persoon zien te koppelen, en met een groeiend aantal gezinsleden werd dat steeds moeilijker. Vaak werd er dan ook vooraf geoefend aan de hand van foto's. Arno moest nu niet alleen de broers en zusjes van Marjolein bij naam kunnen noemen, maar ook Rolf, Neline, hun kinderen, én Arend en Reina met Jane en Freda. Maar hij slaagde met glans!

Het weekend werd doorgebracht met wandelingen, veel spelletjes doen, veel bijpraten, en zaterdagavond met z'n allen heerlijk uit eten in een restaurant. De kinderen spraken allemaal redelijk tot goed Engels, dus dat gaf geen communicatieproblemen.

Op 23 mei vierde Reina haar tweeënzestigste verjaardag. Rineke had allerlei lekkers voor bij het ontbijt gehaald, en ook Johan en moeder Westhoek kwamen mee ontbijten.

Moeder Westhoek keek naar Reina. 'Tjongejonge, dat je nu toch alweer tweeënzestig bent. Zo oud was ik bijna toen jullie naar Australië vertrokken.'

Reina moest even rekenen. Moeder was van augustus 1903 en ze waren in juli 1965 geëmigreerd, nu alweer bijna zevenendertig jaar geleden. Zij was toen zelf vijfentwintig.

Ineens schoot haar iets te binnen. ‘Hé, dan is dit mijn zesentwintigste verjaardag in Nederland, da’s tweeënzestig omgedraaid. Bijzonder, hoor!’

’s Middags brachten Reina en Arend samen met Johan en moeder Westhoek een bezoek aan Wijnand. Hij toonde zich blij hen te zien, en pakte steeds Reina’s hand met een grote glimlach op zijn gezicht. Reina was er steeds weer blij verbaasd over dat hij hen elke keer weer herkende, ook al zaten er vaak jaren tussen hun bezoeken aan hem. Toen ze dat uitsprak, zei haar moeder: ‘Als jullie nieuwe foto’s gestuurd hebben, laat Johan die altijd zien aan hem, en hij bekijkt ze steeds erg aandachtig.’ Wijnand lachte maar weer eens.

Op 31 mei moest er weer afscheid genomen worden. Reina dacht aan de vorige keer dat zij afscheid nam van haar moeder, toen zij er ook al rekening mee had gehouden dat het de laatste keer zou zijn dat zij haar moeder zag. Zou dit nu echt de laatste keer zijn?

In het vliegtuig ging ze alle gebeurtenissen van de afgelopen maand nog eens na. Het was een goede tijd geweest, en ze had mooie herinneringen en een heleboel foto’s. Het was ook goed geweest om de familie in Nederland weer te zien. Maar nu verlangde ze naar haar eigen huis, en naar haar andere dochters en de kleinkinderen. Irina was weer zwanger, nu vijfenhalve maand, hoe zou het met haar gaan? En zouden Rico en Dalyn opa en oma gemist hebben?

Op 10 september 2002 kregen Irina en Vick een dochter, zusje van Rico en Dalyn. Ze was de eerste kleindochter van Arend en Reina, en hun vijfde kleinkind. Ze kreeg de namen Ardeen Regina, naar Arend en Reina, en woog bijna zeven pond. Jane mocht bij de bevalling zijn, ze vond het een fantastische ervaring. Jane had als kind al een hartruis gehad en was daar jaarlijks voor onder controle gebleven. Ze had daar vooralsnog weinig last van gehad, maar bij een van de controles was gebleken dat ze een beschadiging had aan de mitraalklep, de hartklep tussen de linkerboezem en de linkerkamer van het hart. Ze wist niet of zijzelf ooit moeder zou kunnen worden en vond het dus heel bijzonder om de bevalling van zo nabij mee te maken.

In maart 2004 moest Jane naar het ziekenhuis. Tijdens een openhartoperatie zou er worden gekeken of de mitraalklep nog gerepareerd zou kunnen worden, of dat die vervangen zou moeten worden. Gelukkig was de klep in dusdanige staat dat hij gerepareerd kon worden. Jane lag een week in het ziekenhuis en ging daarna een week naar Arend en Reina. Begin mei kon ze weer aan het werk, een maand eerder dan gepland.

Reina was blij dat alles zo goed afgelopen was. Zij had zich ernstige zorgen gemaakt, maar indachtig haar trouwtekst had ze ook die zorgen bij de Heere gebracht.

Ze realiseerde zich weer eens hoe breekbaar een mensenleven was. Niet iedereen was zo taai en zo sterk als haar moeder! Die had vorig jaar augustus haar honderdste verjaardag gevierd. Johan had toen in 't Centrum een receptie voor haar georganiseerd, en daar waren zo'n zestig mensen geweest. Reina had een vlag voor haar gemaakt, die Johan had opgehangen in de hal van 't Centrum. Ook hadden Arend en Reina een grote bos bloemen laten bezorgen. Later had Rineke hun een hele collectie foto's gestuurd die die middag gemaakt waren. Het was fijn om op de foto's alle familieleden weer te zien. Fred en Marije waren ook geweest, als plaatsvervangers van Reina en Arend.

Dit jaar zou moeder honderdeen worden. Zou ze dat halen?

Even zag het daar niet naar uit. Begin augustus kreeg Reina een verontrustend telefoontje van Johan, die vertelde dat moeder Westhoek in het ziekenhuis opgenomen was met ademhalingsproblemen. Ook was ze af en toe in de war. Maar ze knapte weer op en mocht naar huis, waar ze eind augustus haar verjaardag mocht vieren.

Reina had haar moeder een lange tijd aan de telefoon. Moeder Westhoek vertelde dat zelfs de burgemeester op bezoek was geweest. 'Kun je dat geloven? De burgemeester! Voor zo'n gewoon iemand als ik!'

Reina lachte. 'Nou, zo gewoon is het toch niet dat iemand zo oud wordt als u. Dus daar mag best een bezoek van de burgemeester tegenover staan.'

Moeder Westhoek kon er niet over uit. Na het gesprek legde Reina lachend de telefoon neer. 'Moeder had nog een hoop praatjes. Als ze zo doorgaat, haalt ze de honderdtwee ook nog wel.'

Maar dat mocht niet gebeuren. Half december overleed moeder Westhoek, honderdeen jaar oud, nadat ze na een beroerte opgenomen was in het ziekenhuis. Johan belde naar Reina en Arend en sprak een lange tijd over wat er gebeurd was en wat er de komende dagen ging gebeuren.

'Wil jij een in memoriam voor moeder maken? Dan wil Ankie dat wel voorlezen tijdens de begrafenisdienst,' had Johan gezegd.

'Dat wil ik wel,' zei Reina. 'En misschien een vreemde vraag, maar willen jullie voor ons een foto maken van moeder in de kist?'

'Ja hoor, dat doen we. Ze ligt er mooi bij,' zei Johan. 'Ze wist dat ze naar haar Heiland ging, en dat gaf haar rust.'

Toen Reina later de foto's ontving, was ze dat met hem eens. Moeder had haar lievelingsjurk aan en zag er erg vredig uit. Reina was blij met de foto's. Het was zo'n onwezenlijk idee dat haar moeder, van wie ze zo veel hield, er niet meer was. Door de foto's kon ze daar nu niet meer omheen.

En het is goed zo, ging het door haar heen. Moeder had de leeftijd der zeer, zeer sterken bereikt. Ze was een gelovige vrouw, en had haar kinderen in en met dat geloof grootgebracht. Moeder was haar leven lang de centrale figuur geweest in hun gezin, en Reina was blij dat ze haar twee jaar geleden nog in gezondheid had mogen zien en spreken.

Ze schreef een in memoriam voor haar moeder, dat regelrecht uit haar hart kwam en in een mum van tijd op papier stond. Daarna mailde ze het met één druk op de knop naar Ankie. Weer bedacht ze dat in dit opzicht de moderne media een zegen waren.

Arend en zij hadden nu beiden geen ouders meer. Vreemd gevoel. Alsof zij nu een stukje opgeschoven waren in de lijn der generaties. Nu waren er geen ouders meer om op terug te vallen, nu waren zij zelf de 'pater en mater familias', die gericht waren op de jongere generatie. Het voelde alsof met de dood van hun ouders weer een draadje dat hen verbond met Nederland, verbroken werd. Zou het zo werken? Steeds meer draadjes los, totdat alle draadjes verbroken waren die hen met Nederland verbonden?

16

De familie in Nederland was echter niet van plan om van hun kant die draadjes met Arend en Reina te verbreken. In juli 2004 waren Rolf en Neline met hun dochters Suzanne en Judith een week geweest, voorafgaand aan hun tour door Australië, en in januari 2005 belde Johan dat hij in juni op bezoek zou komen, dit keer met Rineke en Harmen. 'We blijven tot 5 juli. Dan kunnen we jullie veertigjarig huwelijk meevieren, en ook het huwelijk van Freda en Phynn bijwonen.' Freda en haar vriend Phynn waren in september 2004 verloofd en zouden op 11 juni 2005 gaan trouwen.

Johan, Rineke en Harmen arriveerden op 5 juni. Irina met haar kinderen en Jane waren ook bij het vliegveld om hen te verwelkomen. Rineke viel vermoeid haar zus in de armen. 'Eindelijk…'

'In twee opzichten. Lange reis zeker?' vroeg Reina, en toen Rineke knikte: 'Maar nu kun je ook "eindelijk" zien waar ik terechtgekomen ben. In het echt is dat toch anders dan op foto's.'

Rineke lachte. 'Dat had ik van moeder al begrepen. Toen ze bij jullie geweest was, zei ze: "Ik wist hoe het huis eruitzag en zo, maar die geuren, en die warmte, en die vliegen… Dergelijke dingen haal je niet van de foto's."'

Ze moesten allebei lachen.

Reina legde haar handen op de schouders van haar zus. 'Je gaat steeds meer op moeder lijken, weet je dat?'

Rineke lachte weer. 'Wou jij wat zeggen?'

Toen was Johan aan de beurt voor een begroeting. Reina was blij om hem te zien. Toen ze naar de auto liepen, stak ze haar arm bij hem in en vroeg: 'Hoe is het nu met je? Ik bedoel… sinds moeder er niet meer is. Jullie hadden toch een hoop gezelligheid aan elkaar.' Ze had dat ook al aan de telefoon gevraagd, maar toen was Johan daar wat vaag over geweest.

Johan knikte nu. 'Ja, dat is zo. Ik mis haar steeds meer. In het begin had ik het druk met van alles regelen rondom de post en zo, en haar spullen uitzoeken en opruimen, maar de laatste tijd loop ik mezelf gewoon een beetje te zoeken. Er is niemand meer om voor te zorgen, maar ook niemand meer die me blij begroet als ik thuiskom. Ik ga nu maar wat vaker naar de Pelgrimshoeve, daar heb ik mensen om me heen. En ik zoek Wijnand wat vaker op. Ik kan merken dat ook hij moeder mist, al kan hij zich niet uitdrukken. Ik heb me erg verheugd op deze reis, er even lekker tussenuit.'

'Wij hebben ons ook allemaal verheugd op jullie komst,' zei Reina warm. 'Margy en de kinderen komen van de week ook over, voor de bruiloft van Freda en Phynn.'

'Drukke week dus,' zei Johan. 'Met jullie trouwdag er ook nog bij.'

'We hebben besloten om die later in de maand of begin volgende maand te vieren, anders wordt het wel heel veel kort op elkaar,' zei Reina. 'En jullie moeten de komende dagen eerst nog bijkomen van de reis.'

Johan knikte vermoeid. 'Nou! Ik heb weinig geslapen in het vliegtuig, en ik ben ook de jongste niet meer.' Hij was in januari zeventig geworden.

Reina gaf hem een plagerig duwtje. 'Ouwe bok!'

'Nou,' zei Johan ernstig, 'als je eraan denkt dat vader maar zevenenzeventig geworden is, zou ik nog maar zeven jaar te gaan hebben als ik net zo oud zou worden als hij. Door moeders overlijden is die gedachte toch dichterbij gekomen.'

Reina fronste haar wenkbrauwen. 'Niet zo somber, joh! Voor 't zelfde geld mag je net zo oud worden als moeder, en heb je nog meer dan dertig jaar voor je liggen.'

'We zien wel,' zei Johan. Intussen waren ze bij de auto's aangekomen. De bagage en de passagiers werden verdeeld, en daarna reden ze gezamenlijk naar het huis van Arend en Reina.

Daar aangekomen keek Rineke om zich heen. 'Moeder had gelijk,' zei ze. 'Het ruikt hier heel anders dan bij ons. En de lucht voelt ook anders aan.'

Reina knikte. 'Ik weet het. Gek hè, als ik in Nederland ben, heb ik dat helemaal niet, dat ik andere geuren ruik. Maar dat zal wel komen omdat dat nog ergens in mijn systeem zit verborgen, waardoor het toch vertrouwd aanvoelt.'

De dagen vlogen voorbij. De bruiloftsceremonie van Freda en Phynn was geweldig, de dienst indrukwekkend. Freda zag er prachtig uit in haar bruidsjurk, Jane en Ardeen waren schattige bruidsmeisjes, en zelfs het weer werkte mee: het regende wel af en toe, maar op de momenten dat het erop aankwam was het droog. De receptie werd bezocht door zo'n honderd gasten, en Margy deed het goed als ceremoniemeester. Freda maakte veel indruk door vier liederen te zingen, begeleid door Phynn aan de piano. Iedereen was het erover eens dat dat veel mooier was dan de traditionele 'Bruiloftsmars'.

Rineke en Reina brachten veel tijd samen door. Reina vond het heerlijk om haar zus zo dicht in de buurt te hebben, en nu zelf gastvrouw voor haar te kunnen zijn. En Rineke vond het fijn om haar zus mee te maken in haar eigen bedoening, met haar kinderen en kleinkinderen om zich heen.

Uiteraard stonden er allerlei toeristische trips op het programma, en werden de huizen van Irina, Jane en Freda bewonderd. Arend nam Johan en Harmen mee naar het Maritiem Museum in Fremantle, en ging met hen in een onderzeeboot mee. 'Echte mannendingen,' vond Reina, 'wij gaan lekker ons eigen ding doen, nietwaar, Rineke?' En ze nam Rineke mee de stad in, naar een huishoudbeurs.

Met z'n vijven maakten ze een dagtocht per touringcar door het zuidwesten. Ze vertrokken al vroeg. Eerst reden ze naar Mandurah, waar ze een ontbijt kregen en dolfijnen zagen zwemmen in het kanaal. Daarna reden ze naar een wijnboerderij waar ze enkele wijnen konden proeven. Vervolgens stond een roofvogelfarm op het programma. Daar kregen ze een picknick aangeboden, waarna er een show volgde met kiekendieven die omhooggeworpen stukjes vlees in hun bek opvingen. Sommige mensen mochten een roofvogel op hun hand houden, met een dikke handschoen aan.

Daarna ging de rit verder naar Augusta, waar ze de vuurtoren op Cape Leeuwin bezochten. Er ging een trap van honderdzesenzeventig treden naar boven, die ze allemaal beklommen, zelfs Johan met z'n zeventig jaar. Het uitzicht boven was fantastisch: aan de ene kant van de vuurtoren was de Indische Oceaan, aan de andere kant de Zuidelijke IJszee.

Op de terugweg kwamen ze door een bos met erg hoge bomen, en na een diner in Busselton reden ze weer terug naar huis, waar ze 's avonds om kwart over tien aankwamen. Een lange maar erg fijne dag!

Op zaterdag 2 juli vierden Arend en Reina hun veertigjarig huwelijk. Ze kregen een lunch aangeboden in een bistro in Belmont. Alle kinderen en kleinkinderen waren aanwezig, en Reina vond het fijn dat ook haar broer, zus en zwager erbij konden zijn. Van de andere familieleden in Nederland waren er op 9 juni al bloemen en felicitaties geweest.

Tijdens de lunch was er een diapresentatie met dia's vanaf hun trouwdag in 1965 tot 1990. Ook kregen Arend en Reina een fotoboek: 'Dit is jullie leven.' Daarin had elk van de vier meisjes achtereenvolgens tien jaar van de afgelopen veertig jaar beschreven, met foto's en gebeurtenissen uit die tien jaar.

Op de eerste pagina stond hun trouwfoto, en daarboven hun trouwtekst uit Filippenzen 4:6 en 7 en de laatste woorden uit de preek van de dominee tijdens de trouwdienst: 'Bruid en bruidegom, jullie zijn een gelukkig stel, want jullie willen samen wandelen met God. Hij zal altijd en overal met jullie zijn. Hij zal waken over jullie levens, van nu aan tot in eeuwigheid.'

Margy had daaronder geschreven: *Met deze laatste woorden geeft de dominee de hoofdlijnen aan van een zorgvuldig gekozen thema dat Arend en Reina gebruiken als basis voor hun leven samen.*

Reina bekeek de foto's en de soms grappige teksten die daarbij stonden. De foto van hun eerste koophuis in Oats Street. Daaronder een foto van de kleine Freddie, waarbij zijn tragische overlijden genoemd werd. Daarna foto's van hun groeiende gezin, de meisjes als baby, maar later in hun schooluniformpjes, en hun eerste bezoek aan Nederland met een foto van het schilderij voor opa en oma Westhoek, en een foto van opa Westhoek die Jane een toetje voerde, zo te zien aan de dingen die op tafel stonden was dat bloempap met stroop. Daarna schoolfoto's van de meisjes, en foto's van het bezoek van opa en oma Van Liere in 1980. Reina wees: 'Kijk eens, toen waren opa en oma Van Liere veertig jaar getrouwd, en zij vierden dat bij ons. Nu zijn wij zelf alweer veertig jaar getrouwd!' Ze bladerde weer verder.

Elke foto riep zijn eigen herinnering op. De speelkamer die gebouwd werd toen Rolf en Neline op bezoek kwamen. De muizen Mozes en Jeremia. Het tweede bezoek aan Nederland, toen oma Van Liere al zo ziek was. Foto's van de keren dat opa Van Liere op bezoek geweest was. De molen die hij gemaakt had. Foto's van het huis in Belgravia Street, en van de verschillende auto's die iedereen gehad had. Daarna foto's van de diverse bruiloften, en de kleinkinderen ontbraken uiteraard ook niet.

Iedereen moest lachen om een grappige foto van Johan, die in gekke kledij – op sokken en sloffen, met een rok met allerlei figuurtjes, een gestreept shirt en een gek hoedje op – een bos rode anjers aan Irina aanbood. Foto's van diverse vakanties in Australië, en van hun overige bezoeken aan Nederland. Foto's van de huizen van de meisjes, en een van Jane vlak na haar operatie. Een foto van oma Westhoek achter haar rollator, en van het bezoek van Rolf en Neline met hun dochters. En – heel verrassend – er stonden ook al foto's in van de aankomst van Johan, Rineke en Harmen, en van de bruiloft van Freda en Phynn.

De laatste pagina's waren gevuld met verschillende foto's van Arend en Reina, in de loop der jaren genomen.

Reina sloeg met een zucht het boek dicht. 'Dank jullie wel!' zei ze uit de grond van haar hart. Ze drukte het boek tegen haar borst. 'Dit is een prachtig cadeau, hier hebben jullie ons heel blij mee gemaakt, hè Arend?' En ook Arend pinkte een traantje weg van ontroering.

Johan zei tegen de meisjes: 'Alleen ben ik het niet eens met de titel “Dit is jullie leven”. Dit gaat alleen maar over hun leven sámen, over de afgelopen veertig jaar. Maar ze hadden daarvoor ook al een leven, hoor, al speelde zich dat niet af in Australië maar in Nederland. Nu lijkt het net alsof die jaren er niet toe deden. En daar ben ik het niet mee eens. Die jaren hebben hen ook gevormd tot de mensen die ze nu zijn.’ Hij keek de meisjes wat bedenkelijk aan. Zijn woorden zouden toch niet verkeerd vallen?

Reina schoot hem te hulp. ‘Oom Johan heeft wel een beetje gelijk. Onze jaren in Nederland zijn niet los te zien van wie we nu zijn. In Nederland liggen onze wortels, en we hebben onze Nederlandse achtergrond meegenomen naar Australië. Dat is te zien in de manier waarop we ons huis inrichten, de dingen die op tafel komen, onze keuze voor een kerkelijke gemeente met een Nederlandse achtergrond, noem maar op. Maar aan de andere kant gaat dit fotoboek over ons nieuwe leven, het leven dat we hier opgebouwd hebben. Onze jaren in Nederland hebben we achter ons gelaten, en samen zijn we een nieuw begin begonnen. Misschien had het boek als titel moeten hebben: “Dit is jullie nieuwe leven”, of: “Dit is het leven van jullie samen”.’

Margy knikte. Zij had als oudste van de kinderen het meest meegekregen van die Nederlandse achtergrond, misschien had ze juist daarom wel de behoefte gehad om die paar jaar in Nederland door te brengen, om dat stukje van haar eigen wortels van nabij te onderzoeken. Ze lachte. ‘En als u wilt weten hoe heel mama’s leven gegaan is, oom Johan, dus ook de eerste jaren, dan moet iemand daar later maar eens een boek over schrijven.’

Iedereen begon te lachen, ook Johan, die zei: ‘Daar heb ik geen boek voor nodig, ik heb ze van nabij meegemaakt, die eerste vijfentwintig jaar.’

Toen werd hun aandacht getrokken door de ober die binnenkwam. In zijn handen droeg hij een prachtige taart, en toen hij die op tafel zette, lazen ze de woorden die daarop stonden: *Gelukkige 40e trouwdag*.

‘Ha, lekker, taart!’ riep Leroy, en hij werd bijgevallen door de andere kleinkinderen. Ook de kleine Ardeen klapte in haar handjes. 'Jammie!'

Het was een mooie afsluiting van een heerlijke lunch. Na afloop gingen ze met z'n allen naar een nabijgelegen park om familiefoto's te maken.

Twee dagen daarna moesten Rineke, Harmen en Johan hun koffers pakken. Er stond hun weer een lange vliegreis te wachten.

Alle kinderen en kleinkinderen gingen mee naar de luchthaven om oom Johan, tante Rineke en oom Harmen uit te zwaaien. Op het vliegveld bleef Reina zo lang mogelijk in de buurt van haar zus, alsof ze moeite had om haar weer te laten gaan. Ze hadden het zo goed gehad samen. Waarom was afscheid nemen altijd zo moeilijk? Waarom wende dat nooit?

'Hopelijk tot gauw ziens,' zeiden ze tegelijkertijd toen de tijd daar was. Ze lachten door hun tranen heen.

Nog een laatste knuffel, nog even elkaars handen vasthouden, en toen moesten ze elkaar toch echt loslaten.

Reina was wat verdrietig onderweg naar huis. Arend merkte het.

'Het zal stil zijn in huis nu ze weer weg zijn.'

Reina knikte. 'Gelukkig blijven Margy en Peter en de jongens nog een dag of tien in de buurt. Dat geeft een beetje afleiding.'

Hij legde even zijn hand op de hare. 'Vervelend hè, afscheid nemen.'

'Nou!' Het kwam uit de grond van haar hart. Er gleed een traan langs haar wang. Ze veegde hem snel weg. Nu niet gaan huilen, dat had geen enkele zin!

Toen Reina thuis de deur opende, viel de stilte als een zware deken over haar heen. De kapstok was akelig leeg, eronder geen schoenen van Harmen die hij altijd meteen uitschopte zodra hij binnen was. In de keuken stonden nog de kopjes van de laatste koffie die ze samen gedronken hadden, met de schoteltjes voor de cake die Rineke gisteren gebakken had. Ook de woonkamer, waar ze zo veel gezellige uurtjes met elkaar hadden doorgebracht, leek nu weinig uitnodigend.

Reina zakte op de bank neer en begon zacht te snikken.

Even liet ze zich helemaal gaan. Even stond ze zichzelf toe een diep verdriet te voelen. Verdriet, omdat ze Rineke nu al miste. Rineke was niet alleen haar zus, maar ook haar beste vriendin. Natuurlijk zouden ze elkaar blijven bellen en mailen, maar dat was toch anders dan samen dingen ondernemen. Zoals vroeger, toen ze samen op vakantie gingen en samen een slaapkamer deelden, maar ook nu deze weken, waarin ze samen hadden gelachen om dezelfde dingen, samen hadden genoten van een lekker bakje koffie, samen jeugdherinneringen hadden opgehaald. Met Rineke in Australië had ze dat samenzijn nog intenser ervaren dan wanneer ze zelf in Nederland was en ze bij Rineke logeerden. Want in Nederland waren er veel meer familieleden die hen bezochten of bezocht wilden worden, en waren hun dagen altijd meer dan gevuld, terwijl ze nu Rineke al die tijd om zich heen en voor zichzelf had gehad.

Het leek wel of ze, naarmate ze ouder werd, steeds meer behoefte kreeg aan mensen om zich heen met wie ze herinneringen deelde. De afgelopen weken had ze dat kunnen doen met Johan en Rineke. 'Weet je nog toen vader…' 'Weet je nog dat moeder…' 'O ja, en toen…'

Ze dacht aan de opmerking van Johan toen ze van de meisjes dat fotoboek kregen, over het opschrift 'Dit is jullie leven'.

Johan had gelijk gehad. Haar leven en dat van Arend was niet begonnen bij hun trouwdag, dat ging alleen maar over hun leven sámen. Voor die tijd had het grootste gedeelte van hun levens zich afzonderlijk van elkaar afgespeeld. Haar eigen herinneringen daaraan kon ze niet delen met Arend, niet eens de herinneringen aan Oud-Zoetermeer, want hij was daar later pas komen wonen. In haar jeugdherinneringen kwam Arend niet voor, maar wel Wijnand, Johan, Martin, Rineke en Rita, en natuurlijk vader en moeder.

Arend had zijn eigen herinneringen aan zijn jeugd, die zij weer niet deelde. Hij had de watersnood meegemaakt, woonde toen met zijn ouders en Fred in Papendrecht, had met Fred ruim een halfjaar bij een oom en tante in Rotterdam gewoond en was daar naar school gegaan, totdat het huis in Papendrecht weer in bewoonbare staat was. In Zoetermeer hadden ze de verhalen over de ramp alleen maar meegekregen via de kranten en de radioberichten. Ze hoorde Arend sowieso weinig over vroeger, maar misschien werkte dat bij mannen anders dan bij vrouwen, of had hij gewoon minder behoefte aan het ophalen van herinneringen dan zij.

Maar zoals ze al gereageerd had op Johans opmerking: hun afzonderlijke jaren in Nederland stonden niet los van hun jaren samen in Australië. Zowel bij Arend als bij haarzelf bleven de Nederlandse wortels onmiskenbaar aanwezig. Ze zouden altijd met onzichtbare draadjes verbonden zijn en blijven met Nederland. Zij waren Australiërs, maar niet in hart en nieren. Altijd zou hun Nederlandse achtergrond een woordje mee blijven spelen, de ene keer meer, de andere keer minder. Soms was het zoeken naar waarin ze zich aanpasten en waarin niet. Soms was dat gemakkelijk, soms was dat een ware worsteling.

Ze hoorde van andere emigranten dat die met vergelijkbare gevoelens worstelden. Iedereen ging daar ook op zijn of haar eigen manier mee om. Er waren er die alle mogelijke moeite deden om in alles op echte 'aussies' te lijken en die zich verre hielden van andere voormalige landgenoten. Maar er waren er ook die die landgenoten juist opzochten, en die gezamenlijk probeerden iets vast te houden van het vorige, vertrouwde vaderland. Zoals Arend en zij, al gold dat voor Arend misschien minder omdat hij in zijn werk meestal met geboren en getogen Australiërs te maken had. Zijzelf voelde zich vooral op haar gemak bij mensen met eenzelfde achtergrond als zij. Zoals de mensen van de kerk. Ze had het al vaker gezegd: als zij die gemeente niet om zich heen gehad had, had ze het vast veel moeilijker gehad, vooral de eerste jaren, en ook in de tijd na Freddies dood.

Daarin hadden ze het in Perth getroffen met de kerkelijke gemeente, die ook duidelijk Nederlandse wortels had. Dat was in elk geval iets wat ze wél met Arend deelde: hun kerkelijke achtergrond in Nederland, die hen had doen besluiten tot het toetreden tot deze gemeente.

Arend kwam binnen. Hij zag haar verdrietig zitten en was meteen bij haar. Hij hurkte voor haar neer en nam haar handen in de zijne.

'Gaat het wel?'

Reina schudde haar hoofd. 'Nee,' bracht ze met moeite uit.

'Is het zo erg?'

'Ja.'

Hij stond op en kwam naast haar zitten. 'Vertel het eens.'

Ze legde haar hoofd op zijn schouder. 'Ach...'

Het bleef een poosje stil. Het tikken van de klok klonk als een vertrouwd en troostvol geluid op de achtergrond. Het deed Reina denken aan het geluid van de klok vroeger bij haar ouders thuis. Vroeger... Ze slaakte een diepe zucht.

'Ik zat te bedenken dat wij allebei zulke verschillende jeugdherinneringen hebben,' zei ze toen.

'Hoe kom je daar nou ineens bij?' vroeg Arend verbaasd. Hij had een opmerking over verdriet en afscheid nemen verwacht, niet een over herinneringen.

'Omdat ik de afgelopen weken zo genoten heb van het ophalen van herinneringen met Rineke en Johan. En door Johans opmerking over de titel van het boek dat we van de meisjes gekregen hebben, "Dit is jullie leven". Johan had gelijk, een deel van ons leven ging daaraan vooraf. En daarin delen wij weinig gezamenlijke herinneringen.'

Arend dacht even na. 'Dat is zo,' zei hij, 'maar dat is toch niet erg? Daarin verschillen wij inderdaad, maar we verschillen in wel meer dingen. Al is het alleen al omdat ik een man ben en jij een vrouw, voor 't geval je dat nog niet gemerkt had.' Hij lachte even.

Ze gaf hem een por. 'Flauw.'

Hij ging verder: 'En wij delen wel meer niet. Als ik overdag naar mijn werk ben, ben jij er niet bij. En als jij naar de vrouwenvereniging bent, ga ik niet met je mee. We kunnen elkaar dingen vertellen die we meegemaakt hebben, maar dat is wat anders dan het samen meemaken. Het boek van de meisjes gaat over de dingen die we samen meegemaakt hebben: we zijn samen getrouwd, hebben samen de grote stap gewaagd om te emigreren. Samen hebben we geleerd om te gaan met het Nederlander zijn in een vreemd land. We hebben samen een huis gekocht, samen kinderen gekregen, maar ook samen een kind verloren.' Zijn stem stokte even. 'Samen hebben we onze kinderen opgevoed, we hebben daar elk ons eigen aandeel in gehad. Samen zijn we ouder geworden. Natuurlijk hebben we een heleboel dingen als kind niet met elkaar gedeeld, maar wat we wel delen, is dat we allebei zijn geboren in de oorlog, dat we in het naoorlogse Nederland zijn opgegroeid, waarin we het niet al te breed hadden, en dat we van onze ouders een christelijke opvoeding hebben gekregen. En de herinneringen die we niet gezamenlijk hebben? Die kunnen we toch met elkaar delen door elkaar daarover te vertellen? Zoals ik jou dingen vertel van mijn werk, of jij mij van de dingen die jij overdag doet. Als jij er behoefte aan hebt om dingen uit het verleden op te halen, wil ik je daar best mijn oor voor lenen. Ook dat hoort bij samenzijn.'

Reina was steeds rustiger geworden onder zijn woorden. Ze zag weer voor zich hoe ze op die zaterdagavond kennismaakte met Arend. Hij had meteen vertrouwd gevoeld, ook al zag ze hem toen voor 't eerst, en ook al deelde ze toen nog geen enkele herinnering met hem. Hij was de liefde van haar leven, dat wist ze al snel. En ook al had ze vroeger al heimwee gehad als ze een week van huis was, met hem durfde ze destijds het grote avontuur van emigratie aan. Omdat ze liever bij hem wilde blijven, ook al was dat ver weg van haar familie, dan zonder hem bij haar familie te zijn.

De pijn om het afscheid van Rineke zakte en maakte plaats voor een diepe, warme genegenheid voor de man naast haar.

Ze nestelde zich in zijn arm. 'Ik hou van je, weet je dat?'

Hij gaf haar een kus op haar hoofd. 'Ja, dat weet ik. En ik hou van jou.'

Epiloog

FEESTGIDS ter gelegenheid van het HUWELIJK van AREND & REINA.

Reina streek met haar vingertoppen over de gele kaft van het dunne boekje, alsof ze door de aanraking ervan de herinneringen aan die dag weer terug kon halen. Hun trouwdag, nu alweer ruim veertig jaar geleden.

Ze had het boekje gevonden toen ze wat oude foto's opzocht waar Rineke om gevraagd had.

Ze glimlachte om de illustratie op de voorkant van het boekje: een bruidspaar – zij met een lange sluier, hij in jacquet en met een hoge hoed op – in een roeibootje op weg van Zoetermeer, Nederland naar Perth, Australië. De bruidegom bewoog driftig aan de roeispanen, de bruid leunde bevallig achterover.

Ze wist niet meer wie die tekening gemaakt had, maar hij of zij had blijkbaar weinig verstand gehad van roeien. Voor zover zij wist moest de roeier met zijn rug naar het einddoel zitten en dus achteruit roeien, maar op de illustratie roeide de bruidegom moeizaam vooruit.

Ze glimlachte weer. Gelukkig hoefde Arend de overtocht destijds niet zelf te roeien, maar hadden ze zes weken lang de luxe van cruiseschip SS *Flavia* mogen proeven.

Veertig jaar getrouwd! Het leek nog maar zo kortgeleden dat ze haar jawoord had gegeven aan Arend. Ze staarde naar buiten en liet de herinneringen aan die dag terugkomen. Daar had ze geen foto's voor nodig, die dag stond in haar geheugen gegrift als een van de mooiste dagen van haar leven. Toch had die dag ook iets verdrietigs gehad, omdat door hun huwelijk het onvermijdelijke steeds dichterbij kwam: het afscheid van de familie. Afscheid van haar ouders en schoonouders, van de twee broers van Arend, en van haar eigen drie broers en haar enige zus.

Ze dacht aan de tekst die de dominee hun meegegeven had, en die als een rode draad door haar leven geweven leek: 'Weest in geen ding bezorgd.'

O ja, ze had haar zorgen natuurlijk gekend. Of ze het samen wel zouden redden in Australië. Of ze niet ziek zou worden van heimwee. Of ze dat vreselijke ongeluk van Freddie wel een plekje zou kunnen geven. Zorgen om haar ouders en schoonouders toen die ziek werden. Zorgen als een van de meisjes ziek was. Zorgen om Irina die een miskraam kreeg, of om de zware operatie die Jane moest ondergaan.

Telkens had haar trouwtekst haar er weer doorheen geholpen. Omdat ze wist dat ze die zorgen altijd bij de Heere kon en mocht brengen. En steeds als ze dat deed had ze daarop, zoals de tekst beloofde, de vrede van de Heere ontvangen.

Hij had haar tot hiertoe geleid, en ze had er alle vertrouwen in dat Hij de weg die nog voor haar lag, ook met haar mee zou gaan.